HISTOIRE
MILITAIRE
DE FLANDRE.

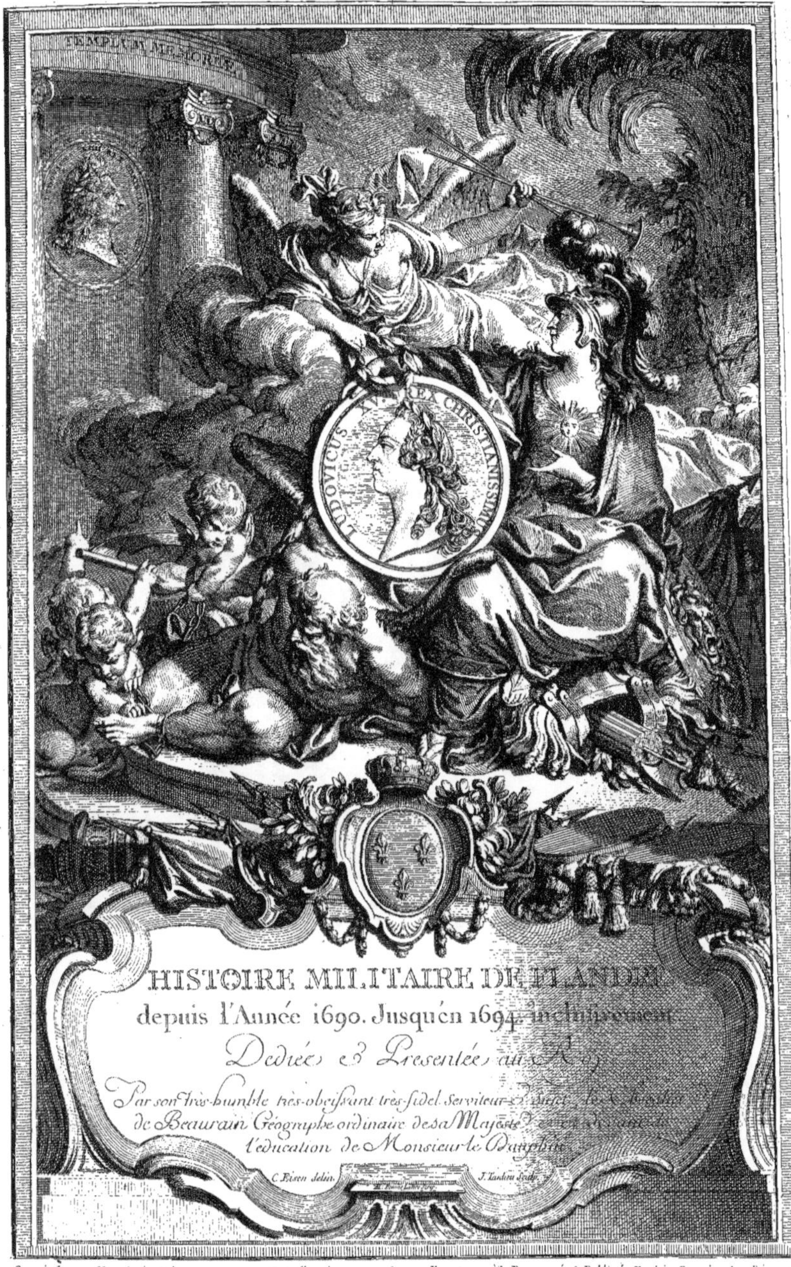

TEMPLUM MEMORIÆ

LUDOVICUS XI. CHRISTIANISSIMUS

HISTOIRE MILITAIRE DE FLANDRE

depuis l'Année 1690. Jusqu'en 1694. inclusivement

Dediée & Presentée au Roy

Par son très-humble très-obeïssant très-fidel Serviteur et Sujet, le Chevalier de Beaurain Géographe ordinaire de sa Majesté pour servir à l'éducation de Monsieur le Dauphin

C. Eisen delin.   J. Tardieu Sculp.

HISTOIRE MILITAIRE

DE FLANDRE,

Depuis l'année 1690. jufqu'en 1694.
inclufivement ;

QUI COMPREND LE DETAIL DES MARCHES,
Campemens , Batailles , Siéges & Mouvemens des Armées du
Roi & de celles des Alliés pendant ces cinq Campagnes.

DÉDIÉE ET PRÉSENTÉE AU ROI,

Par le Chevalier DE BEAURAIN , Géographe ordinaire du ROI, & ci-devant
de l'éducation de Monfeigneur le DAUPHIN.

CAMPAGNE DE 1690.

A PARIS,

Chez
{
Le Chevalier DE BEAURAIN , Géographe ordinaire du Roi , rue Pavée ,
la premiere porte à gauche , en entrant par le Quai des Auguftins.
CH. NIC. POIRION , Libraire , rue Saint Jacques , à l'Empereur.
CH. ANT. JOMBERT , Imprimeur-Libraire du Roi en fon Artillerie , rue
Dauphine , à l'Image Notre-Dame.
}

M. DCC. LV.
AVEC APPROBATION ET PRIVILEGE DU ROI.

CARTE DES PAIS BAS CATHOLIQUES
Vulgairement connus sous le nom
DE FLANDRE

DESSEIN GÉNÉRAL
DE CET OUVRAGE.

L'HISTOIRE dénuée des détails & des combinaisons qui préparent & qui affurent en même tems le fuccès des opérations militaires, n'offre à ceux qui fuivent la profeffion des armes, ni des préceptes, ni des exemples qui puiffent fuffire à leur inftruction. Si, pour y fuppléer, les Auteurs qui ont écrit fur la guerre ont cherché à raffembler les traits les plus inftructifs, & les ont cité pour fervir de preuve aux régles & aux maximes qu'ils ont établies, ces abregés, quoiqu'ils foient très-utiles, ne fixent point affez les idées, & ne leur donnent ni l'étendue, ni la fuite qu'elles doivent avoir.

C'eft en examinant avec foin la conduite des grands hommes qui ont commandé les armées, & en les fuivant dans les détails les plus circonftanciés, qu'on doit s'inftruire avec certitude & fe former fur les différentes parties de la guerre des idées fixes & conféquentes : mais pour tirer de leur exemple tout le fruit qu'on en doit recueillir, il ne fuffit pas de les envifager dans quelques actions d'éclat, il faut les accompagner pendant plufieurs campagnes, les rechercher & les approfondir dans toutes leurs démarches, pénétrer leurs deffeins & les motifs qui les ont fait agir dans les différentes occafions.

C'eft par ce genre d'étude, qui reffemble beaucoup à une pratique continuelle, qu'on peut s'affurer de la vérité des principes qu'on s'eft formé, & qu'on doit étendre & perfectionner fes connoiffances ; c'eft en même tems la méthode la plus sûre de connoître la partie de la frontiere qui appartient à des Puiffances étrangeres, fur laquelle on ne peut en voyageant fatisfaire fa curiofité & fes recherches.

Tels font les deux objets qu'on s'eft propofé dans cet ouvrage, & rien n'a paru plus capable de les remplir qu'une Hiftoire militaire dreffée fur les Mémoires & fur les Cartes des campemens & des marches des cinq dernieres campagnes de M. le Maréchal de Luxembourg, fur fa correfpondance avec la Cour, & fur les Lettres des Officiers Généraux chargés de quelque commandement : c'eft fur de pareils matériaux qu'on a travaillé, & c'eft d'après le Général feul qu'on s'eft affujetti à penfer.

Les détails qu'on a confervé de ces cinq campagnes, font prefque les feuls monumens dans ce genre qui nous foient reftés ; & quelque néceffaire qu'il foit pour l'intelligence des pofitions & des mouvemens des armées, d'étendre le récit des opérations militaires, de pareils détails ont été négligés par tous ceux qui parmi les Anciens & les Modernes ont écrit fur la guerre ; les deux hommes même de qui l'on avoit plus de lumieres à attendre, M. de Turenne dans fes Mémoires, Céfar dans fes Commentaires, les ont fupprimés.

Pour rendre cet ouvrage digne de ceux à qui il eft deftiné, voici le plan qu'on s'eft fait.

On a dreffé une Carte générale de la Flandre, qu'on a placée à la tête de celles de la premiere campagne, afin de pouvoir examiner, quand on le juge à propos, les parties de la frontiere que l'on affure, ou qui reftent à découvert par les mouvemens qu'on exécute.

On a tracé fur des Cartes geographiques faites avec foin tous les camps que les troupes Françoifes ont occupés ; on y a gravé les marches ainfi qu'elles font expliquées dans un Recueil dont M. le Duc de Luxembourg a bien voulu, pour l'utilité publique, gratifier le Chevalier de Beaurain ; les développemens y font faits de la maniere dont le texte, auquel on s'eft affujetti, les indique ; les détails qu'on en a confervés, & les plans de chaque campement, méritent d'autant plus l'attention de tous les Militaires, qu'ils ont été dreffés fous les yeux & par les foins de M. le Maréchal de Puifegur, qui avoit été Maréchal Général des Logis de l'armée de M. de Luxembourg.

Les plans des villes affiégées & de leurs attaques font inférés dans le volume des Cartes ; celles-ci font auffi exactes & auffi détaillées qu'on puiffe le defirer, le Chevalier de Beaurain

ayant pour leur perfection profité des corrections de différens Ingénieurs-Geographes, & des augmentations que M. le
Maréchal de Noailles a fait faire fur les Cartes qu'il a de ces
cinq campagnes.

La diftribution de l'infanterie & de la cavalerie dans le lieu
du campement, & la marche de l'une & de l'autre y font diftinguées par diverfes couleurs ; celle des bagages & de l'artillerie eft défignée par une couleur particuliere, quand ils for-
ment une colonne féparée des troupes.

Outre que les Cartes repréfentent chaque campement avec
toute l'exactitude qu'il a été poffible d'y apporter, on a en-
còre eu foin d'inférer dans l'Hiftoire les obfervations que M. le
Maréchal de Luxembourg faifoit dans fes Lettres fur les pofitions interreffantes ; on a profité de même des recherches
qu'on a été à portée de faire dans les papiers que M. le Duc
de Luxembourg a confiés au Sieur de la Noue pour travailler à
l'hiftoire de M. le Maréchal de Luxembourg.

Les plans des batailles font faits de la maniere fuivante :
les deux armées font diftinguées par des couleurs différentes,
leur difpofition avant la bataille & les changemens principaux
arrivés pendant le combat, y font marqués, ainfi que les endroits jufqu'où les troupes victorieufes ont été portées dans le
moment où le fuccès de la bataille a été décidé.

On n'a point négligé d'expofer dans l'Hiftoire les opérations qui n'ont été que projettées ; elles deviennent auffi inftruc-
tives par les raifons qui les ont fait rejetter que celles qui ont
été exécutées. On s'eft appliqué à connoître le projet général
de chaque campagne, & l'objet particulier de chaque mouvement ; on a cherché de même à pénétrer quels étoient les
deffeins des ennemis, & par le détail le plus exact de toutes
les opérations, tant grandes que petites, on a tâché de rendre
le tableau auffi inftructif qu'il doit l'être. Batailles, affaires
de pofte, attaques d'arriere-garde, de convois, de fourrages,
marches hardies, retraites difficiles, établiffemens de quartiers,
détails de fubfiftances & de munitions de guerre, toutes ces
parties font traitées avec foin & felon que les événemens y donnent lieu.

Afin que la lecture de l'Histoire ne fût interrompue par la description des marches que quand on le jugeroit à propos , on les a fait insérer en caractères différens.

On trouvera à la tête du premier Volume des Cartes les avertissemens & les explications qui y ont rapport.

INTRODUCTION

INTRODUCTION
A L'HISTOIRE MILITAIRE
DE FLANDRE.

La Tréve fignée à Ratifbonne en 1684 par la France, l'Empire, & l'Efpagne, avoit rétabli le calme & la tranquillité entre ces trois Puiffances. Le defir que Louis XIV avoit d'entretenir la paix avec fes voifins, fembloit devoir la rendre durable, lorfque le Prince d'Orange, qui craignoit d'être traverfé dans le projet qu'il avoit formé fur l'Angleterre, chercha à fufciter des ennemis au Roi ; il fçut infpirer en Allemagne la haine & la jaloufie qu'il avoit conçu contre la France, & fit conclure contre elle la Ligue qui fe forma à Aufbourg, en 1687, entre l'Empereur & les Princes de l'Empire.

La connoiffance qu'en eut le Roi, & la protection qu'il accordoit au Cardinal de Furftemberg, Coadjuteur & concurrent à l'Archevêché de Cologne, le déciderent à prendre les armes en 1688, & à envoyer une armée dans l'Empire.

M. le Dauphin affiégea Philifbourg, & s'en rendit maître ; il foumit enfuite Hailbron, Heydelberg, Manheim, & tout le pays qui eft entre le Rhin & le Neckre.

Les troupes Françoifes s'emparerent en même tems de Tréves, de Spire, Worms, Mayence, & de tout le cours du Rhin depuis Philifbourg jufqu'à Rimberg, à l'exception de Coblentz & de Cologne ; & pour fe venger des Princes qui s'étoient liguées contre la France, & leur faire fupporter le poids de la

A

guerre, on pouſſa les contributions auſſi loin qu'on le put dans le cœur de l'Empire.

Auſſi-tôt que le Prince d'Orange vit la France occupée ſur le Rhin, il en profita pour exécuter ſes deſſeins ; il partit de Hollande avec une flotte conſidérable, chargée de l'élite des troupes de la République, & alla débarquer en Angleterre, où il fut reçu par un parti nombreux & puiſſant ; il ſe rendit aiſé-ment maître de ce Royaume, & obligea Jacques II, ſon beau-pere, d'en ſortir, & de chercher un aſyle en France. Le Roi prenant la défenſe de ce Prince, qui étoit ſon allié, déclara au mois de Décembre la guerre à la Hollande.

Au commencement de 1689, Louis XIV. voulant aider le Roi d'Angleterre à remonter ſur le trône, lui fournit des vaiſ-ſeaux, des troupes, & des ſecours d'argent, d'armes, & de munitions avec leſquels il paſſa en Irlande, où il lui reſtoit encore des ſujets fideles.

Au mois de Mai de la même année, l'Empereur & l'Empire déclarerent la guerre à la France ; elle la déclara auſſi de ſon côté à l'Eſpagne, qui avoit embraſſé les intérêts de l'Empire.

Le Roi, pour s'oppoſer à toutes ces Puiſſances qui menaçoient le Royaume, fut obligé de former trois armées ſur la fron-tiere ; celle d'Allemagne fut commandée par le Maréchal de Duras ; celle de Flandre, par le Maréchal d'Humieres, & celle de Rouſſillon, par le Duc de Noailles.

L'Empereur avoit ſes troupes en Hongrie où elles avoient de grands avantages contre les Turcs ; mais ſollicité par les Princes de l'Empire, incapables de faire ſans lui de puiſſans efforts, il en détacha une partie pour marcher ſur le Rhin.

L'Electeur de Brandebourg, à la tête de ſes troupes & de celles de quelques Princes de la baſſe Allemagne, diſſipa celles du Cardinal de Furſtemberg dans l'Electorat de Cologne, y paffa le Rhin , & vint affiéger Keyferwert & Bonn ; la France avoit mis des garnifons dans ces deux places, dont il s'empara malgré leur vigoureufe défenfe.

Le Duc de Lorraine, qui commandoit l'armée de l'Empe‑ reur, ayant paffé le Rhin fans oppofition, auprès de Mayence , affiégea cette place , & s'en rendit auffi le maître.

Ces progrès obligerent la France de ravager le Palatinat , afin de mettre une barriere entre les ennemis & l'Alface ; & elle ne conferva en Allemagne, de fes conquêtes de l'année précé‑ dente, que Philifbourg , Tréves, & Mont-Royal, qui ne furent point attaquées.

Pendant que le Duc de Lorraine & l'Electeur de Brande‑ bourg agiffoient fur le Rhin , le Prince de Valdeck , avec l'ar‑ mée Hollandoife, paffa la Sambre pour entrer dans le Hainault ; M. de Caftanaga & le Prince de Vaudemont, avec les troupes Efpagnoles, & celles que l'Efpagne avoit foudoyées dans l'Em‑ pire, marcherent fur l'Efcaut & fur la Lys.

M. de Valdeck eut tout l'avantage du combat de Valcourt fur M. le Maréchal d'Humieres , qui malgré cet échec empêcha les Hollandois de former aucune entreprife.

M. de Caftanaga fe plaça d'abord à Gavre, & M. de Vaude‑ mont à Deinfe ; ils fe réunirent enfuite pour attaquer les lignes qui s'étendoient depuis l'Efcaut jufqu'à la Lys , & les forcerent. M. de Calvo, qui les défendoit avec peu de troupes, avoit ordre de les abandonner fi les Alliés y marchoient en forces : ce qu'il fit , & il fe retira fans recevoir d'échec ; mais cet avantage donna à M. de Caftanaga le moyen de payer pendant quelque tems un corps de troupes Hanovriennes , qu'il engagea à refter pendant l'hiver dans les Pays-Bas , & avec lequel il donna de l'inquiétude fur cette frontiere pour les contributions.

Sur la frontiere d'Efpagne , la guerre fe faifoit avec plus de ſuccès de la part de la France. Le Duc de Noailles, qui commandoit l'armée du Roi, voulant attaquer les Eſpagnols dans leur pays, entra en Catalogne après avoir diſſipé les Miquelets, prit Campredon, & conſerva l'avantage pendant le reſte de la campagne, malgré les forces ſupérieures que les Eſpagnols purent raſſembler.

Du côté de l'Italie, le Duc de Savoye obſerva en 1689 une exacte neutralité; & ce ne fut que l'année ſuivante qu'il fit ſon Traité avec l'Eſpagne & l'Empire, & qu'il joignit ſes troupes à celles des Eſpagnols.

Tel fut l'état de la guerre ſur toutes les frontieres juſqu'à la fin de 1689.

HISTOIRE

HISTOIRE MILITAIRE

DE FLANDRE,

EN L'ANNÉE M. DC. XC.

Au commencement de cette année, les Alliés ayant réfolu de pouffer la guerre contre la France avec beaucoup de vigueur, fe propoferent d'avoir fur le Rhin & dans les Pays-Bas des forces très-confidérables, & de faire les plus grands efforts pour pénétrer dans le Royaume.

1690.

Sur le Rhin, les armées Impériales projettoient de commencer leurs opérations par le fiége de Philifbourg, & après avoir affuré l'Empire par cette conquête, toutes les forces de l'Empereur & de l'Empire devoient pénétrer en Alface, ou fe porter fur la Mofelle pour y établir le théâtre de la guerre.

En Flandre, M. de Caftañaga, Gouverneur des Pays-Bas Catholiques, devoit affembler à Gand les troupes Efpagnoles & Vallonnes; marcher contre les Lignes qui s'étendoient depuis l'Efcaut jufqu'à la Lys, ou attaquer celles qui commençoient à la Lys, & qui alloient jufqu'au Canal d'Hondfcote (*); pénétrer dans le pays qu'elles couvroient, & agir contre cette partie de la frontiere, & du côté de la mer; les Hannovriens & les Anglois, qui avoient paffé l'hiver à Bruges & aux environs, étoient deftinés à le fuivre, & à renforcer fon armée.

(*) Voyez la Carte générale. PLANCHE I.

M. le Prince de Valdeck devoit raffembler les troupes de Hollande fur le Demer & du côté de Maëftricht, & en-

B

suite s'avancer fur la Sambre, & la paffer, ou fe jetter fur la Meufe, & porter la guerre dans le Royaume par celui de ces deux côtés qu'il jugeroit à propos. Il devoit être joint par des troupes de l'Empire qui étoient à la folde de la Hollande, & par celles que l'Evêque de Liége avoit levées.

Les troupes de Brandebourg, qui avoient pris des quartiers d'hiver dans l'Electorat de Cologne & dans le pays de Juliers, devoient faire une diverfion entre la Meufe & la Mofelle, ou agir fur la Meufe de concert avec M. de Valdeck.

Dans les conférences qui s'étoient tenues à la Haye, les Alliés s'étoient propofés de commencer la campagne dans les Pays-Bas par le fiége de Dinant; cette place étoit mauvaife, quoiqu'on eut travaillé pendant l'hiver à la mettre en état de défenfe.

Dinant faifoit la droite de la frontiere, cette place étoit fur la Meufe la premiere que les ennemis puffent attaquer; les autres places de premiere ligne étoient, entre Sambre & Meufe, Philippeville; fur la Sambre, Maubeuge; fur l'Efcaut, Condé & Tournai; fur la Lys, Menin; & depuis la Lys jufqu'à la mer, Ypres, Bergues & Dunkerque.

M. de Caftanaga ayant forcé en 1689 les lignes qui s'étendoient depuis l'Efcaut jufqu'à la Lys, les avoit fait applanir depuis Epierres jufqu'au pont David; depuis le pont David jufqu'à Menin, le retranchement avoit été en partie rafé à demi, & le refte étoit demeuré entier; on avoit travaillé pendant l'hiver à le rétablir, & malgré cela au printems de 1690, il étoit encore en mauvais état. Les lignes qui alloient depuis la Lys jufqu'au canal d'Hondfcote, avoient été tellement négligées, que depuis Comines jufqu'à Ypres un corps de troupes n'y pouvoit être en fureté; depuis Beveren jufqu'à Hondfcote, le retranchement étoit auffi difficile à défendre, n'ayant point été réparé depuis le commencement de la guerre.

La Cour, qui étoit inftruite des projets & des forces des Alliés dans les Pays-Bas, n'étoit pas moins occupée de pourvoir à la défenfe des autres frontieres du Royaume. Elle avoit à foutenir les efforts des Efpagnols dans le Rouffillon, & étoit obligée de former une armée de plus que l'année précédente, pour faire la guerre en Piémont; elle voyoit en même tems de quelle importance étoit la confervation de Philifbourg, foit pour pénétrer dans l'Empire, foit pour garantir l'Alface; ces raifons déterminerent le Roi à envoyer M. le Dauphin à la tête de l'armée qui devoit agir sur le Rhin, & à en donner sous lui le commandement à M. le Maréchal de Lorges ; mais afin de la rendre assez forte pour être en état de s'opposer aux entreprises des ennemis, il fallut se réduire à une guerre défensive pour la frontiere de Flandre.

Le Roi, en prenant ce parti, voulut choisir un Général capable de conduire cette espece de guerre, la plus difficile de toutes pour l'honneur des armes, la plus ruineuse pour les sujets de la frontiere, & la plus opposée au génie de la nation.

Les troupes qui devoient y être employées, avoient débuté la campagne précédente par recevoir un échec, & il étoit nécessaire de mettre à leur tête un Général qui pût leur donner de la confiance & de l'émulation. Le Roi nomma M. le Maréchal Duc de Luxembourg pour les commander.

L'armée principale lui étoit destinée, il devoit la faire agir sur la Sambre, pour observer M. de Valdeck, & choisir de bons postes au moyen desquels il pût le contenir. Le Roi voulant en même tems qu'il saisît les occasions qu'il jugeroit favorables & avantageuses pour combattre les ennemis, lui laissa la liberté de les attaquer par-tout où il croiroit devoir le faire.

M. de Boufflers devoit commander une armée sur la Meuse, & agir de concert avec M. de Luxembourg ; mais comme il étoit chargé d'observer les démarches de l'Electeur de Brandebourg & des autres Princes de l'Empire qui s'avanceroient entre la Meuse & la Moselle, M. de Luxembourg ne pouvoit disposer de ces troupes qu'autant qu'il ne perdroit point de vûe la protection de cette partie de la frontiere.

M. le Maréchal d'Humieres devoit avoir dans les lignes un corps de troupes pour les défendre ; & ce corps, qui ne dépendoit pas de l'armée de la Sambre, devoit cependant être augmenté ou diminué par M. de Luxembourg, à mesure que les ennemis s'y porteroient plus ou moins en forces.

La Cour, qui vouloit mettre ces trois corps en état d'agir séparément & de se réunir selon le besoin, avoit aussi prévû que les principaux efforts des ennemis se feroient contre les places du Hainault, ou du côté de la mer, & avoit songé à les pourvoir abondamment de munitions de guerre & de bouche, & de subsistances pour la cavalerie ; elle avoit fait former des magasins de bleds & de farines dans les places de premiere & de seconde ligne, & avoit donné des ordres aux Intendans de Picardie & de Champagne, pour, à la premiere demande qui leur feroit faite, en renouveller ou augmenter les approvifionnemens. Elle fit établir en même tems des fours dans les endroits marqués ci-après, afin que l'armée, de quelque côté qu'elle fe portât, pût être fournie auffi promptement de vivres que la néceffité des évenemens l'exigeroit.

ETAT des Fours établis fur la frontiere de Flandre.

INTENDANCE DE DUNKERQUE, M. des Madrys.

	Nombre des Fours	*pour cuire par jour*
Dunkerque. Gravelines. Bergues. Ypres.	151	196500 rations.

INTENDANCE DE FLANDRE, M. de Bagnoles.

Lille. Menin. Tournai. Condé. Valenciennes.	475	479500 rations.

INTENDANCE DU HAINAULT, M. de Voifin.

Maubeuge. Le Quefnoy. Landrecy. Avefnes. Philippeville. Charlemont. Dinant.	97	235550 rations.

On fit dans ces places une augmentation de Fours pour cuire par jour 60000 rations.

FRONTIERE ET INTENDANCE DE CHAMPAGNE, 1690.

M. de Malezieux.

Fours.

Rocroi.		
Mezieres.		
Charleville.		
Donchery.		
Sedan.		
Bouillon.		
Carignan ou Yvoix.	375. . . . 169072 rations.	
Mouzon.		
Beaumont en Argonne.		
Village de l'Etame.		
Stenai.		
Montmedi.		
Marville.		
Damvillers.		

On fit une augmentation de Fours pour cuire de plus par jour 30000 rations.

La Cour, qui defiroit de prendre des moyens pour mettre les lignes en fureté , fit de concert avec le Général un premier plan d'opérations pour les armées de Flandre , dont l'exécution ne rouloit que fur ce feul objet. Pour cet effet , il fut réglé que M. de Luxembourg affembleroit de très-bonne heure au-près de Condé la meilleure partie des troupes qui devoient compofer fon armée ; qu'enfuite il fe porteroit fur la Lys, auffi près de Gand qu'il pourroit , afin de confommer entre cette place & Courtrai les fourrages qui s'y trouveroient , d'empê-cher par là les armées ennemies d'y faire de longs féjours , & de donner de l'inquiétude pour cette partie. Ce projet étoit fondé fur l'éloignement des troupes des Alliés qui devoient agir fur la Sambre & fur la Meufe , & fur le peu de préparatifs faits pour leur fubfiftance , qui donnoit lieu de croire qu'elles n'en-treroient que fort tard en campagne. L'armée de M. de Lu-xembourg devoit être de 37 bataillons & 91 efcadrons ; mais afin de n'avoir rien à craindre pour le Hainault pendant qu'il marcheroit fur la Lys , la Cour voulut que M. de Gournay ,

C

Lieutenant Général, reſtât ſur la Sambre avec 23 eſcadrons ; & elle lui permit d'aſſembler ſelon le beſoin l'infanterie que M. de Luxembourg devoit laiſſer dans les places, & qui étoit deſtinée à ſervir en campagne.

Pour remplir ce premier objet, la Cour ordonna à M. de Bagnoles, Intendant de Lille, d'avoir au commencement de Mai, aux environs de la Scarpe & de l'Eſcaut, 500 mille rations de foin, afin de pouvoir mettre la cavalerie en état d'attendre que la pâture & les premiers ſeigles puſſent ſuffire à la ſubſiſtance des chevaux.

M A I.

M. de Luxembourg ſe rendit à Valenciennes le 5 de Mai, & peu de jours après à Saint-Amand, où il commença à aſſembler ſon armée ; la ſaiſon étoit ſi peu avancée que ſans la prévoyance de la Cour, la cavalerie n'eût pu camper que fort tard. Toutes les troupes qui devoient marcher ſur la Lys furent raſſemblées le 15 près de Saint-Amand ; elles étoient au nombre de 28 bataillons & 68 eſcadrons, (*) en y comprenant le Régiment de Langallerie, qui étoit du côté de la mer, & qui ne joignit que ſur la Lys. L'armée campa ſur deux lignes, ayant l'Eſcaut derriere elle ; la droite fut miſe près de Château-l'Abbaye, & la gauche près de Notre-Dame aux Bois. Toute la cavalerie campa à la droite de l'infanterie. L'armée partit le 17 pour aller à Leuſe, ſans artillerie ni caiſſons ; cette marche ſe fit ſur quatre colonnes, qui paſſerent l'Eſcaut chacune ſur un pont différent.

(*) Voyez la PLANCHE II.

Marche de Saint-Amand à Leuſe. PLANCHE III.

Les troupes marcherent ſelon l'ordre de bataille qu'elles devoient former. La colonne de la droite fut pour la cavalerie de l'aîle droite. Les Dragons de la Reine & de Pompone en eurent la tête ; cette colonne paſſa l'Eſcaut au pont au-deſſous d'Hergnies, d'où prenant ſa marche par les dernieres maiſons de ce village, par le mont de Copomont & la Chapelle de Notre-Dame de bon Secours près Peruwelz ; elle alla paſſer au Ponceau, & de là à la Cenſe de Bois-Vignol, laiſſant à gauche le chemin de Peruwelz à Leuſe, & à droite le village de de Ramillies ; elle traverſa enſuite la plaine entre Leuſe & Tourpe, pour aller paſſer le ruiſſeau à Chapelle à Watine, & ſe rendit à la droite du camp, où fut ſon poſte.

Les bagages firent la ſeconde colonne, & paſſerent la riviere au-deſſous d'Hergnies, au pont qui étoit le plus près du village, d'où ils prirent leur marche par dedans le bourg de Peruwelz, & ſuivirent le grand chemin de ce bourg à Leuſe, qu'ils laiſſerent à gauche, pour aller paſſer à un pont qui étoit entre Leuſe & Chapelle à Watine, &

de là se rendre au camp ; cette colonne fut couverte, du côté d'Ath,
par la colonne de cavalerie qui avoit la droite de la marche.

La troisiéme colonne fut pour toute l'infanterie ; la droite de la
premiere ligne en eut la tête, & fut suivie du reste de cette ligne, ainsi
qu'elle étoit campée, & de la seconde, dans le même ordre. Elle passa
sur le pont fait au-dessus de la Redoute de la Boucotte, d'où elle prit
le chemin de Folquin, & laissa le village à droite pour aller à Wihiere ; de là, laissant la Garenne de Gromont à droite, elle passa entre
le Château de Briffeuil & le village de Braffe, & continua sa marche
par les bois de Leuse, laissant Ville-au-Puis à droite ; après avoir traversé le bois, elle tira droit au moulin de Beclers, pour passer le ruisseau au pont qui étoit au-dessous de ce moulin, & dès qu'elle eut
passé ce pont, elle prit à droite, & se rendit à son camp. Afin de
ne pas embarrasser la marche d'une partie de la cavalerie de l'aîle gauche, elle passa derriere le camp de la seconde ligne de cette aîle, &
entra dans le sien par l'intervalle qui les séparoit.

La quatriéme & derniere colonne fut pour l'aîle gauche ; les Dragons d'Asfeld, qui devoient fermer cette aîle, eurent la tête de la
marche. Cette colonne passa l'Escaut au pont qui étoit au-dessus de la
Redoute & près de la Cense de la Boucotte, d'où laissant Wihiere à
droite, elle alla passer entre Carnelle & la Chapelle de Craunehault,
& de là au moulin de Briffeuil, passant entre Bramaisnil & Wames ;
elle marcha ensuite entre Pipers & le bois de Leuse, traversa le ruisseau au moulin du grand Sart, & se rendit à la gauche du camp, où
fut son poste.

On mit dans la colonne des bagages 50 hommes par brigade d'infanterie, & 20 Maîtres par brigade de cavalerie.

Il fut ordonné que pour cette marche, ainsi que pour le reste de
la campagne, les vieilles Gardes feroient l'arriere-garde des colonnes
des bagages & d'infanterie, que les nouvelles Gardes marcheroient
avec le campement ; qu'à la tête de chaque colonne d'infanterie, il y
auroit toujours 100 hommes avec des outils, lesquels seroient tirés des
brigades qui auroient l'avant-garde, afin d'accommoder les chemins ;
qu'il y auroit un pareil détachement, & pour la même raison, à la tête
de chaque colonne des bagages, & 100 Dragons avec des outils à la
tête de chaque colonne de cavalerie.

L'armée campa sur deux lignes, la droite à Chapelle à Watine, la
gauche à la Cense du Fremont : le camp faisoit un coude dans le centre.

Elle campa au-delà du ruisseau de Leuse, afin d'avoir ce défilé de moins à passer quand elle marcheroit ; elle fit le 18 un
fourrage général, dont l'escorte, commandée par M. de Wat-
teville, eut la droite à Ellignies, & la gauche à Ville-au-Puis.

M. de Castanaga, inquiet de la marche de Saint-Amand à
Leuse, avoit mis de toutes parts ses troupes en mouvement

pour s'approcher de la Dendre ; il y en avoit à Aloſt , il avoit fait entrer de la cavalerie dans Ath , & il comptoit aſſembler ſon armée à Enghien , pour ſe régler ſur les mouvemens que feroient les troupes du Roi. M. de Luxembourg voulant de ſon côté paſſer l'Eſcaut ſans être inquiété , chercha à perſuader aux ennemis , par de fauſſes démonſtrations , qu'il avoit deſſein de marcher ſur la Sambre , ou de s'avancer ſur la Dendre.

Afin qu'on le crût occupé d'aller ſur la Sambre , il manda à M. de Gournay de faire cuire à Maubeuge & dans quelques autres places une quantité conſidérable de pain , lequel fut conſommé par les troupes qui reſtoient dans le Hainault. En même tems il détacha 6 bataillons & 19 eſcadrons , qu'il envoya à Tournai , & qu'il dit être deſtinés pour la garde des lignes pendant que l'armée ſe porteroit ailleurs. Il alla auſſi avec une eſcorte reconnoître les environs de Leſſines , comme s'il avoit formé le projet d'y camper , afin de faire croire aux ennemis qu'il ne tarderoit pas à s'y avancer. Cependant M. du Metz , qui étoit à Tournai avec l'artillerie qu'il commandoit , reçut des ordres ſecrets pour faire travailler à trois ponts de bateaux , & pour les établir la nuit du 19 au 20 entre les villages de Boſſu & d'Avelghem.

Une partie du détachement envoyé à Tournai , ſervit pour aſſurer la marche des vivres & le travail des ponts , l'autre y reſta pour eſcorter l'artillerie , qui marcha ſéparément des troupes.

L'armée décampa le 20 pour aller à Hauterive.

Les Dragons de la Reine & le Régiment de Quadt cavalerie marcherent dès qu'on eut ſonné le boute-ſelle , pour ſe poſter auprès du village de Mouſtiers juſqu'à ce que toute l'armée eut paſſé ; ils en firent enſuite l'arriere-garde , & principalement de la colonne des bagages.

La colonne de la droite fut pour l'aîle droite & pour les brigades d'infanterie de Vaubecourt , des Gardes , & de Saint-Laurent , qui marcherent entre la premiere & la ſeconde ligne de cavalerie. Le Régiment de Pompone marcha après les deux premiers eſcadrons de la Gendarmerie , laquelle eut la tête de la marche. Cette colonne en partant de ſon camp laiſſa Houtaingle neuf à droite , paſſa par le grand chemin de Mouſtiers , & laiſſant le moulin de Mouſtiers à gauche , deſcendit au pont à Fraſne , d'où elle alla à la Juſtice ; & prenant enſuite par le hameau de Fiennes , elle laiſſa le château d'Anvain à droite , & l'Egliſe à gauche , pour paſſer à Arques , laiſſant l'Egliſe à droite ,

elle

elle continua fa marche par la Vieille-Mottes, pour fe rendre à Efcanaffe, & traverfa l'Efcaut au pont de la droite, qui étoit le plus près de
la Ronne, d'où elle fe rendit à fon camp.

Les bagages firent la colonne du milieu, ayant pour leur fureté 50
hommes par brigade d'infanterie, & 20 Maîtres par brigade de cavalerie. Ils laifferent Grand-Melz à droite, & le moulin de Thieulain à
gauche, pafferent à la culture de la Hayette, & près de l'Eglife de Hacquegnies, & laiffant Mouftiers à droite, ils allerent au moulin de
Cayeux, d'où ils laifferent Foreft à gauche, pour paffer à Cordes; de
là ils entrerent dans le Vert-chemin, fe rendirent entre Efcanaffe &
le pont à Laye, & traverferent l'Efcaut fur le pont qui étoit au milieu
des deux qu'on avoit deftinés pour le paffage des troupes; la marche de
cette colonne fut couverte par celle de la droite.

La troifiéme colonne eut la gauche de la marche, & fut pour l'aîle
gauche, & pour les brigades d'infanterie du Roi & de Stoppa, qui
marcherent entre les deux lignes de cavalerie. Cette colonne prenant
par Thieulain & Montreuil-aux-Bois, paffa à Popiolles & à Velaines;
d'où laiffant Celles à droite, & Pottes à gauche, elle traverfa l'Efcaut
fur le pont de la gauche, qui étoit le plus près de ce village. Après
avoir paffé la riviere, cette colonne fe rendit à la gauche du camp, où
fut fon pofte. L'infanterie quitta la marche de la cavalerie, & prenant
derriere le camp de l'aîle gauche, fe rendit au fien par l'intervalle qui
les féparoit.

L'armée campa fur deux lignes, la droite près du ruiffeau qui tombe
dans l'Efcaut, entre Varmade & Avelghem, & la gauche au château
de Boffu; Hauterive pour quartier général, & l'Efcaut derriere le
camp. On replia les ponts dès que l'armée & les détachemens les eurent paffés.

Toutes les troupes partirent le 21 pour aller camper à Harlebeck. La droite fit la gauche dans ce camp.

La marche fe fit fur trois colonnes. Celle de la droite fut pour l'aîle | Marche de
droite, & pour les brigades des Gardes & de Vaubecourt, lefquelles | Hauterive à
marcherent entre les deux lignes de cavalerie, les Dragons de la Reine | Harlebeck.
& de Pompone en eurent la tête. Cette colonne alla à Heftrud & à | PLANCHE V.
Otteghem, d'où laiffant le clocher de Derwichte à droite, elle paffa
à Derlick pour fe rendre au camp.

Les bagages firent la colonne du milieu, les brigades du Régiment
du Roi, de Stoppa, & les Fufiliers, en eurent l'avant-garde, & Saint-
Laurent l'arriere-garde. Cette colonne alla paffer à Monne; de là à
Zueveghen, & prit le chemin d'Harlebeck pour fe rendre au camp. Sa
marche fut couverte par la colonne de la droite.

La troifiéme colonne, qui étoit pour l'aîle gauche feulement, laiffant le château de Boffu à droite, & Saint-Genois à gauche, prit le
chemin d'Efpierre à Courtrai, & à Harlebeck, & fe rendit à la droite
du camp, où fut fon pofte.

D

1 6 9 0.
M A I.

On détacha la veille plufieurs troupes d'infanterie & de cavalerie fur le chemin d'Oudenarde , pour s'embufquer & affurer la marche contre les partis qui en fortiroient, elles ne rentrerent au camp qu'à la nuit.

L'armée campa entre Courtrai & Beveren , ayant la Lys derriere elle : le quartier général fut à Harlebeck.

En arrivant dans ce camp , on envoya plufieurs partis vers Gand ; ils eurent ordre de marcher des deux côtés de la Lys , de s'emparer de Deinfe, & de donner au camp les nouvelles qu'ils apprendroient des ennemis.

L'artillerie étoit partie de Tournai le 20, forte de 50 pieces de canon ; elle paffa le 21 la Lys fur le pont d'Harlebeck , & alla camper à Wackem , entre Courtrai & Deinfe , avec le détachement qui l'avoit efcorté depuis Tournai.

Le 22 toute l'armée fe rendit à Deinfe.

Marche d'Har-
lebeck à Dein-
fe.
Planche VI.

La marche fe fit fur trois colonnes, dont deux laifferent la riviere à gauche , & la pafferent enfuite en arrivant au camp fur les ponts qui étoient au-deffous, & dans la ville de Deinfe. L'autre colonne fut pour les bagages, qui laifferent la Lys à droite, & fuivirent la marche de l'artillerie & des vivres.

La colonne de la droite fut pour la cavalerie des deux aîles. Ces troupes pafferent à Derlick, de là à Wareghem , d'où elles fuivirent le grand chemin de ce village, qui paffe entre Mackelen & Cruyshouten, & traverferent la Lys fur les ponts que l'on avoit fait au-deffous de Deinfe, pour fe rendre à la droite du camp. Les troupes qui avoient fait l'aîle droite au camp d'Harlebeck , devant avoir la gauche dans ce camp, continuerent leur marche à la tête de la premiere ligne pour aller à la gauche de l'armée , où étoit leur pofte.

L'infanterie fit la colonne du milieu , la droite de la premiere ligne eut la tête de la marche, elle fut fuivie du refte de cette ligne, ainfi qu'elle étoit campée, & de la feconde, dans le même ordre. Cette colonne marcha le long de la Lys par Beveren , Deffelghem , Saint Eloy-Vive , Capelle-Tendalle , Zulte, Olfene & Macklen , paffa par Peteghem , traverfa la Lys à Deinfe , & fe rendit à fon camp par l'intervalle qu'il y avoit entre la droite d'infanterie & l'aîle droite.

Les bagages ayant à leur tête le premier bataillon des Fufiliers & leur efcorte ordinaire, pafferent fur le pont d'Harlebeck , & prirent leur marche par Bavechove, Oyeghem , & Wackem , d'où ils allerent à Oefelghem , & pafferent fur le pont de Gothem & par le village de Grammen, pour entrer dans leur camp.

L'artillerie & les vivres parqués de la veille à Wackem, prirent la marche des équipages pour arriver au camp de Deinfe le même jour que les troupes.

L'armée campa fur deux lignes, la droite appuyée à la Lys, au-
deffous de Deinfe, la gauche vers Grammen, qu'elle avoit derriere
elle. Le quartier général à Deinfe, & la riviere derriere l'armée. On
fit des ponts de communication fur les ruiffeaux & les ravines qui
traverfoient le camp ; il y en avoit auffi plufieurs fur la Lys, près def-
quels il y avoit de l'infanterie & du canon pour en garder les paffages.

Les ennemis envoyerent un détachement de cavalerie pour
reconnoître le campement de M. de Luxembourg ; il en fut
averti, & les fuivit fans pouvoir les atteindre, parce qu'ils dif-
parurent fort promptement. On mit deux bataillons à Courtrai,
pour affurer la communication de Deinfe à Menin ; Courtrai
n'étoit pas un pofte, les fortifications avoient été entierement
rafées, & il auroit fallu trop de tems & de troupes pour mettre
cette ville en état de faire quelque réfiftance ; on fit feulement
quelques travaux dans l'ifle de la ville pour l'occuper.

La marche de l'armée du Roi avoit donné beaucoup d'inquiétude à M. de Caftanaga. Il changea promptement le projet
qu'il avoit eu de raffembler fes troupes à Enghien ; & quand il
vit M. de Luxembourg à Harlebeck, il fit marcher toutes fes
troupes à Gand. On les difoit fortes de 17 à 18000 hommes ;
& dans l'armée du Roi on en étoit perfuadé.

M. de Luxembourg étant à Deinfe, fit fourager le pays de
tous côtés, & pouffa les contributions jufques au-delà du canal
de Bruges ; les peuples murmuroient beaucoup contre la pru-
dence de M. de Caftanaga, qui ne faifoit pas le moindre détachement pour attaquer les partis & les efcortes des fourageurs
qui défoloient le pays ; enfin le 31 Mai, les ennemis croyant
que l'armée du Roi alloit au fourrage à Landeghem, firent
fortir de Gand huit cens chevaux Hanovriens, qui fe place-
rent derriere Mariekerke, où ils avoient une garde d'infanterie.
Le Général de ces troupes s'avança à la tête de 60 Maîtres pour
aller à la découverte, & pendant que ce détachement fut de-
hors, toute la cavalerie Hanovrienne & Efpagnole fut à cheval
dans la ville.

M. de Luxembourg ayant été informé qu'ils avoient deffein
d'attaquer fes fourrages, fit marcher deux jours après la plus
grande partie de fa cavalerie auprès de Gand, & fit avancer
fort près de la ville plufieurs troupes qui avoient l'air de fourageurs, & qui devoient attirer les ennemis dans des endroits
où on avoit placé de l'infanterie & du canon, & où ils n'au-

roient pas manqué de donner s'ils n'euffent été avertis ; on profita de leur tranquillité pour fourrager ce pays , qui eft auffi beau que fertile.

M. de Caftanaga voyant que fon armée n'étoit pas affez forte pour s'oppofer à celle de M. de Luxembourg , faifoit les plus vives inftances à M. de Valdeck pour faire marcher à Gand une partie des troupes de Hollande ; mais M. de Valdeck lui répondit toujours qu'il ne pouvoit avancer ni retarder d'un jour le projet qu'il avoit de fe mettre en campagne , & que l'intention des Etats Généraux n'étoit point que leurs troupes marchaffent fur la Lys.

Cependant , comme il eût pû arriver que M. de Valdeck fe fût rendu aux inftances de M. de Caftanaga , la Cour avoit donné ordre à M. de Gournay de détacher M. de la Valette avec onze efcadrons , pour fe placer à Mortagne , & auffi-tôt qu'un détachement de l'armée de M. de Valdeck auroit paffé la Dendre vers Aloft , M. de Luxembourg pouvoit les mander avec les trois bataillons du Régiment de Stoppa , qui étoient à Condé , & à Tournai.

Le féjour de l'armée du Roi à Deinfe pouvoit encore produire un autre effet fur M. de Valdeck , qui étoit de le décider à affembler fon armée , & à entrer en campagne plutôt qu'il ne projettoit de le faire ; il pouvoit , paffant la Sambre à Charleroi s'avancer entre les places du Hainault pour tâcher de faire pénétrer en France de gros détachemens ; dans ce cas , la Cour vouloit que M. de Boufflers , qui avoit affemblé fur la Meufe 14 bataillons & 43 efcadrons , détachât de la cavalerie à Mezieres pour empêcher les ennemis de fe répandre dans le pays , & qu'avec le refte de fes troupes il defcendît la Meufe , & cherchât à prendre leurs derrieres ; cela arrivant , M. de Luxembourg avoit ordre de détacher M. de Calvo avec 32 efcadrons pour fe joindre à la cavalerie de M. de Gournay & de M. de la Valette , & à l'infanterie qui étoit reftée dans les places du Hainault ; ces troupes réunies devoient fe conduire de leur côté de la même façon que M. de Boufflers du fien , & même le joindre , fi M. de Valdeck s'éloignoit de la Sambre.

La lenteur & l'inaction des Hollandois donnerent le tems à l'armée du Roi de confommer la plus grande partie des fourrages qui étoient entre la Lys & l'Efcaut , affez loin de Gand , & d'en faire autant dans le pays qui eft fitué entre la Mandel & le canal

qui

qui va de Gand à Bruges , & par là l'objet que la Cour avoit
pour la fureté des lignes étant rempli , elle fe décida à faire
venir l'armée fur la Sambre. Mais comme depuis l'Efcaut jufqu'à la mer, il n'y avoit d'autres troupes que celles qui étoient
deftinées pour les garnifons , il fallut qu'en quittant la Lys ,
M. de Luxembourg y laifsât 10 bataillons & 30 efcadrons ,
avec lefquels M. le Maréchal d'Humieres devoit fe placer à
Harlebeck , ou derriere la Mandel , pour affurer les lignes par
fa pofition. M. du Metz fit auffi un détachement de Fufiliers
& de douze pieces de canon pour refter avec ces troupes.

M. de Luxembourg laiffant une partie de fon armée à M. le
Maréchal d'Humieres , devoit fe faire joindre par M. de Gournay & par l'infanterie qui étoit dans le Hainault ; ces troupes
jointes aux fiennes faifoient 27 bataillons & 61 efcadrons ,
avec lefquelles la Cour defiroit qu'il s'approchât de M. de
Valdeck , pour le retenir dans le pays ennemi : mais il repréfenta que toutes les démarches qu'il feroit devant l'armée Hollandoife feroient fort hazardées , puifqu'elle devoit être de 32
mille hommes , & qu'elle pouvoit être renforcée par M. de Caftanaga. Cependant afin de fuivre les intentions de la Cour , &
fur la nouvelle qu'il étoit parti des troupes de Gand pour fe
rendre à Aloft , & qu'elles devoient enfuite aller joindre M. de
Valdeck , M. de Luxembourg fit partir le 10 Juin 14 bataillons
aux ordres de M. de Ximenès pour aller dans l'Ifle de Saint-
Amand.

Le 12 Juin , il fut informé que M. de Valdeck étoit avec fon
armée entre Wavre & Louvain , & que l'on faifoit cuire du
pain à Mons & à Charleroi , ce qui le détermina à ne pas féjourner long-tems à Deinfe. Il fit partir M. du Metz pour conduire
à Tournai l'artillerie , les vivres , & les gros équipages , fous
l'efcorte de quatre bataillons & des Fufiliers attachés à l'artillerie. M. du Metz alla le 15 à Vliefbeck , le 16 à Harlebeck , le
17 à Efpierre , & le 18 à Tournai , où il prit les munitions de
guerre néceffaires pour l'armée.

M. le Maréchal d'Humieres étant arrivé le 16 à Harlebeck
pour prendre le commandement des troupes qui lui étoient deftinées , toutes celles qui étoient à Deinfe fe mirent en marche
le même jour.

M. de Luxembourg alla camper à Hauterive avec 38 efcadrons qui lui reftoient. Il garda pour les poftes des environs de

E

═══════ fon camp un bataillon du Régiment de Greder, qu'il renvoya
1690. à Harlebeck le jour qu'il paffa l'Efcaut.
JUIN.   La marche de Deinfe à Hauterive fe fit fur deux colonnes,
dont l'une fut pour les troupes, & l'autre pour les bagages.

Marche de
Deinfe à Hau-
terive.
PLANCHE VII.

Celle des troupes, qui couvroit les bagages, paffa la Lys fur un pont
au-deffous de Deinfe, & alla au château de Maelftapel, le laiffant à
droite, & de là à Cruys-Houtem, Worteghem, & Anfeghem, & laiffant Tyghem à droite, & Avelghem à gauche, elle fe rendit à Hauterive où fut le camp.

Les équipages pafferent fur le pont de Deinfe, allerent à Peteghem,
& enfuite à Machelen; de là ils prirent le chemin de Wareghem, qu'ils
laifferent à droite, & pafferent à Ingoyeghem & à Heftrud, d'où ils
fe rendirent au camp. On envoya quelques détachemens de cavalerie
& de dragons fur la gauche de la marche, pour veiller fur Oudenarde.

Les troupes camperent fur deux lignes, la droite près d'Avelghem,
la gauche vers Boffu, l'Efcaut derriere le camp, & Hauterive pour
quartier général.

Le 19 M. de Luxembourg partit d'Hauterive pour aller à
Leufe, la marche fe fit fur deux colonnes.

Marche d'Hau-
terive à Leufe.
PLANCHE VIII.

Celle des troupes paffa fur un pont qu'on avoit fait à Boffu, de là
elle alla à un pont de pierre qui eft au bout des prairies, afin de paffer
entre le château & l'Eglife de Pottes. Elle prit enfuite le chemin de
Celles & de Montreuil-aux-Bois qu'elle laiffa à droite, & Hacquegnies
à gauche; de là elle alla à Thieulain & à un pont qui étoit au-deffous
de Leufe, près du bourg, pour y traverfer le ruiffeau & fe rendre à la
droite du camp.

Les bagages avec les détachemens pour leur fureté pafferent l'Efcaut à Helchin, prirent leur route par la place d'Herines, & par
la plaine entrerent dans le Verd-chemin; ils allerent enfuite à la cenfe
des Mottes, au moulin Clipet, à la cenfe du Sart, & laiffant l'Eglife
de Mourcourt à gauche, ils pafferent au moulin de Breuze, à Melle,
& à Quartes, le laiffant à gauche; de là à la cenfe du Preau, d'où
laiffant Timogées à droite, ils allerent par le Tri de Becler gagner le
chemin de Tournai à Ath, qu'ils fuivirent jufqu'à Leufe, où fut mis le
quartier général.

Les troupes camperent fur deux lignes, la droite près de Leufe, la
gauche près du ruiffeau de Bliqui. Ce même jour l'artillerie s'avança
avec fon efcorte au camp de Peruwez, où elle trouva les quatorze bataillons qui avoient été détachés de Deinfe fous les ordres de M. de Ximenès.

Le lendemain l'armée marcha à Pomereuil, où elle fut
jointe par tous les détachemens & l'artillerie.

Les troupes qui avoient campé à Leuſe marcherent ſur deux colonnes, l'une fut pour les troupes, & l'autre pour les équipages ; celle
des troupes laiſſant Tourpe à gauche, paſſa à la cenſe de Malmaiſon ;
de là laiſſant Hellignies auſſi à gauche, Ramillies, & Baſecles à droite,
elle marcha entre Baſecles & Quevaucamp pour aller à Grandgliſe,
d'où elle ſe rendit à Pomereuil qu'elle traverſa pour arriver au camp.

Les bagages ayant des détachemens pour leur ſureté, prirent le
chemin de Roucour, paſſant le long de Ville-au-Puis, & au coin du
bois de Bari, pour prendre le chemin de Tournai, à Mons, d'où ils
paſſerent à Baſecles & à Blaton ; ils monterent enſuite ſur les Bruyeres,
& deſcendirent par l'Hermitage de Blaton pour aller à Harchies, &
de là au camp.

L'armée eut la droite à la tenue de Beham, & la gauche au pont
à Haiſne, le quartier général fut à Pomereuil, la riviere d'Haiſne derriere le camp, ſur laquelle on fit quatre ponts de bateaux ; il y en
avoit deux à la tenue de Beham, un à celle de Montreuil, & un au-
deſſous du pont à Haiſne.

1690.
JUIN.
Marche de
Leuſe à Pome-
reuil.
PLANCHE IX.

La Cour avoit non ſeulement trouvé juſtes & fondées les
repréſentations que M. de Luxembourg avoit faites ſur le
nombre de troupes dont on avoit affoibli ſon armée, mais elle
avoit encore ſenti combien ſa foibleſſe ſeroit préjudiciable aux
événemens particuliers de cette frontiere, & combien ſes démarches & ſa conduite pourroient influer ſur les affaires générales de l'Europe ; elle avoit reconnu en même tems que le
ſeul moyen de faire échouer tous les projets des ennemis contre
les places du Hainault, étoit de mettre l'armée qu'il commandoit en état de s'approcher de celle de Hollande, & d'aller au
devant d'elle dans le pays ennemi ; en conféquence elle ordonna à M. de Boufflers de détacher 30 eſcadrons, & 18 bataillons, qui faiſoient toute ſon infanterie, pour ſe joindre à
M. de Luxembourg aux environs de Florennes, le jour qu'ils
en conviendroient enſemble. La jonction de ces troupes & de
celles de M. de Gournay avec celles qui étoient venues de
Deinſe ſur la Sambre, devoient faire 45 bataillons & 91 eſcadrons ; M. de Luxembourg eut ordre d'en détacher un bataillon à Maubeuge, & d'envoyer M. de la Valette à Condé avec
quatre bataillons & onze eſcadrons, pour empêcher les ennemis
de pénétrer entre la Sambre & l'Eſcaut, & pour marcher
promptement au ſecours de M. le Maréchal d'Humieres, s'il en
avoit beſoin. De ſon côté M. le Maréchal d'Humieres eut
ordre de veiller aux mouvemens que feroit M. de Caſtanaga,

afin de s'approcher de Condé à mesure que les troupes d'Espagne s'approcheroient de Bruxelles.

Par le renfort qui venoit de l'armée de M. de Boufflers, M. de Luxembourg, après avoir détaché M. de la Valette, devoit avoir 40 bataillons & 80 escadrons, avec lesquels la Cour vouloit qu'il se portât sur la Sambre aussi bas que faire se pourroit, & qu'il y prît un poste d'où il pût envoyer des partis dans le pays ennemi pour en tirer des contributions, resserrer Namur, & empêcher que par cette place M. de Valdeck & l'Electeur de Brandebourg ne fissent passer & repasser continuellement des troupes qui auroient pu obliger M. de Boufflers de leur abandonner la campagne, & ensuite se réunir contre l'armée du Roi pour la combattre.

M. de Luxembourg satisfait du nombre de troupes qu'on lui accordoit, & adoptant les idées de la Cour pour ses opérations, résolut d'exécuter promptement les ordres qu'il recevoit ; ce moment étoit le plus favorable pour agir contre M. de Valdeck, puisque les troupes de Liege & de Brandebourg ne l'avoient pas encore joint.

L'Electeur de Brandebourg devoit mettre en campagne dix à onze mille hommes, & l'Evêque de Liege huit mille, au moyen des secours qu'il recevoit des Alliés.

M. de Luxembourg ayant appris le 21 Juin que M. de Valdeck campoit à Reves & à Pont-à-Selle, & que le 23 il devoit aller camper au Pieton, fit partir le 22 l'armée du Roi de Pomereuil pour passer la Sambre, & se rendre aux environs de Florennes. Le premier jour elle alla au grand & au petit Quevi.

Marche de Pomereuil à Quevi.
PLANCHE X.

La marche se fit sur trois colonnes, la cavalerie eut celle de la gauche, l'aîle droite en eut la tête ; elle défila par sa droite, & passant sur le pont qui étoit proche de la tenue de Beham, elle prit sa marche en remontant la riviere par les prairies où l'on avoit accommodé le chemin ; de là elle alla à Bossu, laissant l'Eglise à gauche, & entra dans la plaine. Elle passa ensuite à Hornu, laissant l'Eglise à droite pour aller à la Chapelle de Notre-Dame de Salut, & suivit le chemin de Mons jusqu'à la hauteur de Wamiolle, où elle traversa le ruisseau de Wasme ; de là elle tourna à droite, & laissant Quaregnon à gauche, elle alla passer à la hauteur de Frameries, laissant ce village & celui de Genli à droite, où elle prit le chemin du petit Quevi, & se rendit au camp. L'aîle gauche, qui avoit la queue de cette colonne, traversa le camp par l'intervalle qui séparoit la droite d'infanterie de l'aîle droite, & passa derriere les deux lignes d'infanterie pour aller à la gauche où fut son poste.   L'infanterie

L'infanterie paſſa l'Haiſne au pont de bateaux qui étoit fait à la tenue
de Montreuil, d'où elle alla gagner au travers des prairies le village de
Thulin, & entra dans la plaine, marchant entre les deux colonnes de
cavalerie & de bagages ; de là elle paſſa près l'Egliſe d'Hornu, la laiſſant
à gauche, & alla à la Juſtice de Waſme ; elle traverſa enſuite le grand
chemin de Bavai à Mons, le laiſſant à gauche, & après avoir marché
le long des hayes de Frameries, elle paſſa à Genli, & de là ſe rendit au
camp.

L'artillerie ſuivie des caiſſons & des Vivandiers, paſſa au pont à
Haiſne & à celui qui étoit au-deſſous, ſuivit la chauſſée de Brunehault juſques dans la plaine, & de là elle prit le chemin de Valenciennes à Mons, qu'elle quitta pour aller à Waſme, & paſſant dans ce village, elle alla à la cenſe Temple, d'où laiſſant le petit Quevi ſur la gauche, elle ſe rendit au camp. Les bagages du quartier général & de
toute l'armée paſſerent la riviere aux ponts de la tenue de Beham &
de Montreuil, d'où ils prirent le chemin de Thulin, & de là dans la
plaine où ils ſuivirent leur ordre de marche après l'artillerie.

La marche de l'artillerie & des équipages fut couverte par les colonnes des troupes du côté de Mons.

L'armée campa ſur deux lignes, la droite près d'Harvent, la gauche entre le grand & le petit Quevi ; elle avoit un ruiſſeau en tête & un
autre derriere le camp.

Elle y arriva fort tard, & la difficulté de paſſer les ruiſſeaux
qui ſe trouvoient dans ſa marche l'obligea de s'approcher fort
près de Mons.

Le 23 toutes les troupes paſſerent la Sambre pour aller camper à Jumont ; la droite fit la gauche dans ce camp.

La marche ſe fit ſur trois colonnes, l'aîle droite eut celle de la
gauche ; cette colonne vint au pont de pierre qui mene à Ihy, laiſſa
le village à droite pour prendre la grande chauſſée qui paſſe auprès
de Scarbion, & laiſſant cette cenſe à droite, elle traverſa le ruiſſeau
auprès du bois de Villers-Meſſire-Nicol, & le côtoya pour remonter
entre les Rigneux & Rouvrois ; de là continuant ſa marche entre la
cenſe de Haubreucq & le bois de Saillermont, elle alla à Merbe-
Potterie, & paſſa la riviere près de Solre ſur Sambre pour ſe rendre à la
gauche du camp où fut ſon poſte.

Marche de
Quevi à Ju-
mont.
PLANCHE XI.

La ſeconde colonne fut pour l'infanterie, chaque ligne défila par
ſa gauche ; la premiere eut la tête de la marche : cette colonne paſſa
la digue de l'étang du petit Quevi pour venir à la cenſe du Sars, & la
laiſſant à gauche, côtoya le bois de Scarbion ; elle paſſa enſuite le ruiſſeau pour aller au vieux Reng qu'elle laiſſa à droite ; de là elle traverſa
le chemin qui va de Maubeuge à Merbe-Potterie, & paſſa la riviere
ſur le pont au deſſous de Jumont, qui étoit le plus près de ce village,
d'où elle ſe rendit à ſon camp.

F

L'aîle gauche fit la colonne de la droite, & fut précédée de l'artillerie. Cette colonne paffa près de Goignies-Cauchi, & le laiffant à gauche, elle alla à Villers-Meffire-Nicol, où elle traverfa le ruiffeau : elle
continua fa marche entre le bois de l'Hermitage & le grand Reng pour
aller à l'orme au deffus de Jumont, & paffa la riviere fur les ponts que
l'on avoit fait au deffous de ce village, pour fe rendre à la droite du
camp où fut fon pofte.

Les équipages précéderent la marche de chaque colonne : outre le
détachement ordinaire pour leur fureté, on envoya plufieurs pelotons d'infanterie & de cavalerie fur la gauche de la marche, depuis la
Trouille jufqu'à la Sambre, pour veiller fur Charleroi.

Les troupes camperent fur deux lignes, la gauche fut appuyée au
ruiffeau de la Thur, près de Solre fur Sambre, la droite à Marpent,
Jumont derriere le centre, & la Sambre derriere le camp.

M. de Luxembourg y fut joint par les troupes de M. de
Gournay, qui étoient campées entre le ruiffeau de la Thur &
celui de Hantes.

Le 25 l'artillerie s'avança au village de Hantes, à une demi-
lieue plus loin que le camp de M. de Gournay, & fur la route
que l'armée devoit tenir le lendemain. Les troupes étant fati-
guées des marches qu'elles avoient faites, M. de Luxembourg
les fit féjourner deux jours à Jumont; la Cour fut affez mécon-
tente du fecond féjour, parce qu'il retardoit la jonction qui devoit fe faire avec celles de M. de Boufflers auprès de Florennes.

Le 26 l'armée partit pour aller à Bouffu, près de Walcourt.

La marche fe fit fur trois colonnes. Toute la cavalerie eut celle de
la gauche, l'aîle droite paffa derriere le camp de l'infanterie pour fuivre la marche de l'aîle gauche : cette colonne traverfa le ruiffeau de la
Thur, près de Solre fur Sambre, & celui de Hantes fur le pont de ce
village qu'elle laiffa à droite pour aller à travers de la plaine à la
cenfe de Tapefeffe; de là elle prit le chemin de Donftienne qu'elle
laiffa à gauche, & le moulin à droite, auffi-bien que Caftillon; pour
fe rendre entre Bouffu & Slenrieu où fut le camp.

La cavalerie qui avoit fait l'aîle gauche au camp de Jumont, continua fa marche, paffant à la tête du camp de l'infanterie pour venir
à la droite de l'armée où étoit fon pofte; cette colonne couvrit la
marche de l'artillerie & des équipages du côté de Charleroi.

Les gros & menus équipages eurent la colonne du milieu, ils prirent le chemin de Solre fur Sambre à Colleretz; & lorfqu'ils arriverent
près de ce village, ils prirent à droite par le chemin qu'avoit tenu l'artillerie pour traverfer les ruiffeaux de Solre & de Hantes; ils laifferent
ce village à gauche, & pafferent à la cenfe d'Enfonpenne & à celle de

la Loge, ensuite à Strées, au moulin de Donstienne, à Castillon, &
de là au camp.

La colonne de la droite fut pour l'infanterie, qui laissant les équipages à gauche, passa à l'Abbaye de la Thur, & de là à Berchelies
l'Abbaye, d'où elle suivit le chemin de Beaumont jusqu'à la cense du
Pater; laissant ensuite Beaumont à droite, elle passa près du Viviers ;
de là elle alla à la cense de Jettefeuille, où elle rencontra le chemin
de Beaumont à Boussu qu'elle prit pour se rendre au camp.

Les troupes camperent sur deux lignes, la droite à Slenrieu, la gauche ayant derriere elle Boussu où étoit le quartier général.

Le 27 l'armée alla camper à Gerpines.

La marche se fit sur trois colonnes; la cavalerie eut celle de la gauche ; l'aîle droite passant par les derrieres de son camp & de celui de
l'infanterie, vint prendre la tête de la marche : cette colonne laissa
Miertenen & Rosignies à droite, traversa la riviere d'Heure à Bierfée,
d'où laissant la cense de Gourdine à droite, & Tarsienne à gauche,
elle se rendit au camp. L'aîle droite passa par l'intervalle qui séparoit
la gauche de l'infanterie de l'aîle gauche, & se rendit à la droite, passant devant la premiere ligne. Ces troupes couvrirent la marche des
équipages & de l'artillerie du côté de Charleroi.

L'artillerie & les bagages formerent celle du centre; ils laisserent
Fontenelle à gauche, passerent à Pri, & traverserent la riviere d'Heure
pour prendre le chemin du pont des Diables ; ils allerent ensuite à
Sombezé, & de là se rendirent au camp.

L'infanterie eut la colonne de la droite, elle alla passer à la forge
de Battefer, tourna autour de Walcourt, le laissant à gauche, & continua sa marche entre le bois & le village de Chestre pour aller à
Leneff, d'où elle se rendit à la droite de son camp. L'armée campa sur
deux lignes, la droite à Hensinelle, la gauche près de Gerpines, où
fut le quartier général, le ruisseau qui vient d'Hensin à Gerpines devant le camp.

On envoya plusieurs détachemens d'infanterie dans les bois
qui étoient sur la marche de l'armée & du côté de Charleroi ;
la facilité que les ennemis avoient de faire passer des troupes par
cette place, obligeoit de prendre cette précaution afin de
n'être pas inquiété dans la marche. M. de Gournay avec vingt
escadrons campa à Goignies.

M. de Valdeck, tranquille jusques-là sur les mouvemens de
M. de Luxembourg, détacha M. de Flodorf avec 22 escadrons, qui faisoient environ 3000 chevaux, pour s'avancer à
Fleurus, & veiller depuis l'Orneau jusqu'à Charleroi sur les détachemens qui chercheroient à passer la Sambre. Les ennemis

Marche de
Boussu à Ger-
pines.
PLANCHE XIII.

avoient aussi fait sortir des troupes de Namur pour garder les passages de la riviere depuis cette ville jusqu'à l'Orneau ; ils avoient occupé sur la rive gauche les châteaux & autres postes capables de résister à un coup de main, & avoient élevé quelques redoutes pour garder les gués.

Le 28 avant midi, M. de Rubantel vint camper à Metez avec le détachement de l'armée de M. de Boufflers & 30 pieces de canon.

M. de Luxembourg fit camper ce corps séparément de son armée, afin de faciliter sa marche, & d'ôter aux ennemis la connoissance de ses forces. Informé par des espions que M. de Valdeck étoit à Trasegnies sur le Piéton, & que le Prince de Nassau avec onze Régimens de cavalerie étoit dans des quartiers aux environs du Mazi & de l'Abbaye de Gemblours, il ne voulut pas différer davantage l'exécution du projet formé de porter l'armée du Roi au-delà de la Sambre. Il étoit extrêmement important de cacher à l'un & à l'autre la marche de l'armée pour se rendre sur cette riviere, & nécessaire d'être bien instruit des mouvemens que feroit M. de Valdeck, afin de ne pas s'engager dans un passage de ponts & de défilés assez difficiles s'il étoit en état de s'y opposer.

M. de Luxembourg voulant tromper les espions que les ennemis pouvoient avoir auprès de lui, & les plus prévoyans dans son armée, envoya ce même jour trois détachemens du côté de Charleroi & de Chastelet, sous prétexte de faire préparer des routes, & répandit le bruit qu'il y feroit marcher ses troupes. Il donna en même tems des ordres particuliers aux Commandans de ces détachemens d'arrêter tout ce qui iroit à Charleroi, & de s'opposer aux partis qui sortiroient de cette place pour venir le reconnoître. Cette précaution empêcha les ennemis d'être avertis de la marche qu'il fit le lendemain. Il comptoit qu'arrivant sur les bords de la Sambre sans y être attendu, il pourroit la passer assez promptement pour surprendre le Prince de Nassau, & esperoit que le corps de cavalerie qu'il commandoit ne se retireroit pas sans être entamé. Pour cet effet, M. de Luxembourg entreprit de passer la riviere entre Froidmont & Moustiers, dans un endroit où le Prince de Nassau, quand même il eût été averti, n'eût pû avec sa cavalerie seule s'opposer à la construction ni au débouché des ponts. La rive gauche est une grande prairie tellement dominée par la hauteur

qui

qui eft fur la rive droite , qu'il eft facile de cette hauteur d'écarter à coups de canon ceux qui voudroient fe préfenter fur la
riviere, & s'en approcher pour la défendre.

    La nuit du 28 au 29 , M. de Luxembourg prit les grena-
diers & les dragons de fon armée & la Gendarmerie , avec
lefquels il fe rendit à Metez ; il fe fit fuivre des pontons , de
quelques brigades d'artillerie , & du détachement de M. de Rubantel ; il marcha toute la nuit pour arriver à Ham fur Sambre,
pendant que M. de Gournay de fon côté s'y rendoit avec fa cavalerie.

    La marche fe fit fur deux colonnes. M. de Luxembourg qui avoit
celle de la droite, alla à Boffiers , paffa entre le bois du Roi & la tour
de Libine , laiffa Foffe & la cenfe de Tour-Avifé à gauche, & par la
Trouée du Chat, fe rendit à Ham fur Sambre.

Marche de
Gerpines , de
Goignies & de
Metez à Ham
fur Sambre.
PLANCHE XIV.

    M. de Gournay eut la colonne de la gauche ; il partit de Goignies
avec fes troupes, paffa à Sart-Haftache, & à Vitrivaux, & enfuite à
Surmont, où il prit le chemin de Ham fur Sambre. Toutes ces troupes
y arriverent le 29 au matin, & ce même jour l'armée marcha fur trois
colonnes pour s'y rendre.

    Celle de la droite fut pour toute l'infanterie , qui partant du camp
alla paffer à Bienne-Colonnoife, à Boffiers, & à Metez, d'où elle fuivit
la marche des troupes de M. de Rubantel qui étoient parties pendant
la nuit.

    La feconde colonne fut pour l'artillerie & les bagages de l'armée ,
lefquels en partant du camp, allerent paffer à Goignies, d'où ils fuivirent la marche des troupes de M. de Gournay.

    La troifiéme colonne fut pour toute la cavalerie ; elle alla de fon
camp à Villers-Potterie, enfuite à Prefle , qu'elle laiffa à gauche, &
paffa entre Clamenforge & Faliolle, pour fe rendre à Ham fur Sambre. Les Fufiliers marcherent avec l'artillerie, & les bagages eurent leur
efcorte ordinaire.

    M. de Luxembourg , qui avoit pris les devants avec fes dra-
gons & quelques Régimens de cavalerie des troupes de M. de
Rubantel , arriva fur la Sambre vers les dix heures du matin.
Comme la marche des pontons & de l'artillerie avoit été retar-
dée par les mauvais chemins , & que fon infanterie n'étoit pas
encore arrivée , il fit attaquer par des dragons deux redoutes
qui étoient fur le bord de la riviere de Sambre, vis-à-vis de
Froidmont, & dans lefquelles il y avoit peu de monde. Les
dragons de Pompone, aufquels fe joignirent beaucoup de cavaliers du Régiment de Furftemberg, s'en emparerent, après

G

avoir paſſé la riviere, partie à gué, partie à la nage. M. le Duc de Choiſeuil alla auſſi-tôt avec quelques eſcadrons inveſtir le château de Froidmont que les ennemis occupoient, & paſſa la Sambre de la même façon que les premieres troupes ; il s'op-poſa d'abord à quelques détachemens des ennemis qui parurent dans les bois, & qui vouloient ſe jetter dans Froidmont, ou aider la garniſon à ſe retirer, & donna le tems aux grenadiers d'arriver, & de paſſer la riviere dans un bateau qui ſe trouva près de ce château qu'ils acheverent d'inveſtir.

Les canons & les pontons n'arriverent qu'à trois heures après-midi. On jetta à l'inſtant deux ponts ſur la riviere, près des redoutes dont on s'étoit emparé. Pendant ce tems-là on dreſſa quelques pieces de canon contre le château de Froidmont, & cent dragons Eſpagnols qui le défendoient, ſe rendirent à diſ-crétion, après avoir eſſuyé dix ou douze volées de canon.

Voyez la
PLANCHE XV.
M. de Gournay avec vingt eſcadrons paſſa auſſi-tôt la Sam-bre & ſe porta juſqu'au défilé du Mazi. Six bataillons, la Gendarmerie, & deux Régimens de dragons défilerent ſur les ponts juſqu'à la nuit, & furent placés le long de l'Orneau. (A) L'armée campa à Ham ſur Sambre, (B) & y paſſa la nuit.

Le Prince de Naſſau avoit levé ſes quartiers le 29 au matin pour aller joindre M. de Valdeck, ſans cependant ſe douter de la marche de l'armée du Roi, dont il n'avoit eu aucun avis. Les ennemis avoient même ſi peu compté ſur ſon arrivée, que les chevaux des cent dragons qui gardoient le château de Froid-mont étoient à la pâture quand les premieres troupes de l'armée du Roi parurent ſur la hauteur de Ham.

M. de Luxembourg n'ayant pû combattre M. de Naſſau, & ne trouvant pas le terrein aux environs de Froidmont & de Mouſtiers avantageux pour ſon armée, ne voulut pas qu'elle y paſſât la Sambre. Cet inconvénient auſſi n'étoit pas le ſeul qu'il ſembloit devoir rencontrer entre l'Orneau & Namur. M. de Valdeck différoit d'agir contre l'armée du Roi, juſqu'à ce qu'il pût être joint par les troupes de Liege & de Brandebourg, ou qu'elles fuſſent à portée de faire une puiſſante diverſion. Dès que l'armée du Roi eut été entre l'Orneau & Namur, il eût pû s'approcher d'elle, laiſſant l'Orneau devant lui, & mettant ſa droite près de la Sambre, & dans cette ſituation il étoit im-poſſible aux deux armées d'en venir à une affaire générale ; mais comme M. de Valdeck eût pû jetter des ponts ſur la Sam-

bre près d'Aveloi, & y faire paſſer des troupes, il eût inquiété
de ce côté-là les convois que M. de Luxembourg étoit obligé
de tirer de Dinant & de Philippeville; & d'un autre côté ils
euſſent été attaqués par les troupes de Liége, qui étant prêtes
d'entrer en campagne, ſe fuſſent avancées à Namur, d'où il
étoit facile de troubler la communication de l'armée du Roi
avec ſes places.

Comme les fortes eſcortes que M. de Luxembourg eût été
obligé de donner à ſes vivres euſſent pû en peu de tems ruiner
ſes troupes, pour y obvier, & dans la ſuppoſition qu'il lui
conviendroit, ou qu'il ſeroit néceſſaire de faire ſéjourner long-
tems ſon armée au-delà de la Sambre, il avoit projetté d'établir des fours à Foſſe, & d'y faire voiturer des farines.

Mais quand même il eût trouvé à Foſſe la ſureté néceſſaire
pour l'établiſſement & le tranſport de ſes vivres, il eût été
obligé, malgré cette facilité, de repaſſer bientôt la Sambre,
ſoit par la rareté des ſubſiſtances pour ſa cavalerie dans un
pays rempli de bois, ſoit par la difficulté qu'il eût éprouvé dans
ſes fourrages, qui euſſent été ſans ceſſe harcelés par les troupes
de Liége & de Namur, & par celles de Brandebourg qui n'euſſent pas tardé à s'y joindre.

M. de Luxembourg ne voulant pas faire paſſer la Sambre à
ſon armée entre l'Orneau & Namur, ne pouvoit la porter au-
delà de cette riviere que pour la faire camper entre l'Orneau &
Charleroi. Il étoit à préſumer que M. de Valdeck feroit tous
ſes efforts pour s'y oppoſer : il devoit ne rien négliger pour
couvrir ce pays, afin de s'en réſerver les ſubſiſtances, & de
s'épargner les reproches des Alliés en général, & le blâme de
ſes troupes & des Etats Généraux en particulier, qui lui avoient
confié une armée capable de le mettre en ſureté. Cette partie,
relativement aux projets de leurs opérations, les intéreſſoit autant que la conſervation de leur propre pays; & comme le paſſage de la Sambre entre l'Orneau & Charleroi laiſſoit à M. de
Luxembourg la liberté de s'étendre dans le pays autant qu'il
le jugeroit néceſſaire pour ſes fourrages, & de pouſſer les contributions juſqu'aux portes de Louvain, M. de Valdeck ne pouvoit négliger de s'y oppoſer ſans laiſſer prendre à l'armée du
Roi un air de ſupériorité capable d'influer pendant toute la
campagne ſur le ſuccès des événemens. Cette conduite auſſi
n'eût pas manqué de répandre dans les troupes des Alliés un

efprit de défiance & de crainte, & dans celles du Roi une har-
dieffe & une confiance qui font toujours les préfages de la victoire.

Par toutes ces raifons il étoit vraifemblable que M. de Valdeck marcheroit fur la premiere nouvelle du paffage de la Sambre, pour combattre M. de Luxembourg. Le débouché des
ponts, & les défilés qui font près de la riviere, devoient retarder la marche de l'armée du Roi. Le détachement que M. de
Flodorf avoit auprès de Fleurus, pouvoit l'arrêter auffi quelque
tems, & donnoit à M. de Valdeck l'efpérance de pouvoir la
combattre avant qu'elle fût toute paffée, ou de la trouver dans
une pofition peu favorable pour la bataille.

M. de Luxembourg étendant fes vûes fur la campagne entiere, voyoit que le feul moyen de remplir fon objet & celui
de la Cour, étoit de profiter de la divifion des ennemis pour les
attaquer féparément ; & que s'il y avoit un moment favorable
pour combattre M. de Valdeck, c'étoit celui où il n'avoit que
fes troupes, & où celles de M. de Luxembourg & de M. de
Boufflers pouvoient agir enfemble fans aucun inconvénient. Il
pouvoit même arriver dans la fuite de la campagne des événemens qui rendant une bataille néceffaire, euffent fait regretter
à M. de Luxembourg la perte de cette occafion, parce qu'après
la jonction des troupes de Brandebourg & de Liége avec les
Hollandois, le fuccès d'un combat eût été auffi douteux que
difficile.

M. de Luxembourg ayant appris que l'armée ennemie étoit
tranquille dans fon camp de Tréfignies le 29 à midi, voyoit
que le paffage de la fienne fe feroit avec fureté, & fe décida
à fuivre fon projet.

M. de Valdeck avoit négligé le plus fûr & le feul moyen
d'empêcher M. de Luxembourg de paffer la Sambre entre l'Orneau & Charleroi, qui étoit de placer M. de Flodorf entre le
Chaftelet & cette place, pour empêcher l'armée du Roi d'y
furprendre le paffage de la riviere, de s'avancer lui-même avec
le refte de la fienne entre Fleurus & la Sambre, d'y veiller par
des détachemens depuis le Chaftelet jufqu'à l'Orneau, & de
faire paffer dans Charleroi des partis pour être informé de tous
les mouvemens que feroit l'armée Françoife.

Le 30 de grand matin, on donna les ordres pour faire rompre les ponts qui avoient été faits la veille au-deffous de Froidmont

mont, & pour les établir au-deſſus de la chûte de l'Orneau, vis-
à-vis de Jemeppe. M. le Duc du Maine étoit chargé de ce travail, & de faire défiler les troupes le plus promptement que
faire ſe pourroit, afin de s'avancer aux endroits qu'on lui feroit
ſçavoir.

M. de Luxembourg voulant examiner les chemins que les
troupes tiendroient au débouché des ponts & reconnoître le
pays par lui-même, fit paſſer l'Orneau aux troupes qu'il avoit,
& manda à M. de Gournay d'en faire autant avec ſa cavalerie,
& de diriger ſa marche ſur Velaines, prenant par les hauteurs entre la Sambre & le ruiſſeau qui vient de Saint-Martin ſe jetter
dans l'Orneau. Il lui fit dire auſſi de détacher pluſieurs troupes
de cavalerie ſur la route de Jemeppe à Velaines, afin de con-
ſerver entr'eux une communication libre & de pouvoir ſe con-
certer avec plus de promptitude ; il paſſa en même tems ſur le
pont de Jemeppe avec dix eſcadrons, ſçavoir ſix de dragons,
& quatre de la Gendarmerie, & fit faire un autre pont pour l'infanterie qui avoit paſſé la Sambre dès la veille. Il ſe fit précé-
der par M. de Cheladet, Lieutenant-Colonel, qu'il détacha devant lui avec 200 chevaux.

M. de Cheladet ayant marché par une trouée qu'il falloit
paſſer pour aller à Velaines, apperçut quatre à cinq petites troupes des ennemis (C) ; il en donna avis à M. de Luxembourg,
qui s'avança avec trois eſcadrons de dragons, laiſſant en arriere
le reſte de ſes troupes qui le ſuivoient & qui étoient retardées
par la difficulté des chemins. Ces premieres troupes des ennemis ſe retirerent à ſon approche & repaſſerent un défilé qu'elles
avoient derriere elles pour aller rejoindre leur gros. Après les
avoir pouſſé, on commença à découvrir le corps de cavalerie
que commandoit M de Flodorf, qui craignant d'avoir affaire à
toute l'armée du Roi, s'étoit mis en bataille ſur deux lignes (D),
& ſe retiroit en bon ordre. M. de Cheladet ſoutenu par des
dragons, le ſuivoit à vûe, & s'approchoit de tems à autre aſſez
près de ces petites troupes détachées qu'il avoit d'abord pouſ-
ſées, & qui reſtoient en arriere du gros de la cavalerie ennemie.

M. de Flodorf prenoit ſa marche pour aller à Heppeni, laiſſant Fleurus à droite ; il s'arrêta d'abord avant de repaſſer le défilé qu'il avoit derriere lui, & M. de Cheladet eut le loiſir de reconnoître que ce corps étoit ſeul, & que d'aucun côté il ne pa-

H

roiſſoit des troupes pour le ſoutenir. M. de Luxembourg avoit fait avertir M. le Duc du Maine de faire avancer promptement la cavalerie, & avoit envoyé dire à M. de Gournay de faire le plus de diligence qu'il pourroit. La Gendarmerie & les dragons étant arrivés pendant que M. de Flodorf étoit encore dans la plaine, M. de Luxembourg s'approcha du ruiſſeau de Velaines & du défilé qu'il avoit devant lui. M. le Duc du Maine l'ayant joint enſuite avec ſept eſcadrons, il paſſa le ruiſſeau & mit ſa cavalerie en bataille ſur une ſeule ligne. Dès que la cavalerie du Roi s'approcha des ennemis, ils ſe remirent en marche & repaſſerent le ruiſſeau qu'ils avoient derriere eux; ils s'arrêterent après l'avoir paſſé & firent une ſeconde halte (E), ayant ſur la hauteur devant eux les petites troupes, qui dans leur retraite étoient reſtées en arriere. M. de Luxembourg les ſuivit, & remarqua en eux l'embarras & le peu d'aſſurance qu'il y a preſque toujours dans des troupes qui ne ſont occupées que de ſe retirer, & d'éviter une action; il s'avança fort près du ruiſſeau qu'ils venoient de repaſſer, & comme il vit paroître la tête de la cavalerie de M. de Gournay, il crut que l'arrivée de ces troupes ne manqueroit pas de faire penſer à M. de Flodorf que c'étoit la tête de l'armée du Roi, & que dans cette crainte la cavalerie ennemie ne rendroit qu'un foible combat. Il reſta encore pendant quelque tems dans cette poſition, afin de pouvoir ſe ſervir de la cavalerie de M. de Gournay, ſi elle lui étoit néceſſaire : il remarqua enſuite deux petites troupes de l'autre côté de Fleurus qui paroiſſoient ſe retirer; il ordonna à M. de Cheladet de s'abandonner deſſus, & de lui amener des priſonniers; & comme il craignoit que toute la cavalerie ennemie s'éloignât ſans combattre, le terrein ne lui paroiſſant nulle part deſavantageux pour aller à la charge, il prit le parti de la faire ſonner, & de faire lever les étendarts qu'il avoit recommandé juſques-là de tenir baiſſés. Il fit en même tems ébranler ſa cavalerie pour attaquer les ennemis. Elle alla à la charge avec tant d'ardeur, qu'après les avoir fait plier, elle s'emporta avec beaucoup de vivacité à la pourſuite. Quelques eſcadrons allerent donner dans dix-huit à vingt troupes des ennemis, (F) qui avoient été détachées de leur armée pour ſoutenir M. de Flodorf, d'autres paſſerent bien au-delà; les uns & les autres revinrent fort en deſordre; les dix-huit à vingt troupes des ennemis pouvoient faire huit à dix eſcadrons; une partie ſe détacha ſur

Combat de ca-
valerie.
PLANCHE XV.

les troupes du Roi, & les auroient poussé fort loin à leur tour,
si M. de Luxembourg n'avoit retenu deux escadrons de la Gendarmerie & un autre de cavalerie, qui soutinrent les efforts des
ennemis, & donnerent le tems à une partie de ses dragons & de
sa cavalerie de se rallier. On en forma d'abord une seconde
ligne derriere les trois premiers escadrons, & ensuite une troisiéme derriere la seconde. M. de Gournay commençant alors
à s'approcher, les ennemis craignirent de s'engager, & après
avoir resté quelque tems assez près les uns des autres, ils se retirerent. M. de Luxembourg sçachant que l'armée ennemie
étoit peu éloignée, fit repasser le ruisseau à ses troupes, satisfait de l'avantage qu'il avoit eu de mettre en fuite le détachement de M. de Flodorf, qui reçut un échec assez considérable.
On se retira au pas, la premiere ligne passant alternativement
dans les intervalles des deux autres, qui pendant ce tems-là faisoient face aux ennemis. On fit sur eux cent soixante prisonniers, & ils perdirent plusieurs Officiers de distinction.

M. le Prince de Valdeck étoit pendant ce tems-là en pleine
marche, & la tête de son armée arrivoit à Heppeni; il étoit
parti de Trasignies le 29 à cinq heures du soir, & avoit d'abord
paru vouloir aller camper à Montigni sur Sambre; il avoit ensuite repris sur sa gauche pour s'approcher de l'armée du Roi.
Quand il vit le desordre de sa cavalerie, il fit mettre son armée
en bataille entre Heppeni & Wanglée (L), & sur le soir il
avança sa gauche entre Wanglée & Saint-Amand & passa la
nuit dans cette position.

M. de Luxembourg avoit ordonné qu'on mît l'infanterie en
bataille à mesure qu'elle passeroit les ponts, & qu'on la fît
avancer (G) avec celle qui défiloit sur l'Orneau pour soutenir
la cavalerie. Toutes ses troupes arriverent de bonne heure au
camp de Velaines, & camperent sur deux lignes (H), la gauche près d'un ravin qui va se perdre dans la Sambre, la droite
allant vers le château de Milmont. Le quartier général fut à
Velaines. Douze bataillons (J) sous les ordres de M. de Rubantel, une partie de l'artillerie, & les gros équipages de l'armée,
(K) avec des troupes détachées pour leur escorte, allerent à
Aveloi, & on y remonta pendant la nuit les deux ponts qui
avoient été faits la veille près de l'Orneau.

M. de Luxembourg passa la fin de la journée à reconnoître
les ennemis, & tint pendant la nuit des détachemens en cam-

1690.
JUILLET.
Voyez le pre-
mier plan de la
bataille de Fleu-
rus.
Planche XVI.

pagne pour les obferver & lui rendre compte de leurs mouvemens.

Le lendemain premier de Juillet, étant retourné à la pointe du jour examiner leur difpofition, il prit le parti de les combat-tre ; il envoya fes ordres pour faire retirer tous les bagages au-delà de la Sambre à Aveloi (B), où on avoit laiffé le jour pré-cédent les gros équipages, & manda à M. de Rubantel de join-dre l'armée avec fes troupes & fon artillerie.

Les ennemis avoient paffé la nuit du 30 Juin au premier Juil-let en bataille fur deux lignes (K), leur droite avoit été avancée fur la hauteur qui eft entre Heppeni & Vangenies, leur gau-che étoit appuyée à des châteaux & villages, & au ruiffeau qui vient de Wanglée à Saint-Amand ; Fleurus étoit devant eux, mais ce village étant trop éloigné, ils ne l'avoient point occupé, ils avoient mis des bataillons entiers & des détachemens dans les villages qui étoient à leur gauche, & dans la cenfe des Moines qu'ils avoient devant eux. Leur artillerie (a) étoit pla-cée avantageufement, & ils avoient devant leur front deux ruiffeaux dont l'un vient de Vangenies, & l'autre de Wanglée, lefquels fe joignent à Saint-Amand ; il leur étoit arrivé quel-ques troupes pendant la nuit dont ils avoient formé une troifié-me ligne qui leur fervoit de réferve.

L'armée du Roi s'avança fur cinq colonnes (C) pour fe met-tre en bataille entre Velaines & Fleurus. Les deux de la gauche furent pour l'aîle gauche de cavalerie & la gauche d'infanterie. Les deux de la droite furent pour l'aîle droite, & la droite d'in-fanterie ; l'artillerie eut celle du milieu. Toute l'armée arriva à huit heures du matin dans la plaine, & on la mit auffi-tôt en bataille (D). Comme la gauche étoit le point d'appui fur le-quel les autres troupes devoient doubler, afin de s'étendre fur la droite, l'aîle gauche fe forma la premiere fur deux lignes, ayant devant fa droite Fleurus. L'infanterie rempliffoit le ter-rein qui étoit entre l'aîle gauche & le village de Ligni ; toute l'aîle droite étoit en colonne (D) entre ce village & celui de Boignies, par lequel elle avoit pris fa marche. Il y avoit avec cette cavalerie cinq bataillons & neuf pieces de canon.

L'infanterie étoit en bataille à fix de hauteur, & la cavalerie à trois ; les Piquiers étoient au centre des bataillons. M. de Lu-xembourg avoit réglé qu'entre chaque bataillon il y auroit un intervalle égal au front qu'il occupoit, & qu'excepté les occafions

fions où on feroit obligé de décider le combat par le feu , l'infanterie Françoife confervant le fien , marcheroit à celle des
ennemis pour la joindre.

L'armée du Roi devoit être de 40 bataillons & 80 efcadrons,
mais il étoit refté à Dinant trois bataillons pour efcorter un
convoi qu'on devoit en tirer dans peu de jours , & ils ne joignirent qu'après la bataille (*) : les deux armées étoient également
fortes en infanterie , mais M. de Valdeck avoit moins de cavalerie.

(*) Voyez la
Pl. XVIII.

M. de Luxembourg avoit remarqué que le flanc gauche des
ennemis étoit affuré par le ruiffeau & le village aufquels il étoit
appuyé ; mais par la connoiffance qu'il avoit du pays , il crût
qu'il pourroit les tourner & les attaquer par derriere en même
tems qu'il les combattroit de front. Ce projet devoit les obliger à changer leur difpofition , & le terrein dans lequel il vouloit agir étoit propre pour fa cavalerie. Comme il étoit néceffaire pour y réuffir de faire prendre à fa droite un grand détour ,
& de dérober aux ennemis la connoiffance de fa marche , il
fongea à leur donner de l'attention fur tout leur front , fans fe
commettre , jufqu'à ce que fa droite pût entrer en action.

M. de Valdeck avoit négligé d'avoir au-delà de fa gauche
des troupes détachées pour l'informer des mouvemens que l'armée du Roi pourroit faire pour la tourner ; il avoit pris le parti
de s'arrêter entre Heppeni & Wanglée, & d'y recevoir la bataille,
au lieu de s'avancer contre l'armée du Roi & de l'attaquer s'il
la croyoit plus foible que la fienne , ou de s'en éloigner pendant la nuit, s'il la croyoit plus forte ; la lenteur & l'indécifion
avoient jufqu'à ce moment caractérifé toutes fes démarches.
Ces raifons & le peu de précautions qu'il avoit pris au-delà de fa
gauche, rendoient moins dangereux & en même tems décifif pour
le fuccès de la bataille le mouvement que M. de Luxembourg
projettoit de faire faire à fon aîle droite (a). Avant de l'exécuter,

(a) M. de Feuquieres prétend que ce fut l'aîle gauche de M. de Luxembourg , commandée par
M. de Gournay , qui exécuta ce mouvement ; il fait auffi mention d'un gros corps d'infanterie que
M. de Valdeck avoit mal à propos placé dans le village de Ligni , & qu'il ne put retirer après la
défaite de fa cavalerie. Il eft très-vraifemblable que M. de Feuquieres, qui fervoit pendant cette
campagne en Piémont , étoit mal inftruit de ce qui fe paffoit en Flandre , car fon récit eft entierement oppofé à toutes les Lettres , Mémoires & Relations dignes de foi qui parlent de la bataille
de Fleurus. Pour fe fixer à quelque chofe de certain , on peut s'en rapporter à M. de Guifcard ,
Officier Général eftimé , qui , après avoir examiné avec attention tout le champ de bataille , la
pofition des ennemis , celle de l'armée du Roi , & le détour que M. de Luxembourg fit prendre à
fon aîle droite , écrivit à M. de Louvois peu de jours après l'action , pour lui en rendre compte.

I

il fit occuper Fleurus par fix bataillons, & difpofa le refte de fon infanterie près du ruiffeau qui vient de ce village à Ligni (E). M. de Gournay qui commandoit la cavalerie de l'aîle gauche, la fit avancer à la droite & à la gauche de Fleurus, & M. de Luxembourg lui donna ordre de fe mettre à portée d'attaquer la droite des ennemis dans le moment où il lui feroit fçavoir qu'il pourroit attaquer leur gauche.

M. de Rubantel, qui commandoit l'infanterie, devoit attaquer le centre des ennemis dans le même tems.

Les troupes s'avancerent aux différens endroits où elles devoient fe placer, & dès qu'elles y furent poftées, elles commencerent à effuyer le feu de l'artillerie ennemie. M. du Metz, pour y répondre, fit mettre en trois batteries, depuis le chemin qui étoit au-deffus de Fleurus jufques vis-à-vis les haies du village de Saint-Amand, 30 pieces de canon deftinées pour la gauche (*bbb*); cette artillerie marcha à la tête des troupes jufqu'à ce qu'elles fuffent prêtes d'entrer en action.

Jufques-là tout fembloit annoncer aux ennemis qu'ils alloient être attaqués par leur front, & ce fut ce moment que M. de Luxembourg faifit pour faire marcher avec vivacité fon aîle droite; elle paffa le ruiffeau de Ligni fur deux ponts qu'on fit faire dans ce village, & s'avança jufqu'à l'arbre des trois Burettes fur la grande chauffée (F). On ne put y mettre la cavalerie en bataille pour la faire avancer de front, à caufe d'un marais qui fe trouva devant elle. La premiere ligne le laiffa à droite, la feconde à gauche, & on les fit marcher promptement pour fe mettre en bataille. (I)

M. de Valdeck jufqu'à ce moment avoit été occupé des troupes qu'il avoit devant lui, & qu'il voyoit s'avancer (H) pour l'attaquer, il n'eut que fort tard connoiffance de la marche qui fe faifoit loin de lui, & qui étoit favorifée par la hauteur des bleds. Dès qu'il en fut averti, il fongea à s'oppofer aux troupes qui marchoient pour l'envelopper. Il ordonna à la gauche de la feconde ligne de fe mettre en bataille entre Wanglée & la cenfe de Cheffeau (L), & détacha fa réferve (*m*) pour la foutenir.

Sa lettre marque expreffément que le mouvement dont il eft queftion fut fait contre l'aîle gauche des ennemis, & bien loin de reprocher à M. de Valdeck d'avoir mis beaucoup d'infanterie dans le village de Ligni, il le blâme de n'avoir point eu de détachement près de ce village pour l'avertir des mouvemens que l'armée du Roi voudroit faire par fa droite.

M. de Luxembourg, en mettant fa cavalerie en bataille,
donna la droite à mener à M. le Duc du Maine, & la gauche à M. le Duc de Choiféuil ; & comme il remarqua que les enne- mis avoient de l'infanterie entre-mêlée parmi leur cavalerie, il mit aufli trois bataillons & cinq pieces de canon (C) dans fa pre- miere ligne, il mit les deux autres bataillons qu'il avoit amenés avec quatre pieces de canon à fa droite, pour prendre pofte à la cenfe de Chefleau ; trois efcadrons qui étoient en réferve eu- rent ordre de couvrir le flanc de ces deux bataillons quand ils fortiroient des haies qui étoient devant eux pour entrer dans la plaine.

Comme depuis le village de Saint-Amand jufqu'à la gauche de l'aîle droite de l'armée du Roi, il fe trouvoit un grand vuide, on tira de la feconde ligne d'infanterie neuf bataillons, qui fu- rent placés vis-à-vis la cenfe des Moines, & qu'on étendit juf- qu'à Wanglée (G), ils firent ce mouvement pendant qu'on achevoit celui de l'aîle droite. Ils traverferent le ruifleau fur le pont du château de Ligni, & on établit devant eux trente pie- ces de canon pour battre les poftes que les ennemis occupoient & toutes les troupes de leur gauche.

Ces difpofitions étant finies, on attaqua la cavalerie de la gauche des ennemis ; elle étoit inférieure en nombre, & inti- midée par la fituation critique de l'armée entiere, & elle fut ai- fément rompue ; l'infanterie qui combattoit parmi cette cava- lerie n'eut pas un meilleur fort, & fut toute diffipée ou dé- truite. Quelques bataillons de l'armée du Roi fortirent en même tems des haies de Wanglée pour fe joindre à l'aîle droite, ce qui donna moyen de refferrer davantage les troupes enne- mies qu'on avoit rejetté dans les villages.

Peu de tems avant d'entrer en action, M. de Luxembourg avoit envoyé ordre à M. de Gournay & à M. de Rubantel d'attaquer la droite & le centre des ennemis.

M. de Rubantel ayant pris pofte au village de Saint-Amand, fit avancer l'infanterie entre ce village & celui de Fleurus. M. de Gournay de fon côté fit fortir l'infanterie qui étoit dans Fleurus pour la placer dans les haies de Vangenies (Q). En faifant étendre cette infanterie fur la gauche, il remplit l'inter- valle qu'il y avoit entr'elle & les troupes de M. de Rubantel, par la cavalerie qui étoit placée à la droite de Fleurus, & celle que M. de Tilladet commandoit à la gauche de ce village, for- ma une feconde ligne derriere elle.

Dès que M. de Gournay crut devoir attaquer la droite des ennemis, il paſſa le ruiſſeau de Vangenies à la tête de ſa cavalerie, & s'avança dans la plaine (N). Le feu des bataillons ennemis & de leur artillerie placée avantageuſement, fit perdre beaucoup d'hommes & de chevaux aux troupes du Roi; M. de Gournay fut tué : le deſordre ſe mit dans ſes troupes; elles plierent & repaſſerent le ruiſſeau.

M. de Rubantel avoit fait en même tems avancer de l'infanterie pour ſeconder les efforts de M. de Gournay, mais le mauvais ſuccès de la charge de la cavalerie empêcha les troupes de M. de Rubantel de ſe ſoutenir dans la plaine, & elles furent obligées de ſe retirer dans les haies de Saint-Amand.

Voyez le ſecond plan de la bataille de Fleurus.
PLANCHE XVII.

M. de Valdeck voyant la ſupériorité qu'il avoit en cet endroit, détacha de ſon aîle droite la cavalerie qui y formoit la ſeconde ligne (B), afin d'aller au ſecours de ſa gauche qui étoit fort maltraitée. Le deſordre y étoit ſi grand, qu'il ne pût s'occuper à pouſſer le centre & la gauche de l'armée du Roi; d'ailleurs, quoiqu'il les eût fait plier, il s'y trouvoit encore beaucoup de troupes entieres & en ordre qui faciliterent le ralliement de celles qui avoient combattu.

M. de Luxembourg, après avoir battu l'aîle gauche des ennemis, ordonna à M. le Duc du Maine de remettre en bataille autant de cavalerie qu'il pourroit, & de s'étendre ſur la droite à meſure qu'il s'avanceroit, afin de déborder le front des troupes que M. de Valdeck voudroit lui oppoſer. Les troupes des ennemis qui s'étoient jettées dans les villages lors de la défaite de leur aîle gauche, voulurent faire un effort pour en ſortir & pour rétablir la bataille; mais ayant toujours été repouſſées, M. de Luxembourg fit avancer ſon aîle droite (A) pour attaquer de nouveau les ennemis, & décider entierement le ſuccès de cette journée.

Le centre & la gauche de l'armée du Roi n'ayant point été pourſuivis, s'étoient ralliés (C), & ſe préparoient à retourner à la charge, lorſque M. de Valdeck deſeſperant de pouvoir rétablir la bataille, prit le parti de faire retirer ſes troupes (D). M. de Tilladet, qui depuis la mort de M. de Gournay, commandoit l'aîle gauche, ayant culbuté quelque cavalerie que les ennemis avoient laiſſé devant lui pour favoriſer leur retraite, joignit M. de Luxembourg, & alors les troupes des ennemis, qui s'étoient retirées dans les châteaux & villages, ſe trouverent
ſéparées

séparées entierement de leur armée, & abandonnées à elles-

mêmes.

M. de Luxembourg les fit investir & ne s'amusa pas à les forcer. Il voyoit le gros de l'infanterie ennemie, au nombre de 14 bataillons, qui se retiroit lentement & en ordre (E), & qui avoit à sa droite & à sa gauche de la cavalerie. Il craignit que derriere ces troupes il ne s'en ralliât de nouvelles, & fit attaquer leur cavalerie, qui fut aussi-tôt défaite. L'infanterie forma un quarré pour se défendre & ne voulut entendre à aucune composition. M. de Luxembourg attendit pendant quelque tems la sienne, & son canon; il laissa des intervalles dans la ligne d'infanterie qu'il forma contre les ennemis, afin que sa cavalerie (F) pût les charger en même tems, & profiter du moindre jour qu'ils laisseroient. Ils soutinrent la premiere charge avec fermeté, mais ensuite quelques bataillons ayant perdu de leur terrein, tout ce corps fut dissipé. Une partie se jetta dans les haies de Saint-Fiacre, & se rendit à discrétion; le reste fut poursuivi jusqu'à Melinge (G), & se sauva dans les bois de tous côtés.

On remit l'armée en bataille aussi-tôt que celle des ennemis fut retirée, ils s'en allerent partie à Charleroi, dont le Gouverneur leur fit fermer les portes, & partie à Nivelle, où M. de Valdeck trouva M. de Vaudemont qui venoit avec un détachement de l'armée de M. de Castanaga pour le joindre. Ils y resterent pendant deux heures, rallierent quelques fuyards, & s'en allerent ensemble à Bruxelles. On différa jusqu'au lendemain à attaquer les troupes qui étoient restées dans le château de Saint-Amand, & dans les villages & censes qui l'environnent, & elles se rendirent à discrétion.

Le génie de M. de Luxembourg fut l'ame de cette grande journée; le projet conçu avec hardiesse, étoit fondé sur une parfaite connoissance des talens & des défauts du Général qui lui étoit opposé. Aucun des moyens qui devoient en rendre l'exécution heureuse ne fut négligé. Avant la bataille tout fut prévû, l'action fut conduite avec l'art & l'intrépidité capables d'en décider le succès.

Le jour de la bataille, l'armée du Roi campa sur deux lignes, la droite à Fleurus, la gauche vers Saint-Fiacre : le lendemain elle retourna à Velaines où elle reprit son premier camp.

On fit monter assez généralement la perte des Alliés à six mille hommes tués ou hors de combat, & à près de huit mille

K

prifonniers. Celle que fit l'armée du Roi fut de trois à quatre mille hommes tués ou bleffés (a).

On envoya à Dinant & à Philippeville les prifonniers faits fur les ennemis ; & le 6 de Juillet l'armée marcha à Farcienne, tant à caufe de la rareté des fourrages aux environs du camp de Velaines, que pour la commodité des vivres dont les charrois y étoient plus faciles.

Marche de Ve-
laines à Farcien-
ne.
PLANCHE XIX.

La marche fe fit fur trois colonnes. La cavalerie & l'infanterie de la gauche eurent celle de la droite. Ces troupes en partant de leur camp, laifferent Fleurus à droite, pour aller à travers champs à la cenfe de Fon-tenelle ; de là elles laifferent les Wanages à gauche, & marcherent par la grande voie pour fe rendre au camp.

La feconde colonne fut pour l'artillerie & tous les équipages de l'ar-mée. Elle alla paffer à Wanneferfée, où elle prit le grand chemin des Wanages, & les laiffant à droite, elle fuivit le chemin qui mene au pont de Loup & fe rendit au camp.

La troifiéme colonne fut pour la cavalerie & l'infanterie de la droite, qui marchant par les derrieres du camp, & laiffant Wanneferfée à droite, prit le chemin qui defcend à la Sambre, & fe rendit à la droite du camp. L'armée campa fur deux lignes, la droite ayant le château de Farcienne derriere elle, la gauche fut près de Chaftelet, & la Sambre derriere le camp.

La Cour qui avoit été promptement informée du détache-ment que M. de Caftanaga avoit fait avant la bataille pour aller joindre M. de Valdeck, avoit donné ordre à M. le Maréchal d'Humieres de chercher l'occafion d'attaquer les Efpagnols qui devoient aller camper à Gavre. Pour cet effet, & fur la nou-velle qu'il étoit forti des troupes de Mons pour aller à Oude-narde, M. de la Valette avoit envoyé à Tournai quatre batail-lons qu'il avoit auprès de Condé. Mais la Cour fatisfaite de l'avantage que M. de Luxembourg venoit de remporter, dé-fendit à M. le Maréchal d'Humieres de rien entreprendre. Elle s'occupa d'abord des moyens de recueillir les fruits de cette victoire, qui changeoit entierement fur la frontiere l'état de la guerre, & fongea aux différens fiéges qui euffent pû la fuivre.

(a) Les principaux Officiers que le Roi perdit dans cette action, furent M. de Gournay, Lieu-tenant Général, M. du Metz, commandant l'artillerie, M. des Cures, Maréchal des Logis de l'armée ; Meffieurs de Saulx, de Bertillac, de Soyecourt & de Meuler, Colonels, tués ; Meffieurs de Vivans, Maréchal de Camp ; de Ximenès, de Caftries & d'Alegre, Brigadiers ; de Cailus, le Comte de Naffau, Bolen, Stoup, de Bouzole & de Roucy, Colonels, y furent bleffés.

Elle fe propofa Namur, Charleroi, Mons & Ath; la prife de
ces deux dernieres places lui parut impoffible, parce qu'elle
crut qu'une partie de l'infanterie ennemie devoit s'y être
retirée après la bataille; l'inondation de Charleroi en rendoit
l'inveftiffement fort difficile; elle eût defiré qu'on pût prendre Namur, où il n'y avoit que 3000 hommes de garnifon; mais la féparation des quartiers, la précaution que prirent
les ennemis d'y faire entrer de la cavalerie, qui étoit fur la Me-
haigne, la facilité qu'avoient les troupes de Brandebourg de
marcher des deux côtés de la Meufe, & de joindre par Hui
M. de Valdeck, & les préparatifs immenfes néceffaires pour
une pareille entreprife, porterent M. de Luxembourg à rejetter
cette propofition. Cependant dans le cas où il eût été poffible
d'attaquer Namur, la Cour s'en remettoit entierement à lui,
pour difpofer à fa volonté des troupes que commandoient M. le
Maréchal d'Humieres & M. de Boufflers, & pour les joindre à
fon armée, s'il le jugeoit à propos.

M. le Maréchal d'Humieres avoit 30 efcadrons & 12 bataillons, & M. de Boufflers 29 efcadrons. Ainfi M. de Luxembourg, en laiffant le corps de M. de la Valette aux lignes, auroit eu 52 bataillons & 139 efcadrons.

La perte que les ennemis avoient faite ne donnoit pas à l'armée du Roi une fupériorité, mais feulement une égalité de forces qui l'affuroit de garantir la frontiere pendant cette campagne, de fubfifter aux dépens du pays ennemi, & d'en tirer de
groffes contributions.

Les effets & les fuites de la victoire, quoique réels, ne pouvoient fe faire fentir d'une façon éclatante fans donner lieu à
de nouveaux événemens; à quelque Place qu'on fe fût attaché,
les ennemis auroient pris le parti de donner une feconde bataille pour la fauver, parce qu'en la perdant il ne pouvoit arriver que de laiffer l'armée du Roi prendre la Place, & s'ils la ga-
gnoient, les chofes revenoient à leur premier état. Comme cependant la victoire donne toujours un grand avantage à des
troupes contre celles qu'elles ont une fois battu, M. de Luxembourg defiroit qu'on en profitât pour former quelque entreprife.
Son fentiment étoit d'affiéger Ath, parce qu'en prenant cette
Place pendant cette campagne, & Charleroi au commencement
de la campagne fuivante, on en retireroit de très-grands avantages
pour faire la guerre en Flandre. En affiégeant Ath on auroit eu

de la facilité à fecourir les lignes ; & après la prife de cette place, l'armée leur auroit donné de la protection par tous les mouvemens qu'elle auroit pû faire, foit fur la Dendre jufqu'à Aloft, foit fur la Senne jufqu'auprès de Bruxelles.

M. de Luxembourg jugeoit néceffaire que M. de Boufflers pût prévenir à Ath les troupes de Brandebourg, & avec cette précaution il comptoit de réuffir à prendre cette place.

En prenant Charleroi après Ath, on auroit eu la facilité de fe porter de la Dendre à la Sambre & jufqu'auprès de Namur par deux routes différentes & courtes, fçavoir au-deffous & au-deffus de Mons ; & en établiffant des fours & des magafins à Charleroi, l'armée auroit pû s'avancer jufques fur la Dyle ; on auroit défolé le pays ennemi, les Alliés euffent été obligés de tenir de fortes garnifons dans Mons & Namur, & le moindre avantage eût affuré la conquête de l'une de ces deux places.

Pendant que la Cour & le Général fe propofoient leurs projets, les troupes de Brandebourg s'approchoient de la Meufe, & celles de Liége, fous les ordres de M. de Cerclas, marchoient pour joindre M. de Valdeck. On doutoit en quel endroit les troupes de Saxe & de Baviere devoient agir, on croyoit qu'elles paffe-roient le Rhin à Mayence, & qu'elles marcheroient fur la Mo-felle ; on ne fçavoit fi les troupes de Brandebourg viendroient en Flandre, ou fi elles iroient joindre celles de Saxe & de Ba-viere. Cette incertitude obligeoit la Cour de veiller avec atten-tion fur cette partie de la frontiere ; & comme il pouvoit arri-ver que M. de Boufflers fût obligé d'y marcher avec toutes les troupes qui lui avoient d'abord été deftinées, elle fe décida à ne rien entreprendre, malgré le grand délabrement où fe trou-voit l'armée Hollandoife.

M. de Boufflers reprenant fes troupes & reftant fur la Meufe, devoit obferver celles de Brandebourg, & affurer fa jonction avec M. de Luxembourg de façon à pouvoir toujours lui don-ner & en recevoir des fecours.

Quant à fa marche fur la Mofelle, la Cour veilloit fur cette partie de la frontiere pour qu'il y arrivât quand il feroit nécef-faire ; & fi les ennemis y formoient une armée confidérable, M. de Boufflers devoit être fortifié par des troupes de l'armée d'Allemagne.

Peu de jours après la bataille, M. de Caftanaga ayant marché à Gavre, M. le Maréchal d'Humieres s'avança fur l'Efcaut avec

les

les troupes qu'il commandoit, & campa à Avelghem pour
l'obferver, ce qui n'empêcha pas les Anglois, qui avoient été
jufques-là avec M. de Caftanaga, d'aller joindre près de Bruxelles M. de Valdeck. Les Etats Généraux, afin de rétablir
leur armée, tirerent auffi de leurs places quinze bataillons qui
n'avoient pas encore fervi en campagne, & y firent revenir
ceux qui avoient été les plus maltraités à Fleurus.

Le 9 de Juillet, M. le Duc de Choifeuil & M. de Montrevel
furent détachés avec 2000 chevaux pour faire une courfe jufqu'à Tirlemont, & au fauxbourg de Louvain, ce qui obligea
le pays de fatisfaire aux contributions aufquelles il avoit été
impofé.

M. de Luxembourg tranquille par l'éloignement des troupes
ennemies qui fe raffembloient à Vilvorde, n'avoit d'autre objet
jufqu'à leur jonction, que celui de choifir des pofitions d'où il
pût prévenir les Alliés réunis, foit aux lignes, foit fur la Sambre, s'ils y revenoient; voyant que M. de Valdeck avoit été
renforcé, il voulut fe placer entre M. de Boufflers & les lignes,
& fe mettre également à portée de l'un & de l'autre. Dans cette
vûe, il fit marcher fon armée fur l'Haifne. Le feize, il envoya 14 bataillons & 33 efcadrons à M. de Boufflers, & il décampa le 17 pour fe rendre à Trefegnies fur le Pieton.

La marche fe fit fur quatre colonnes. La premiere fut pour l'aîle **Marche de Far-**
droite, qui en partant de fon camp alla droit aux Wanages par des ou- **cienne à Trefe-**
vertures que l'on avoit faites dans le bois de Saint-François; en appro- **gnies.**
chant des Wanages, elle les laiffa à gauche & Fleurus à droite, pour aller **PLANCHE XX.**
à Wangenies; de là elle continua fa marche par l'hermitage Saint-Fia-
cre & Melinge, & prit la chauffée de Brunehault qu'elle fuivit; elle
paffa enfuite le ruiffeau du Pieton au Blanc-cheval, d'où elle fe rendit à
la cenfe du Couriau, & de là à gauche du camp où fut fon pofte.

La feconde colonne fut pour tous les équipages & l'artillerie. Celle-
ci, qui étoit parquée au-deffus de Chaffelineau, prit la large voie,
marcha droit aux Wanages, de là à Ranfart, & enfuite à Goffelier. Elle
paffa le Pieton au moulin de la Ferté, & continua fa marche par Courcelle pour fe rendre dans la plaine de Trefegnies où fut le camp.

La troifiéme colonne fut pour toute l'infanterie, chaque ligne défila par fa gauche. La premiere eut la tête de la marche; cette colonne
laiffant l'Abbaye de Saint-François à gauche, fuivit le chemin qui va
droit à Jumée, paffant à travers le bois de Ranfart; de là elle traverfa le
Pieton pour aller au Prieuré de Sart-le-Moine, & au château de Rian-
velz, d'où laiffant Courcelle à droite, elle paffa à Forfies pour fe rendre ⓣⓞⓜ
dans la plaine du camp.

L

La quatriéme colonne fut pour l'aîle gauche ; elle alla droit à Gilli, de là à la Bourlotte, paſſa le Pieton au village du Roux, & continua ſa marche par le Sart du Hainault, d'où elle ſe rendit à la droite du camp où fut ſon poſte.

La colonne de la gauche veilla ſur Charleroi juſqu'à ce que l'infanterie & les bagages euſſent paſſé le Pieton.

L'armée campa ſur deux lignes, la droite près du village du Pieton, qu'elle avoit derriere elle, la gauche près de Goui, le ruiſſeau du Pieton derriere le camp, Treſegnies pour quartier général.

Le 18 l'armée alla camper aux Eſtinnes.

La marche ſe fit ſur quatre colonnes ; celle de la droite fut pour la cavalerie qui avoit eu la gauche à Goui. Cette colonne vint paſſer à la Capelle à Herlaimont, de là au Prieuré de Montaigu, & enſuite à Merlanwelz, où elle ſuivit le chemin qui va à Tapriau ; de là elle alla à Brai, où elle paſſa le ruiſſeau des Eſtinnes, & ſe rendit à la droite du camp où fut ſon poſte. Cette colonne couvrit la marche des équipages & de l'artillerie contre les partis qui auroient pû être détachés de l'armée ennemie.

La ſeconde colonne fut pour l'artillerie & tous les équipages ; elle paſſa au moulin du Pieton, de là elle reprit le chemin de la chauſſée, & vint à la Gratines ; elle ſuivit ce chemin pour prendre celui qui va de Carnieres au Gravier de Peronne, où elle traverſa le ruiſſeau de Beinch ; elle continua ſon chemin à travers champs pour paſſer le ruiſſeau aux baſſes Eſtinnes où étoit le camp.

La troiſiéme colonne fut pour toute l'infanterie, qui alla paſſer au village du Pieton, & enſuite à Carnieres, d'où elle entra dans la plaine pour aller joindre la grande chauſſée qu'elle ſuivit, laiſſant Beinch à gauche, de là elle paſſa ce ruiſſeau à la Juſtice ; en continuant de ſuivre la chauſſée, elle traverſa le ruiſſeau des Eſtinnes à la Chapelle de Notre-Dame de Cambron, & arriva au centre du camp.

La quatriéme colonne fut pour la cavalerie qui avoit eu la droite au camp de Treſegnies. En partant du camp elle laiſſa le château de Marche à gauche, & le Pieton à droite pour aller à Anderlu, où elle prit le chemin de Beinch qu'elle ſuivit ; elle laiſſa Beinch à gauche, & paſſa au pont à Bellion, de là elle alla à la Chapelle du Bon Dieu de Cani, & entra dans la plaine pour ſuivre le ſentier qui va de Beinch aux hautes Eſtinnes, où elle paſſa le ruiſſeau pour ſe rendre à la gauche du camp.

Les troupes camperent ſur deux lignes, la droite près de Maurage, la gauche près d'Hauchain, le ruiſſeau des Eſtinnes derriere le camp.

Toutes les troupes allerent le 19 à Taiſnieres.

La marche ſe fit ſur trois colonnes ; celle de la droite fut pour toute la cavalerie, l'aîle droite en eut la tête, elle fut ſuivie de l'aîle gauche, qui paſſa derriere le camp de l'infanterie pour venir la joindre. Cette

colonne alla droit à Villerelles-le-Sec , de là à Harmegnies, où elle paffa
la Trouille , elle alla enfuite à Harvent où elle traverfa le ruiffeau de
Quevi , & de là au moulin du Sart où elle prit le grand chemin de
Mons à Bavai; elle paffa l'Honfneau à Hons , d'où elle entra dans la
plaine du camp. L'aîle gauche traverfa le camp entre la droite d'infanterie & l'aîle droite , & paffant devant la premiere ligne , elle alla à la
gauche du camp où fut fon pofte.

La colonne du milieu fut pour toute l'infanterie , qui en partant du
camp alla à travers champs au pont de pierre au-deffous de l'Eglife
de Givries pour y .paffer la Trouille , de là elle continua fa marche
par Havai , & par le moulin du grand Quevi ; elle alla enfuite à Aulnoi ,
& laiffant toujours l'artillerie à fa gauche elle paffa le ruiffeau de Taifnieres près de l'Eglife , d'où elle fe rendit à la gauche de fon camp.

Les bagages & l'artillerie eurent la colonne de la gauche , ils allerent joindre la chauffée qui mene à Bavai , laifferent Givries à droite ,
& pafferent à Coignies-Cauchie , de là ils continuerent leur marche ,
laiffant le bois de Lagniere à gauche & Malplaquet à droite , pour paffer le ruiffeau au-deffus du village de Taifnieres , d'où ils entrerent dans
le camp.

Les troupes camperent fur deux lignes , Hons fut derriere la droite ,
& Sur-Hons derriere la gauche , Bavai à la tête de l'armée , & l'Honfneau derriere. Le quartier général fut à Taifnieres.

En y arrivant M. de Luxembourg reçut des ordres de la Cour
pour envoyer à Charlemont cinq bataillons & huit efcadrons ;
ce détachement, qui étoit commandé par M. d'Uffon, partit le
lendemain pour s'y rendre ; le motif de ces ordres étoit que la
Cour vouloit mettre M. de Boufflers en état de faire tête aux
troupes de Brandebourg , qui étant arrivées fur la Meufe près
de Vifet prefqu'en même tems que l'armée du Roi étoit partie
de Farcienne , faifoient douter par leur féjour fur la rive droite
de cette riviere , fi elles marcheroient fur la frontiere de Champagne , ou fi elles iroient joindre M. de Valdeck.

M. de Luxembourg fe décida pour plufieurs raifons à venir
camper à Taifnieres. Il n'avoit pas trouvé entre Quiévrain &
Mons de camp commode , & qui ne fût féparé par quelque bois
ou ruiffeau , & fes troupes ne pouvoient fe rendre dans un jour
des Eftinnes à Quiévrain fans être excédées de fatigue. Il avoit
auffi remarqué que dans la marche de Pomereuil à Quevi , fon
armée avoit été obligée de s'approcher trop près de Mons , à
caufe de la difficulté de paffer les ruiffeaux qui s'y rendent. Tous
ces inconvéniens lui firent préférer le camp de Taifnieres. Cependant comme il ne vouloit féjourner que le moins qu'il pour-

roit fur les terres de France, après un jour de repos il fit partir l'armée pour Quiévrain.

1690.
JUILLET.

Marche de
Taifnieres à
Quiévrain.
PL. XXIII.

La marche fe fit fur trois colonnes; celle de la droite fut pour toute la cavalerie. L'aîle droite eut la tête de la marche, elle paſſa le ruiſſeau à Hons, & l'aîle gauche à Taiſnieres; elles fe joignirent au-deſſus de Hons pour prendre le chemin du grand Blangies; de là elles allerent à Wiheries, d'où elles fe rendirent à la droite du camp. L'aîle gauche continua fa marche, paſſant devant la premiere ligne pour aller prendre fon poſte à la gauche de l'armée.

La feconde colonne fut pour toute l'infanterie, qui tourna autour du camp de l'aîle droite pour venir paſſer le ruiſſeau à Hergies; de là elle alla à Fayt-le-Franc, enfuite à Attiche, d'où laiſſant Audregnies à gauche, elle fe rendit à la droite de fon camp.

La troifiéme colonne fut pour l'artillerie & tous les équipages; elle alla prendre la chauſſée qui va de Bavai au pont à Haiſne, laiſſa Belegnies à droite & Onneſies à gauche, & paſſa le ruiſſeau d'Audregnies au-deſſous du village pour fe rendre au camp.

L'armée campa fur deux lignes, la droite ayant Audregnies derriere elle, la gauche couvrant Quiévrain où on mit le quartier général.

Les troupes y reſterent quatorze jours, & y furent fort tranquilles en attendant la jonction des troupes ennemies & le parti qu'elles prendroient. On apprit dans ce camp le mauvais ſuccès de la bataille de la Boine en Irlande, qui décida du fort de l'Angleterre en faveur du Prince d'Orange; ce fut pour la Cour un nouveau motif de defirer que la campagne en Flandre fe paſſât fans événement.

La Cour avoit d'abord eu deſſein que l'armée s'avançât à Leſſines dans la vûe d'obliger M. de Caſtanaga à fe retirer de Gavre; mais voyant que les troupes de Brandebourg d'un côté, les Eſpagnols & les Hanovriens de l'autre, pouvoient fe rendre à Bruxelles & s'approcher de l'armée du Roi avant que M. de Boufflers eût pû la joindre, elle fut d'avis que M. de Luxembourg reſtât entre l'Haiſne & la Sambre pour fe régler fur ce que les ennemis voudroient faire.

Les troupes de Brandebourg ayant paſſé la Meuſe à Viſet, avoient marché à Tongres & enfuite à Varem, d'où elles étoient parties le 28 Juillet pour aller à Vavre. M. de Valdeck, après avoir été joint par les troupes de Liége, avoit auſſi marché de fon côté à Léefdal près de Louvain, pour accélerer fa jonction avec l'Electeur de Brandebourg.

Cette

Cette marche avoit décidé M. de Boufflers à passer la Meuse pour se rapprocher de la Sambre ; il vint le 31 camper à l'Abbaye de Haumont près Maubeuge, d'où il pouvoit joindre M. de Luxembourg très-promptement & en sureté.

Les ennemis firent augmenter les fours qu'ils avoient à Mons & à Ath, & y firent entrer beaucoup de farines. Le bruit général de leur armée & du pays étoit qu'ils devoient s'avancer à Mons ; & comme la campagne n'étoit point assez avancée pour empêcher de profiter des avantages qu'une armée pourroit prendre sur l'autre, on croyoit de part & d'autre qu'après la jonction de tant de troupes, les Alliés chercheroient à donner une seconde bataille : on disoit même que c'étoit dans cette vûe qu'ils devoient s'avancer à Mons.

Ils pouvoient prendre ce parti, ou choisir de marcher sur la Sambre ou sur l'Escaut, ou enfin se partager pour aller tout à la fois de ces deux côtés.

Quoique depuis le mauvais succès des affaires d'Irlande, la Cour eut des raisons de desirer que la campagne se passât sans combat, elle ne vouloit cependant faire aucune démarche qui pût diminuer la réputation des armes du Roi ; ainsi s'il arrivoit que les ennemis vinssent à Mons pour attaquer ensuite M. de Luxembourg, elle vouloit qu'au lieu de s'avancer sur les places ennemies, il cherchât des positions où les Alliés ne pussent entreprendre sur lui qu'avec beaucoup de desavantage ; & il devoit ménager sa jonction avec M. de Boufflers de façon que si les ennemis venoient pour le combattre, l'armée de M. de Boufflers & la sienne combattissent ensemble ; il falloit en même tems qu'il fût assez vigilant & attentif à leurs démarches pour renvoyer M. de Boufflers sur la Meuse, afin de s'opposer aux troupes de Brandebourg si elles y marchoient.

Les ennemis pouvoient aller sur la Sambre pour la passer, ou seulement s'en approcher ; M. de Valdeck & l'Electeur de Brandebourg pouvoient y marcher sans autres troupes que celles qu'ils avoient, ou n'y aller qu'après avoir été joints par les Hanovriens & les Espagnols.

Si les ennemis passoient la Sambre, M. de Luxembourg devoit en faire autant pour les suivre ; s'ils ne faisoient que s'en approcher, la Cour desiroit qu'il s'avançât sur la Trouille, & qu'il cherchât toujours des camps avantageux en cas qu'il fût dans la nécessité de combattre.

M

Si les Hanovriens & les Espagnols joignoient M. de Valdeck, M. le Maréchal d'Humieres devoit détacher 10 bataillons & 27 escadrons, qui se plaçant entre Mortagne & Condé seroient à portée de fortifier M. de Luxembourg & de retourner aux lignes.

M. de Valdeck, au lieu de marcher à Mons ou sur la Sambre, pouvoit préférer d'aller sur la Dendre, & ensuite sur l'Escaut. L'Electeur de Brandebourg pouvoit le suivre, ou s'en séparer.

Pour s'opposer à M. de Valdeck & donner du secours aux lignes, M. de Luxembourg comptoit s'approcher de Tournai, camper au Mont de la Trinité, jetter des ponts au-dessous de la ville pour les troupes, & faire passer les bagages dans Tournai afin de se rendre plus promptement à Espierres.

Si l'Electeur de Brandebourg suivoit M. de Valdeck, M. de Boufflers devoit suivre M. de Luxembourg.

Tels étoient les ordres de la Cour & les vûes du Général pour s'opposer aux desseins que les ennemis pouvoient avoir.

Leurs Généraux n'avoient aucun projet fixe, ils étoient tous d'avis différent; on sçavoit seulement que M. de Valdeck ne vouloit point aller sur l'Escaut; dans cette idée, M. de Luxembourg, voulant se faire joindre par M. de Boufflers & reconnoître exactement le pays pour choisir des postes tels que la Cour desiroit, fit marcher le 5 Août son armée à Hons.

La marche se fit sur trois colonnes; l'aile droite & la droite d'infanterie eurent celle de la gauche. L'infanterie marcha entre les deux lignes de cavalerie; cette colonne alla passer à Wieheries le laissant à gauche, de là au grand Blaugies, d'où elle suivit le chemin de Taisnieres pour se rendre au camp.

La colonne du milieu fut pour l'artillerie & tous les équipages de l'armée; elle alla à travers champs droit à Attiche, laissant Audregnies à droite; de là à Fayt, & laissant Herquenne à droite elle se rendit au camp.

La colonne de la droite fut pour la gauche d'infanterie & de cavalerie. Elle alla à Audregnies, de là à Attiche, & laissant Fayt à gauche elle se rendit à Herquenne où étoit son camp.

L'armée campa sur deux lignes, l'Honsneau derriere elle, la gauche se replioit en potence depuis Herquenne jusqu'à l'Honsneau où elle étoit appuyée.

(*) Voyez l'or-
dre de bataille.
PL. XXV.

M. de Boufflers y arriva le même jour avec ses troupes (*); & comme les Hanovriens avoient quitté M. de Castanaga pour

marcher à Bruxelles, M. le Maréchal d'Humieres détacha aussi
10 bataillons & 27 escadrons à Mortagne ; mais M. de Luxembourg les lui renvoya promptement, sur un avis, quoique faux,
que ces mêmes troupes revenoient sur l'Escaut, & qu'elles
étoient suivies par un détachement de celles de M. de Valdeck.
La cavalerie, qui étoit aux ordres de M. de Rivarolles, se rendit à Espierres ; l'infanterie, commandée par M. de Vaubecourt,
resta à Tournai, & ne joignit M. de Luxembourg que quand il
eut passé l'Haisne pour entrer dans le pays ennemi.

La Cour étoit inquiete sur ce qui regardoit les lignes aussi-
tôt qu'on en retiroit des troupes pour les porter ailleurs ; afin
d'être par la suite plus tranquille sur cette partie, elle ordonna
à M. le Maréchal d'Humieres de tirer des garnisons depuis l'Escaut jusqu'à la mer six bataillons & six escadrons, dont la plus
grande partie n'avoit pas encore campé ; ces troupes devoient
remplacer celles qui étoient destinées à M. de Luxembourg.

L'armée du Roi avoit consommé les fourrages entre Mons
& l'Honsneau, ou les avoit fait enlever pour en former des magasins ; cette raison eût empêché les ennemis d'y séjourner, &
donnoit lieu à M. de Luxembourg de douter que laissant Mons
derriere eux, ils marchassent pour l'attaquer : si cependant
l'envie leur en fut venue, il s'étoit proposé de placer son armée
à Rozin ; elle auroit eu l'Honsneau devant elle, & il pensoit
que les ennemis n'auroient pas osé le passer. Il avoit aussi reconnu un camp à Goignies-Cauchie, en cas qu'il eût été nécessaire de s'avancer sur la Trouille lorsque les Alliés se seroient
approchés de la Sambre.

L'armée ennemie s'étoit avancée le 8 Août à Braine-Laleu
& à Bois-Seigneur-Isaac ; M. de Cheladet avoit été reconnoître
leur camp. Cette position donnoit quelqu'inquiétude à M. de
Luxembourg, parce que les ennemis pouvoient aisément lui
dérober une marche vers Ath ; il ne croyoit pas qu'ils tournassent leurs forces du côté de la Sambre, & cette idée étoit fon-
dée sur plusieurs raisons. Ils y auroient trouvé fort peu de fourrages ; M. de Castanaga desiroit qu'on essayât de forcer les lignes, afin de mettre à contribution le pays qu'elles couvroient.
La desunion qui régnoit parmi les Alliés, les avoit décidé à
n'entreprendre aucun siége, & M. de Valdeck avoit dit haute-
ment qu'il ne donneroit point de bataille que le Prince d'Orange ne fût à la tête de l'armée ; tout cela faisoit penser à M. de

Luxembourg que les Hanovriens, les Espagnols & les troupes de Brandebourg se décideroient à marcher sur l'Escaut plutôt que sur la Sambre, & que M. de Valdeck pourroit consentir à les suivre. Il craignit qu'ils ne s'en approchassent avant qu'il eût passé l'Haisne ; dans cette crainte il résolut de s'y avancer, & fit marcher son armée le 10 pour aller à Hensies ; ce camp lui parut convenable pour ses desseins, étant de là à portée de prévenir les ennemis de quelque côté qu'ils tournassent ; il se proposa aussi, s'ils persistoient dans la résolution de ne pas combattre, de s'avancer avec précaution, & d'aller en avant autant qu'il seroit nécessaire pour les obliger de manger leur pays, & de le ruiner par leur séjour.

Marche de
Hons à Hensies.
PL. XXVI.

Les troupes retournerent à Hensies par les mêmes routes qu'elles avoient tenues pour venir de Quiévrain à Hons ; la droite fit la gauche dans le camp : la droite, ayant Quiévrain derriere elle, fut appuyée au ruisseau qui vient d'Audregnies ; la gauche fut mise près de Thieulain. Le camp faisoit un coude dans le centre.

Pour couvrir la marche de Hons à Hensies du côté de Mons, & assurer un fourrage que l'armée devoit faire le même jour, M. de Luxembourg envoya M. de Locmaria avec 600 chevaux se poster le long du ruisseau qui passe devant Hornu, & pendant la marche il prit avec lui 200 Dragons & 100 Maîtres pour y aller, voulant examiner la disposition de l'escorte, mettre l'ordre dans les fourrages, & reconnoître les endroits par où une armée pouvoit s'approcher de son nouveau camp.

M. le Maréchal d'Humieres avoit renvoyé à Mortagne les 27 escadrons qui sous les ordres de M. de Rivarolles étoient retournés aux lignes ; ils joignirent ensuite l'armée à Hensies.

Le 18 Août les ennemis marcherent à Hall, & M. de Luxembourg ne craignit plus qu'ils lui surprissent une marche. Le défaut des fourrages le décida à passer l'Haisne le 19, & à marcher à Peruwelz.

Marche d'Hen-
sies à Peruwelz.
PL. XXVII.

La marche se fit sur quatre colonnes. Celle de la droite fut pour la cavalerie qui avoit l'aîle gauche au camp d'Hensies ; cette colonne alla droit à Montreuil, de là elle passa à un pont de bateaux qu'on avoit fait au dessus du pont à Haisne ; elle traversa ensuite les prairies, passa devant Pomereuil, & alla à Ville, où elle prit le chemin d'Estanbruge ; laissant ensuite Quévaucamp à gauche, & Wadelencour à droite, elle se rendit à la droite du camp où fut son poste.

La

La feconde colonne fut pour toute l'infanterie qui alla paffer fur le pont à Haïfne, fuivit la grande chauffée, & la laiffant à gauche prit par des ouvertures qu'on avoit faites pour rejoindre le chemin de Grandglife; de là elle alla à Quévaucamp, & enfuite à Bafecles, où elle paffa le ruiffeau pour fe rendre à la droite de fon camp.

La troifiéme colonne fut pour l'artillerie & tous les équipages de l'armée; elle paffa à Harchie, enfuite à Blaton, & traverfa le ruiffeau de Bafecles fur un pont de pierre qui eft au deffus de Peruwelz, & fe rendit au camp.

La quatriéme colonne fut pour la cavalerie qui avoit eu l'aîle droite dans ce camp; elle alla, par des ouvertures que l'on avoit faites à travers champs, gagner le pont fur l'Haïfne qui étoit au deffous de celui de l'artillerie; & traverfant la plaine, elle paffa auprès du château d'Harchie: elle continua fa marche à travers champs, laiffant l'artillerie & les bois à fa droite, paffa au deffous de Blaton, & marcha toujours à travers champs jufqu'au Mont de Bon-fecours, où elle prit le chemin de Peruwelz, qu'elle traverfa pour fe rendre au camp.

L'armée campa fur deux lignes, la droite appuyée au ruiffeau de Wadelencourt, la gauche vers Wihiere, ayant Peruwelz derriere elle, où étoit le quartier général. Le camp faifoit un coude entre l'aîle droite & la droite d'infanterie; l'aîle gauche fe reploit en arriere depuis le village de Raucou.

Avant de paffer l'Haïfne, M. de Pracontal fut détaché avec neuf efcadrons fur l'Honfneau pour s'oppofer aux détachemens qui viendroient de Mons ou de l'armée ennemie, & qui voudroient pénétrer entre Maubeuge & Condé.

La Cour étoit inquiete fur la marche de quelques troupes de l'Empire, qui après avoir traverfé le Rhin à Mayence, paroiffoient s'avancer fur la Mofelle; elle ordonna à M. de Boufflers de fe rendre à Metz pour les obferver, & de fe faire fuivre par quatre bataillons & huit efcadrons, qui prirent leur route par Condé, le Quefnoi, Avefnes, Rocroi, Charleville & Sedan. Un détachement de l'artillerie fuivit ces troupes qui pouvoient être augmentées par celles qui étoient dans les garnifons voifines de la frontiere de Luxembourg.

M. de Boufflers partit le 22 en pofte, & le détachement qui devoit fe rendre à Metz fe mit en marche le même jour.

M. de Luxembourg de fon côté, pour empêcher les Alliés de fe partager & de détacher de leur armée des troupes pour aller fur la Mofelle, jugea à propos de s'avancer à Blicqui; ce camp lui parut avantageux, tant pour fes opérations que pour fes fourrages: il y fit marcher fon armée le 23.

N

1690.
AOUST.
Marche de
Peruwelz à
Blicqui.
Pl. XXVIII.

La marche se fit sur cinq colonnes. Celle de la droite fut pour l'aîle droite qui défila par sa gauche, & passa à un pont de pierre qui est au-dessus de Peruwelz, d'où elle reprit le chemin qui va de Condé à Ath, & laissa Blaton à droite & Quévaucamp à gauche pour aller droit entre Ellignies & Sainte-Anne, & se rendre à la droite du camp qui fut son poste.

La seconde colonne fut pour l'artillerie qui traversa le camp de l'aîle droite pour venir passer le ruisseau à Basecles, d'où elle alla à Ellignies, & entra dans la plaine du camp.

La troisième colonne fut pour toute l'infanterie qui alla à Thumaïde, & de là à Ramilly, d'où, laissant Ellignies à droite, elle se rendit à la droite de son camp.

La quatrième colonne fut pour tous les bagages de l'armée & pour le quartier général; elle alla droit au bois de Bury, où elle prit le chemin de Tourpe, de là celui de Blicquy où étoit le camp.

La cinquième colonne fut pour l'aîle gauche qui alla droit à Ville-au-Puis, passa entre Leuse & Tourpe pour aller à la chapelle d'Amble-quesne, de là à la Catoire, où elle traversa le ruisseau pour se rendre au camp.

L'armée campa sur deux lignes; la droite entre Ellignies & Sainte-Anne, la gauche au ruisseau de Ligne : le ruisseau de la Catoire étoit derriere le camp, & à la tête il y avoit de grands bois, & une trouée considérable.

L'armée y fut jointe par les dix bataillons qui campoient à Tournai.

M. de Luxembourg ayant été informé en arrivant à Blicqui que les ennemis devoient dans peu s'avancer à Cambron, voulut reconnoître ce camp & le fourrager avant leur arrivée. Il envoya le 24 deux partis, l'un à petit Roeux au-delà de la Senne, l'autre au haut & bas Silli sur le chemin d'Enghien à Ath, & le 25 il marcha avec un détachement de 3000 chevaux, beaucoup d'infanterie & six pieces de canon; il posta sa cavalerie sur les hauteurs qui étoient devant l'Abbaye du côté de l'armée des ennemis, & les dragons le long de la lisiere du bois, afin de couvrir 2500 hommes qui travailloient à la démolition des murs qui faisoient l'enceinte de cette grande Abbaye. On y fit aussi des fourneaux aux deux portes afin de les détruire.

M. de Luxembourg ayant vû tout le monde au travail, marcha avec six pieces de canon au château de Brugelet pour l'obliger à payer les contributions qu'on lui avoit demandées; les paysans qui s'y étoient réfugiés pour se mettre à couvert, y vinrent satisfaire aussi-tôt qu'ils apperçurent les troupes, ensuite

M. de Luxembourg revint voir avec M. le Duc du Maine le travail & l'effet des Mines, dont une enleva toute la grande porte
de l'Abbaye du côté de Bruxelles ; on ne mit pas le feu à celle
d'Ath, qui auroit endommagé par ſes débris leur Egliſe. Ils
donnerent pour ſureté de la démolition de cette porte deux de
leurs Religieux, qui vinrent en ôtage à l'armée juſqu'à ce qu'elle
fut entierement démolie.

On fourragea en même tems toute l'enceinte que faiſoient
les troupes, qui étoient placées d'endroits à autres juſques au
camp éloigné de près de trois lieues, afin que ſi les ennemis
avoient entrepris d'interrompre l'ouvrage, on eût été en état de
ſoutenir ce que l'on avoit commencé ; on ſe retira ſur le ſoir en
très-bon ordre par la trouée qui faiſoit face au camp.

Peu de jours après on eut avis que les Alliés vouloient marcher à Leſſines. M. de Luxembourg, incertain de la vérité de
cette nouvelle, mais perſuadé qu'il lui étoit d'une grande conſéquence d'occuper ce poſte, fit marcher la nuit du 28 au 29
un gros détachement de cavalerie afin d'y prévenir les ennemis ; toute l'armée le ſuivit à la pointe du jour & y arriva vers
les deux heures après-midi.

Cette marche ſe fit ſur trois colonnes : toute la cavalerie eut celle Marche de
de la droite. Cette colonne alla paſſer à Villers-Saint-Amand, & laiſſant Blicqui à Leſſi-
la cenſe de Membru à gauche, paſſa à Bouvignies, de là à Rebay ; & nes.
laiſſant l'hermitage de la Cavée à droite, elle paſſa au pont de Trimpont PL. XXIX.
pour ſe rendre à la droite du camp. L'aîle gauche continua ſa marche
paſſant à la tête de l'aîle droite & de l'infanterie, pour ſe rendre à la
gauche de l'armée.

La ſeconde colonne fut pour toute l'infanterie qui défila par ſa gauche & alla paſſer à Villers-Notre-Dame, de là à Membru qu'elle laiſſa
à droite, pour ſuivre le chemin qui mene à Oſtiche ; puis le laiſſant à
gauche & Wannebecq à droite, elle ſe rendit à la droite de ſon camp.

La troiſiéme colonne fut pour l'artillerie & tous les équipages de
l'armée : elle paſſa au pont de Ligne, de là à Meaux, & laiſſant Hou-
taing le neuf & la Balliere à gauche, elle continua ſa marche par le
moulin d'Oedeghien ; de là laiſſant la Hamaïde à gauche & Oſtiche à
droite, elle entra dans la plaine du camp.

Toutes les troupes reſterent en bataille devant les hauteurs d'Ath,
afin de donner le tems à l'artillerie & aux équipages de s'avancer du
côté du camp, après quoi elles continuerent leur route pour y arriver.

L'armée campa ſur deux lignes, la droite à Leſſines où étoit le
quartier général, la gauche à la Hamaïde, le ruiſſeau d'Acrene devant le
front, & Ath derriere l'armée.

Les Alliés s'avancerent le 3 de Septembre à Saint-Quentin-Lennicke & à Lombeeck ayant derriere eux Yferinghe, les troupes d'Hanovre étoient fur le bord de la Dendre; elles campoient à la droite de Liekercke, quartier de M. de Caftanaga.

La pofition de l'armée du Roi à Leffines obligeoit les ennemis de s'approcher de la Dendre, pour empêcher M. de Luxembourg de fourrager & de faire contribuer le pays qui eft fitué entre cette riviere & Bruxelles. Ils ne pouvoient marcher aux lignes qu'en prenant un chemin beaucoup plus long que celui que l'armée du Roi avoit à faire pour s'y rendre. Les Alliés étant près de M. de Luxembourg, ne pouvoient fe féparer pour aller fur la Sambre fans courir rifque d'être battus les uns après les autres, ils n'avoient aucun avantage à s'y porter; & s'ils s'éloignoient de lui avant d'y envoyer des détachemens, il pouvoit en faire de pareils pour les fuivre; fi pour obliger l'armée du Roi de fe retirer de Leffines, les ennemis fe fuffent avancés à Leufe, ils y auroient manqué de fourrage, & tout le pays depuis Dendermonde jufqu'au canal de Bruxelles fût refté à découvert.

Les convois venoient de Tournai à Efpierres, & y paffoient l'Efcaut pour fe rendre à Leffines: M. de Maulevrier avec deux bataillons & douze efcadrons des troupes de M. le Maréchal d'Humieres, campoit à Pottes pour les affurer.

M. de Luxembourg fatisfait de fa pofition, réfolut d'y refter le plus long-tems qu'il pourroit, il fit démolir l'enceinte de Leffines, de Grammont & de Soignies, & envoya prendre les Bourguemeftres d'Enghien pour avoir manqué à démolir les murailles de leur ville comme ils en étoient convenus: on s'affuroit par là d'empêcher les Alliés d'y mettre des troupes pendant l'hiver.

On marcha auffi à Ninove avec un gros détachement; & comme les ennemis avoient une tête avancée fur la Dendre, on fe rendit maître d'un paffage qui étoit fort près d'eux. Ils virent les troupes du Roi fourrager fans qu'elles en euffent rien à craindre. La démolition de l'enceinte de cette ville fut faite par les habitans qui s'y étoient obligés, & on en tira, ainfi que de Leffines & de Grammont, beaucoup de grains pour la fubfiftance de l'armée. On voyoit que par le moyen des éclufes qui fervent à arrofer tout le pays depuis Ath jufqu'à Ninove, la Dendre formoit une barriere derriere laquelle les ennemis pourroient

roient tenir des troupes pendant l'hiver ; M. de Luxembourg
les fit toutes rompre fans que les ennemis jugeaffent à propos de s'y oppofer.

Il y avoit plus d'un mois que les troupes du Roi étoient dans ce camp, & que le fourrage y devenoit très-rare, ce qui obligea la cavalerie d'aller à cinq & fix lieues dans le pays ennemi. Pendant ce tems-là les Alliés étoient fans ceffe harcelés par les partis de l'armée du Roi, & fouffroient beaucoup de la difette des fourrages. On eut foin de maintenir les troupes dans une exacte difcipline, & malgré le long féjour qu'elles firent à Leffines, on eut toujours des vivres en abondance.

Dans les premiers jours d'Octobre, les ennemis commencerent à faire défiler quelques troupes fur leurs derrieres. Dans la crainte qu'elles ne tournaffent vers la Meufe, M. de Luxembourg détacha fix bataillons & trois efcadrons aux ordres de M. d'Uffon, pour y aller. La Cour voulut que ce détachement reftât quelque tems fur l'Honfneau, après quoi il fe rendit à Charlemont. M. d'Auger fut encore détaché avec 11 bataillons & 19 efcadrons pour affurer davantage cette partie, parce que M. de Luxembourg projettoit de faire cantonner fon armée au-delà de la Lys jufqu'à ce qu'elle entrât dans fes quartiers d'hiver.

M. de Luxembourg fit la nuit du 7 au 8 Octobre un détachement confidérable de cavalerie, de dragons & de grenadiers, qui allerent mettre le feu aux fourrages dont les ennemis avoient fait un amas proche les paliffades d'Ath.

Les payfans s'y étoient baraqués pour conferver leurs beftiaux & leurs grains. On les attaqua trois heures avant le jour. On enleva leurs beftiaux, & on mit le feu à tout ce qu'on ne pût emporter. Le defordre y fut fi grand que les foldats pourfuivirent les payfans jufques dans le chemin couvert.

Cette expédition ayant été faite auffi bien & auffi promptement qu'on pouvoit le defirer, on fe retira en bon ordre.

Les ennemis ne pouvoient plus rien entreprendre, & attendoient que l'armée du Roi eut repaffé l'Efcaut pour fe féparer. Les troupes d'Hanovre & celles des autres Princes d'Allemagne devoient aller hiverner dans leur pays, elles étoient extrêmement mécontentes de M. de Caftanaga qui faifoit tous fes efforts pour les retenir, & qui les amufoit depuis long-tems par des promeffes.

O

M. de Luxembourg jugeant à propos, pour ménager ſes troupes, de les faire cantonner, ſongea à repaſſer l'Eſcaut ; il fit travailler la nuit du 8 au 9, afin d'achever la ruine de toutes les écluſes par celle de Leſſines, qui ne ſauta par les fourneaux qu'après que tous les Officiers Généraux de ſon armée eurent fait ſortir leurs bagages de la ville, ce qui arriva le 9 au matin.

Les troupes allerent ce même jour à Anſſureulle.

Marche de Leſ-
ſines à Anſſu-
reulle.
PL. XXX.

La marche ſe fit ſur cinq colonnes. Celle de la droite fut pour l'aîle gauche ; elle marcha d'abord en avant & en bataille, afin de ſortir plus promptement de ſon camp, & de donner à l'artillerie & aux équipages la facilité de ſe mettre en marche ſans les croiſer. Cette cavalerie ſe mit enſuite en colonne ; elle paſſa à Ogy, de là à Flobeeck, le laiſſant à droite, pour aller au moulin du ſablon ; enſuite à Renay, d'où elle alla paſſer la Ronne à la cenſe del Court, au deſſous de Waudripont, & ſe rendit à la droite du camp qui fut ſon poſte.

La ſeconde colonne fut pour l'artillerie & les équipages de l'armée ; elle alla droit à Ellezelles, de là à la chapelle del neuve Trinité, & à Renay qu'elle laiſſa à droite ; elle marcha enſuite à travers champs, laiſſant la colonne de cavalerie à ſa droite, pour aller à Waudripont, où elle paſſa la Ronne, & ſe rendit au camp.

La troiſiéme colonne fut pour l'infanterie de la gauche ; elle alla au moulin de la Hamaïde, laiſſa le village à gauche, prit le chemin de Renay à Saint-Sauveur, paſſant par le Saut du Tour de Saint-Sauveur ; de là elle alla à Dereniau, où elle paſſa la Ronne pour entrer dans le camp.

La quatriéme colonne fut pour la droite d'infanterie, qui alla à travers de la Hamaïde prendre le chemin d'Anvain ; elle paſſa enſuite par Traîne-folle, & la chapelle del Bruyere, traverſa la Ronne à Anvain, & marcha derriere le camp de l'aîle gauche, pour ſe rendre au ſien.

La cinquiéme colonne fut pour l'aîle droite, qui vint paſſer à Oedeghien, de là à Buiſenal, enſuite à Fraſne, & au château d'Anvain, où elle traverſa la Ronne pour ſe rendre à la gauche du camp qui fut ſon poſte.

La colonne de la droite couvrit la marche des équipages du côté de Grammont.

L'armée campa ſur deux lignes, la droite ayant Amougies derriere elle, la gauche près d'Aineres. Le camp faiſoit un coude entre l'aîle droite, & la droite de l'infanterie.

Les troupes y reſterent deux jours, pendant que M. le Comte de Guiche alla avec un détachement de 2500 hommes au pont à Laye, où l'artillerie ſe rendit le 11. On fit jetter ſur l'Eſcaut deux ponts de bateaux que l'on avoit fait deſcendre de Tournai, & un autre qui fut fait un peu au-deffus avec les pontons. ═══════

L'armée y paffa le 12 de grand matin, toute la cavalerie continua fa route jufques à Harlebeck, & l'infanterie refta au camp d'Hauterive fous les ordres de M. de Genlis.

La colonne de la droite fut pour l'aîle droite & la droite d'infanterie; cette colonne fuivit le chemin qui mene le long des prairies, & laiffant la Ronne & Efcanaffe à-droite, elle paffa au pont de bateaux qui étoit à la droite; de là la cavalerie prit par Hauterive, Heftrud, Inghoyeghem, der Vichté & Derlick, d'où elle fe rendit au camp, & en eut la gauche.

La feconde colonne fut pour tous les équipages de l'armée; elle fuivit le chemin qui va d'Anffureulle au moulin des Aulnes; de là elle paffa l'Efcaut au pont du milieu, d'où laiffant Boffu à gauche, elle alla droit à Monne, enfuite à Zuéveghem, & à Harlebeck où étoit le camp.

La troifiéme colonne fut pour l'aîle gauche & la gauche de l'infanterie; cette colonne laiffant le bois de Cordes à gauche, & Argues à droite, alla paffer à Celles, de là à la place de Lannoy, d'où elle entra dans la plaine de Pottes, & paffa l'Efcaut au pont de la gauche; la cavalerie prenant par Boffu, & laiffant Zuéveghem à droite, fuivit le chemin de Courtrai qu'elle laiffa à gauche, & fe rendit à la droite du camp où fut fon pofte.

L'armée campa fur deux lignes, la droite allant vers Courtrai, la gauche près de Beveren, la Lys derriere le camp.

On replia les ponts quand l'armée les eut paffés; l'infanterie alla le lendemain joindre la cavalerie à Harlebeck, & fuivit les mêmes routes.

Peu de jours après on fit cantonner les troupes depuis Dixmude jufques à Courtrai, & dès qu'elles furent entrées dans leurs cantonnemens, les Alliés prirent le parti de fe féparer pour aller dans leurs quartiers d'hiver. L'éloignement des troupes ennemies, leur féparation & la facilité de raffembler promptement celles de M. de Luxembourg, faifoit la fureté de fes quartiers.

ETAT DES QUARTIERS DE CANTONNEMENT.

P R E M I E R E   L I G N E.

Villages,	Noms des Régimens.		

PL. XXXII.   Renvoyés par les quarrés indiqués par des lettres & des chiffres dans la Planche XXXII.

INGHELMUNSTER.
F. 5.

- Bourgogne. . . . . 3 ⎫
- Rottembourg. . . . 3 ⎬ 9 Efcadrons.
- Naffau. . . . . 3 ⎭
- Fufiliers. . . . . 2 ⎫ 4 Bataillons.
- Greder Allemand. . . 2 ⎭

ISENGHIEN.
E. 5.

- Salis. . . . . . 1 Bataillon.

ROMBECKE.
D. 5.

- Royal Rouffillon. . . 3 ⎫
- Courtebonne. . . . 3 ⎬ 9 Efcadrons.
- Raffam. . . . . 3 ⎭

ROUSSELAER.
Quartier général.
D. 5.

- Gardes Françoifes. . . 4 ⎫ 5 Bataillons.
- Gardes Suiffes. . . . 1 ⎭

150 chevaux pour la garde qui n'étoient relevés que toutes les 48 heures.

BEVEREN.
D 4.

- Dragons de Teffé. . . 3

HOCHLEDE.
C. 3.

- Saint-Simon. . . . 3 ⎫ 12 Efcadrons.
- Biffi. . . . . . 3 ⎬
- Quadt. . . . . 3 ⎭
- Ir. Bataillon du Jeune Stoppa. 1 Bataillon.

STADEN.
B. 3.

- Meftre de Camp Général. 3 ⎫ 6 Efcadrons.
- Maffot. . . . . 3 ⎬
- Stoppa. . . . . 2 Bataillons.

Qui fournissoient aux postes de Wolmerbeck & Ambresfeldt.

SARREN ou ZARREN.
A. 1.

- Dragons Dauphins. . . 3 ⎫
- Davarei. . . . . 3 ⎬ 9 Efcadrons.
- Pomponne. . . . . 3 ⎭

SECONDE

SECONDE LIGNE.

Villages.	*Noms des Régimens.*	
LENDELÉ. E. 6.	{ Salis. . . . . . . { Chalons.	2 Bataillons. 2 Escadrons.
MOORSEELE. D. 6.	{ Bataillon du Roi. . . { Royal Etranger. . .	3 Bataillons. 3 Escadrons.
LEGHEM. D. 6.	{ Roquelaure. . . . . 2 { Aubuffon. 2	} 4 Escadrons.
MOORSLEDE. *Quartier de M. le* *Duc du Maine.* A. 5.	{ Premier Bataillon des { Gardes Suiffes. . . 1 { Le Maine. 2	} 3 Bataillons.
OSTNIEUKERKE. *Artillerie.* C. 4.	{ Bombardiers. . . .	1 Bataillon.
PAESCHENDAEL. *Brigade de Boll.* B. 4. 5.	{ Royal Allemand. . . 3 { Levi. 3	} 6 Bataillons.
ROOSBERG. *Brig. de Lanion.* B. 4.	{ Furftemberg. . . 2 { Roquépine. . . . 3 { Condé. 2	} 7 Escadrons.
LANGUEMARCK. *Br. de Locmaria.* A. 4.	{ Coiflin. . . . . 3 { Merinville. . . . . 3 { Boufflers. 3	} 9 Bataillons.
MERCKEM. *. 3.	{ La Gendarmerie. . .	4 Escadrons.
CLARHOUTE. F. 4.	{ Dragons d'Asfeld Alle- { mand. . . . . . { Un tiers des Caiffons. .	} 3 Escadrons.
WOMER ou WOL- MERBECK. 6. 2.	{ Pracontal. . . . 3 { Phelippeaux. . . . 3 { Langallerie. . . . 3	} 9 Escadrons.

P

La Cour avoit eu l'hiver précédent des deſſeins ſur Nieuport, & vouloit à la ſuite de cette campagne mettre l'armée
dans une ſituation à les exécuter quand elle le trouveroit convenable ; par cette raiſon elle fit occuper Furnes , Dixmude
& Courtrai. Ces villes étoient ouvertes au moindre parti ; &
pendant que l'armée étoit encore cantonnée aux environs de
ces places, on employa l'infanterie à relever la terre des foſſés,
& à former des parapets poûr tirer à couvert. On y fit venir
des pionniers & des paliſſades, & on y travailla ſi promptement
qu'on les mit en état de recevoir des troupes pendant l'hiver.
On fit rompre les ponts par leſquels on pouvoit communiquer
de Nieuport à Dixmude ; on voulut faire accommoder l'Abbaye de Loo & Rouſſelaer : M. de Luxembourg avoit cru
d'abord que ces deux poſtes pourroient être mis en état de défenſe , mais en les examinant, il jugea qu'il auroit fallu y faire
de ſi grands ouvrages qu'on n'auroit pû y loger des troupes
ſuffiſantes pour les défendre, & on n'y mit perſonne. A la fin
d'Octobre les troupes furent envoyées dans leurs quartiers d'hiver qui étoient tous ſur la frontiere. On fit occuper Thuin &
Beaumont par quelques bataillons & des dragons, afin de reſſer-
rer de plus près Charleroi, & de faire plus facilement des courſes dans le pays ennemi.

M. de Luxembourg étant retourné à la Cour, M. de Boufflers eut le commandement général de toutes les troupes depuis
la Meuſe juſqu'à la mer ; il en fit la revûe particuliere dans
chaque place, & leur ordonna de ſe tenir prêtes à marcher dès
qu'on en auroit beſoin.

M. de Vertillac commandoit depuis la mer juſqu'à la Lys,
M. de Villars depuis la Lys juſqu'à l'Honſneau, & M. de Xi-
menès dans tout le Hainault, ayant ſous lui près de la Meuſe
M. de Guiſcard.

Par les avantages que l'armée du Roi avoit remporté ſur les
ennemis à la bataille de Fleurus, elle avoit pris ſes ſubſiſtances
à leurs dépens, elle les avoit obligés de ruiner par leur ſéjour
le pays qui eſt entre l'Eſcaut & Bruxelles, & celui qui eſt entre
cette place & la Dyle. On avoit détruit pluſieurs des poſtes où
ils avoient tenu des troupes pendant l'hiver précédent, & par
les contributions qu'on avoit levées ſur le pays, on les avoit
empêché d'en retirer les ſubſides dont ils avoient beſoin.

M. de Caſtanaga n'avoit pû retenir les troupes d'Hanovre,

& elles étoient retournées dans leurs pays : l'Electeur de Brandebourg n'avoit laissé que 3500 hommes dans les places Espa-
gnoles ; M. de Valdeck avoit promis de laisser environ 12000
hommes d'infanterie & 1500 chevaux dans les grosses villes des
Pays-Bas & dans le pays de Liége, mais il avoit déclaré que
ses troupes ne sortiroient point des places, & qu'elles n'étoient
destinées qu'à leur défense.

La Cour avoit eu connoissance de ces arrangemens & de
toutes ces dispositions, & avoit là-dessus ordonné à M. de Boufflers de préparer toutes choses pour faire pendant l'hiver des
courses dans le pays ennemi, soit afin d'en tirer beaucoup d'argent, soit pour empêcher les troupes ennemies d'hiverner ailleurs que dans des lieux fermés & à l'abri d'une attaque prompte
& imprévûe.

Vers le 15 de Décembre M. de Boufflers envoya ses ordres
aux troupes qui étoient dans les villes, depuis Dinant jusqu'à
Valenciennes, & dans les autres places en arriere, pour se rendre à Avelois sur le bord de la Sambre, & à Thuin ; toutes les
troupes y arriverent par différens endroits avec six pieces de canon & les munitions de guerre qui leur étoient nécessaires.

M. de Boufflers ayant marché avec celles qu'il avoit rassemblé
à Philippeville, fit jetter en arrivant sur la Sambre un pont de
bateaux près du moulin d'Avelois, pendant que M. de Ximenès
passa la riviere à Thuin & à la Bussiere, & laissant Charleroi à
droite, se rendit vis-à-vis d'Avelois. M. de Boufflers marcha toute
la nuit à Judoigne avec plus de 4500 chevaux ; de là il fit des
détachemens qu'il envoya du côté de Leeuwe, Louvain, Nivelle
& Namur. On brûla quelques villages, afin d'obliger le pays à
payer des contributions. Pendant cette course, M. de Ximenès
& M. d'Avejan resterent avec 5000 hommes d'infanterie & 500
chevaux pour garder le pont & le passage d'Avelois, & assurer
la retraite de M. de Boufflers, qui revint trois jours après avec
beaucoup d'argent & d'ôtages, & qui fut obligé de repasser
promptement la Sambre, les eaux étant devenues très-considé-
rables.

M. de Villars s'avança peu de tems après du côté de Halles
avec un gros corps de cavalerie, & fit faire la même chose aux
environs de Bruxelles, afin d'inquiéter également les ennemis
par-tout. Il joignit entre cette place & Grandmont la cavalerie
que commandoit M. de Valsassine, qui étoit de 2500 chevaux.

Comme il falloit paſſer un ruiſſeau pour l'attaquer, & qu'il eût fallu défiler dans des gués, M. de Villars chercha à le remonter; M. de Valſaſſine ſaiſit ce moment pour lui échapper, & ſacrifia une petite arriere-garde qui fut entierement défaite.

Dans le mois de Janvier, dès que la gelée parut aſſurée, M. de Boufflers ſongea à établir des contributions dans le pays qui eſt du côté de la mer, dans lequel les détachemens n'avoient pû pénétrer pendant la campagne. Pour cet effet il fit marcher toutes les troupes qui étoient du côté des lignes & de la mer, & ſe fit joindre par M. de Villars avec des détachemens tirés des garniſons depuis Douai & Valenciennes juſqu'à la Lys; ces troupes paſſerent le canal de Bruges & celui du Sas-de Gand, & entrerent dans le pays de Waas.

En même tems M. de Vertillac & M. d'Artaignan s'empare-rent de Plaſſchendale & de Nieuwendam. On força tous les poſtes que les ennemis occupoient ſur les canaux; & après avoir établi dans ce pays-là comme dans l'autre de très-groſſes contri-butions, M. de Boufflers ramena ſes troupes à Dixmude & à Courtrai, d'où il les renvoya dans leurs garniſons pour y paſſer tranquillement le reſte de l'hiver.

On voit dans cette Médaille le Dieu Mars aſſis ſur un Trophée d'Armes et de Drapeaux, tenant de la main droite ſon poignard, et appuyé de la gauche ſur un bouclier aux Armes de France. La Legende, MARS ULTOR FŒDERUM VIOLATORUM, ſignifie, Mars ven-geur de l'infraction des traités. L'Exergue, AD FLORIACUM M.DC.LXXXX. à Fleurus 1690.

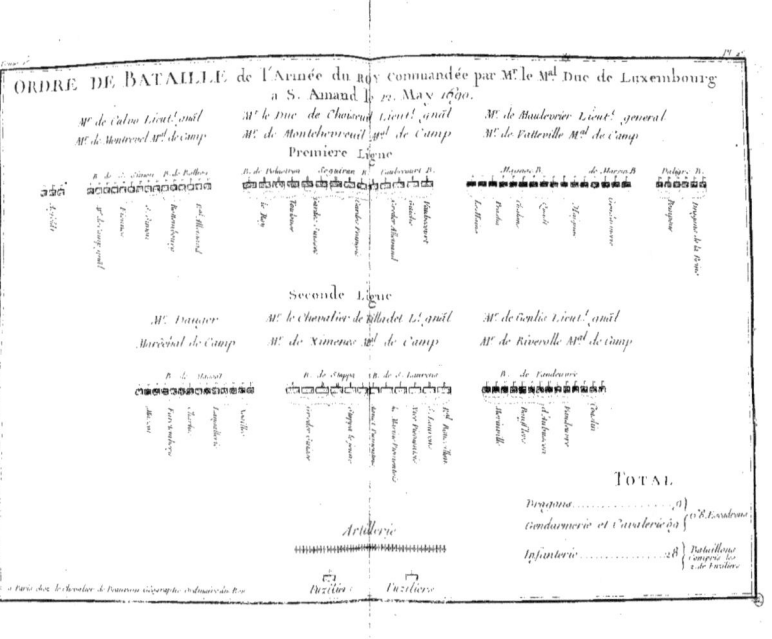

ORDRE DE BATAILLE de l'Armée du Roy Commandée par M.r le M.al Duc de Luxembourg à S. Amand le 12. May 1690.

M.r de Calvo Lieut.l gnal   M.r le Duc de Chaulnes Lieut.l gnal   M.r de Maulevrier Lieut.l general
M.r de Montrevel M.al de Camp   M.r de Montchevreuil gnal de Camp   M.r de Vatteville M.al de Camp

Premiere Ligne

Seconde Ligne

M.r Dauger   M.r le Chevalier de Tilladet L.t gnal   M.r de Genlis Lieut.l gnal
Maréchal de Camp   M.r de Ximenes M.al de camp   M.r de Rivecolle M.al de camp

Artillerie

TOTAL

Dragons ....9) 0 8 Escadrons
Gendarmerie et Cavalerie 80 {
Infanterie ....28 } Bataillons compris les 2 de Fusiliers

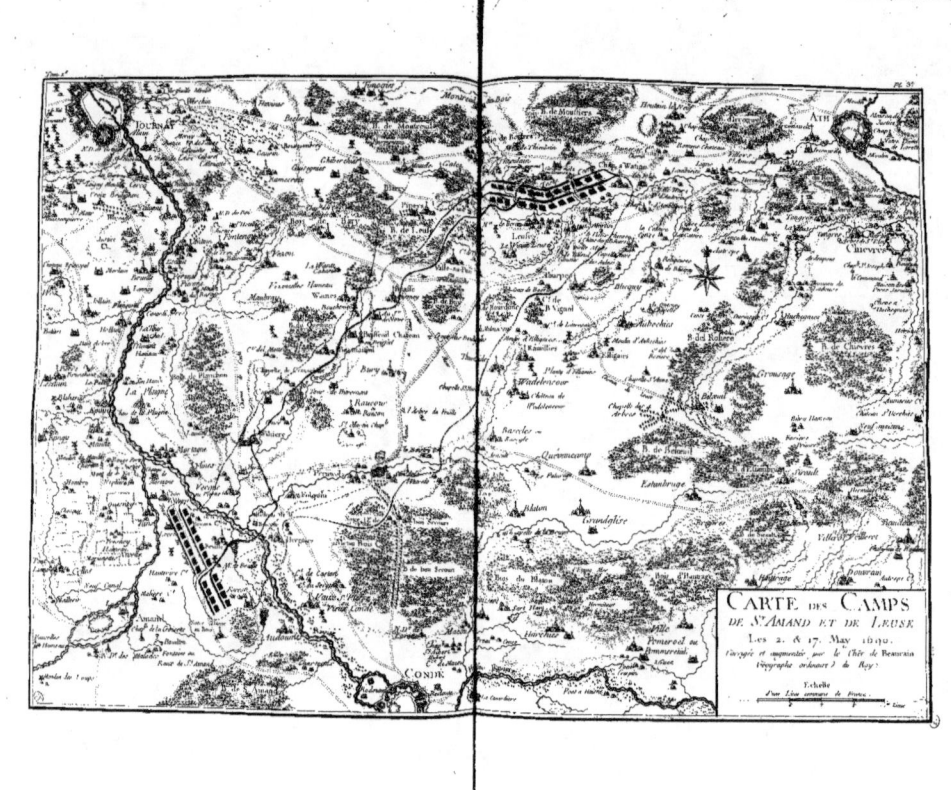

CARTE DES CAMPS
DE St. AMAND ET DE LEUSE
Les 2. & 17. May 1690.

CARTE DES CAMPS
DE LEUSE ET
D'HAUTERIVE.
Les 17. et 20. May 1690.
Corrigée et augmentée par le Chevalier de Beaurain.
Geographe ordinaire du Roy.
Echelle
D'une Lieue commune de France

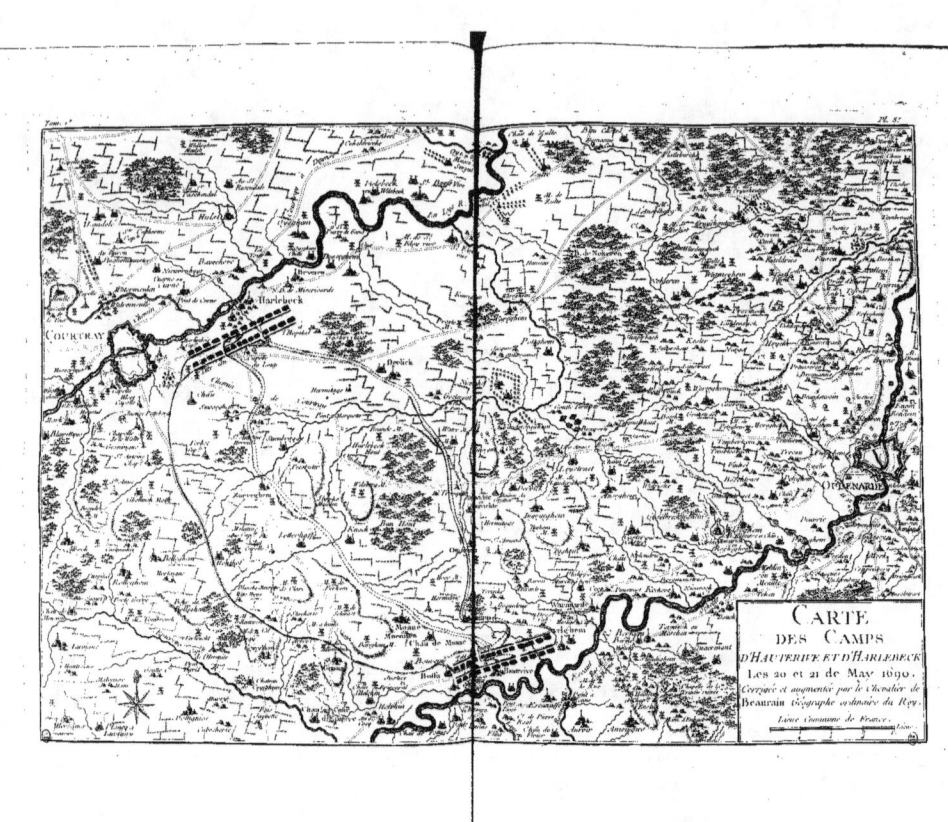

CARTE
DES CAMPS
D'HAUTERIVE ET D'HARLEBECK
Les 20 et 21 de May 1696.
Corrigée et augmentée par le Chevalier de
Beaurain Géographe ordinaire du Roy.

Lieue Commune de France.

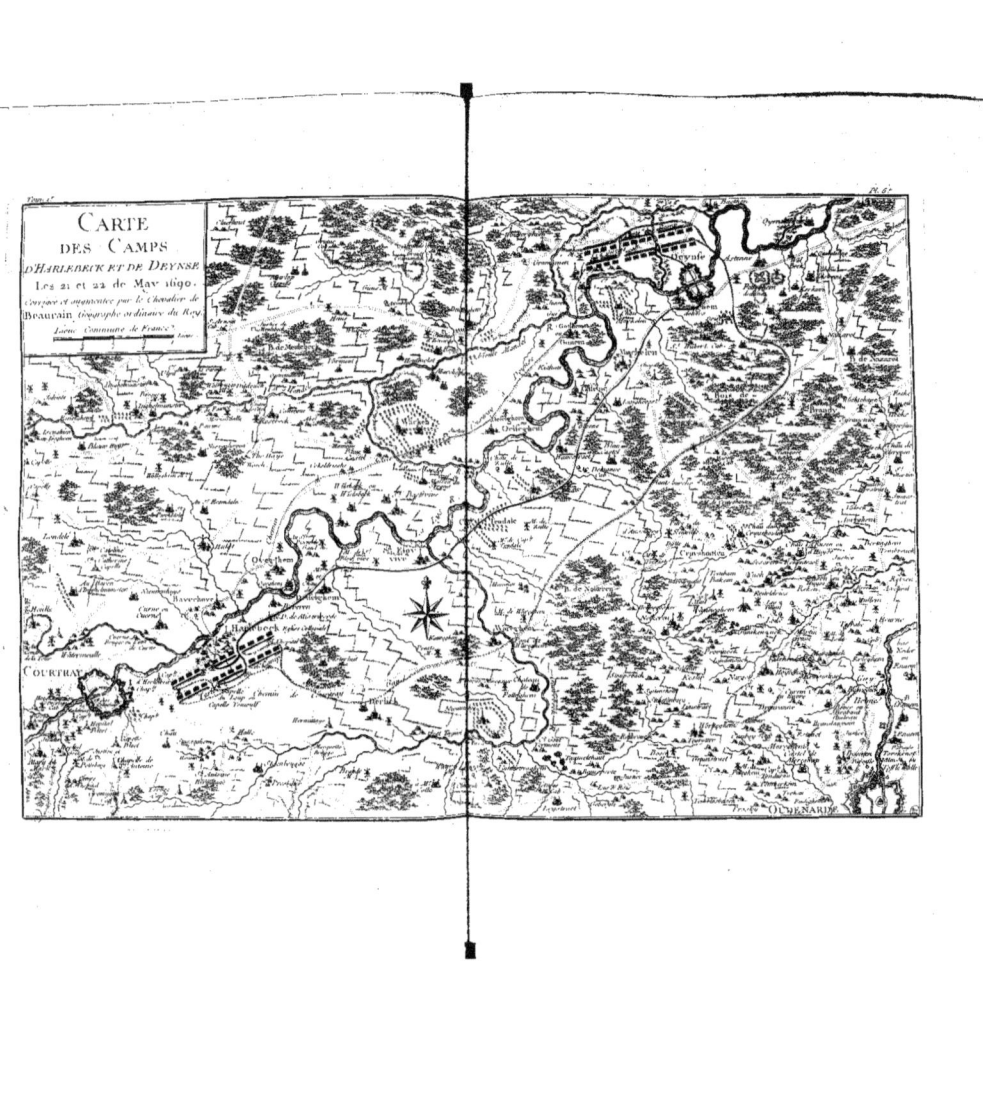

Pl. 6.

CARTE
DES CAMPS
D'HARLEBECK ET DE DEYNSE
Les 21 et 22 de May 1690.
Creugée et augmentée par le Chevalier de
Beaurain, Géographe ordinaire du Roy.
Lieue Commune de France.

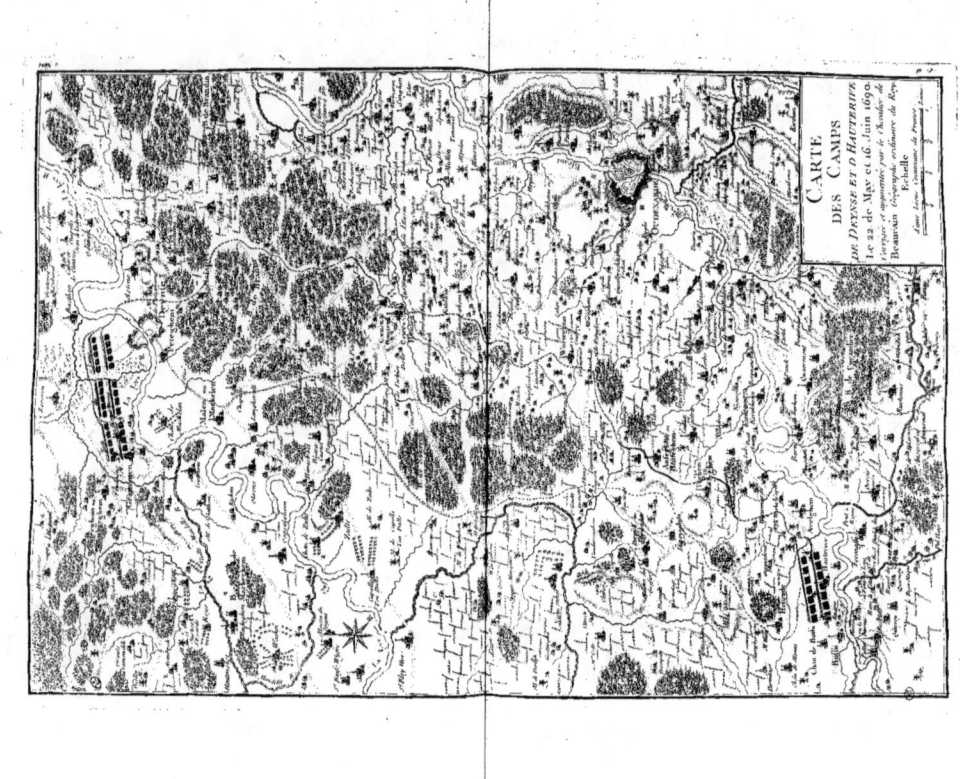

CARTE
DES CAMPS
DE DREYSSE ET D'HATTERIVE
le 22 de May et 16 Juin 1690.
l'evêque et apparentés sur le l'Amitier de
Beauvais cinquegele ordonance de Repu-
Rochelle

CARTE DES CAMPS
DE HAUTERIVE ET DE LEUSE
Le 16.e et 19 Juin 1690.
Corrigée et augmentée par le Chevalier de Beaurain
Geographe ordinaire du Roy.

Echelle
d'une Lieue commune de France

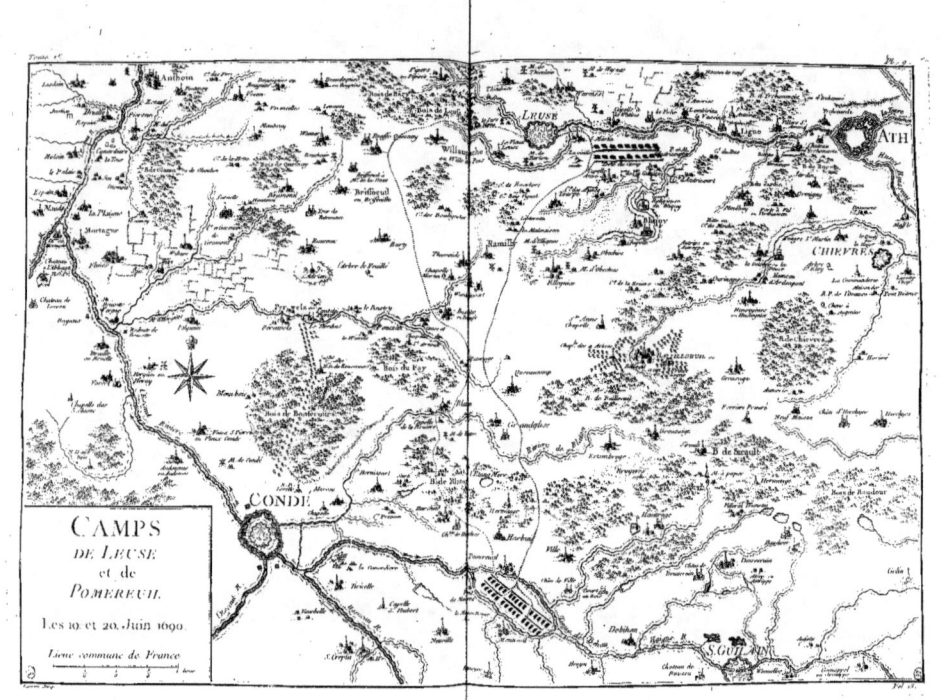

CAMPS
DE LEUSE
et de
POMEREUIL.
Les 19. et 20. Juin 1690.

Lieue commune de France

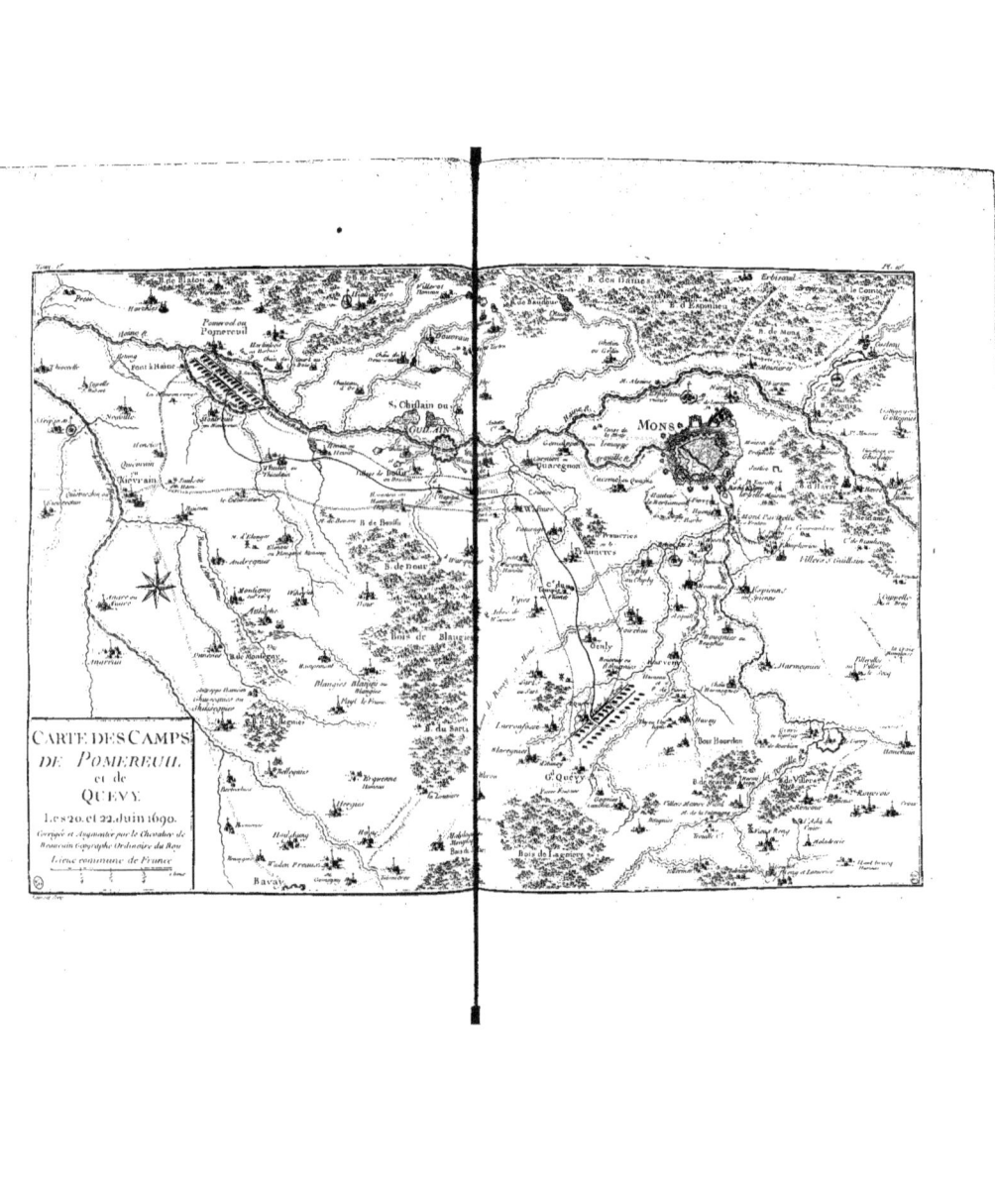

CARTE DES CAMPS
DE *POMEREUIL*
et de
QUEVY.
Les 20. et 22. Juin 1690.

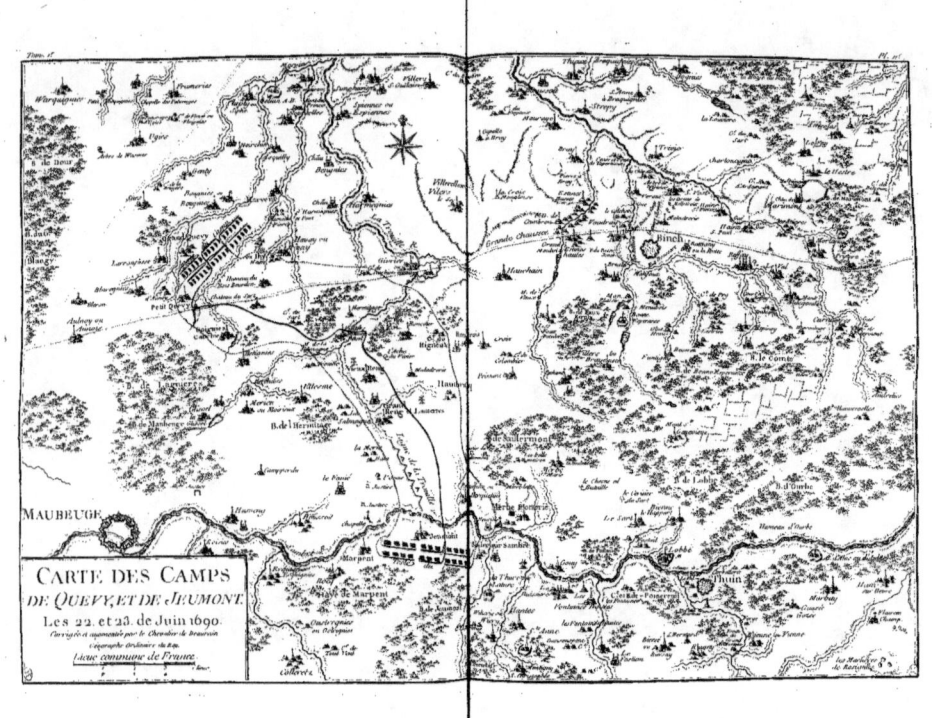

CARTE DES CAMPS
DE QUEVY, ET DE JEUMONT.
Les 22. et 23. de Juin 1690.

MAUBEUGE

CARTE DES
CAMPS DE JEUMONT
ET DE BOUSSU.

Les 25 et 26 Juin 1690.

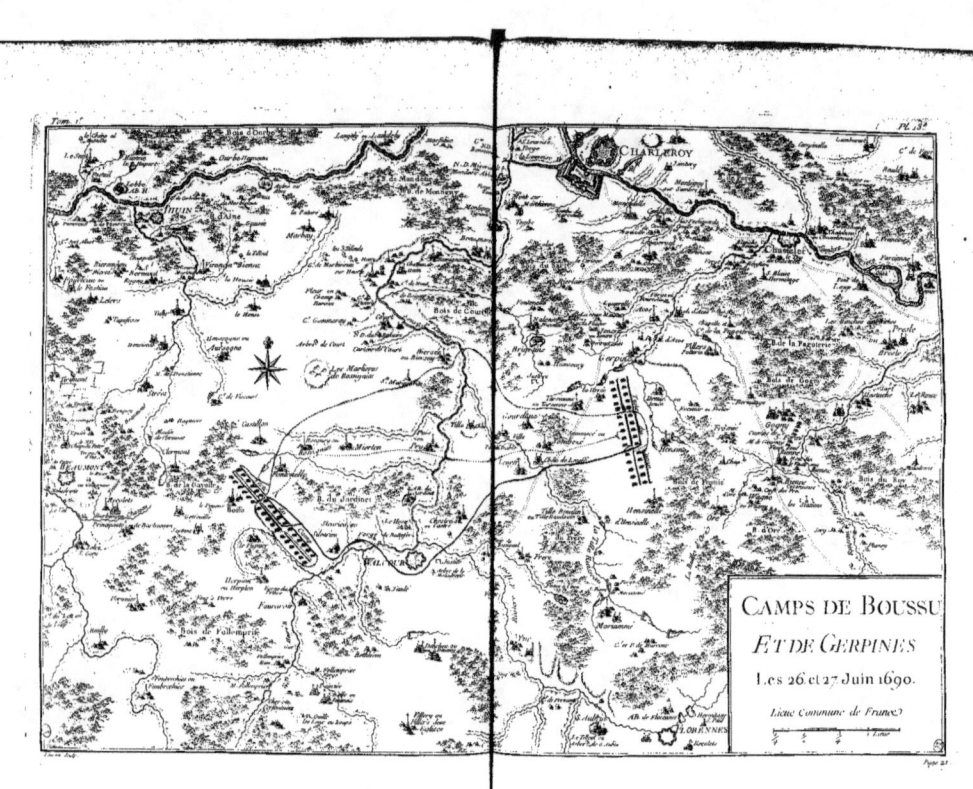

Tom. 1.ᵉʳ

Pl. 35.ᵉ

CHARLEROY

CAMPS DE BOUSSU
ET DE GERPINES
Les 26 et 27 Juin 1690.

Lieue Commune de France

Page 21.

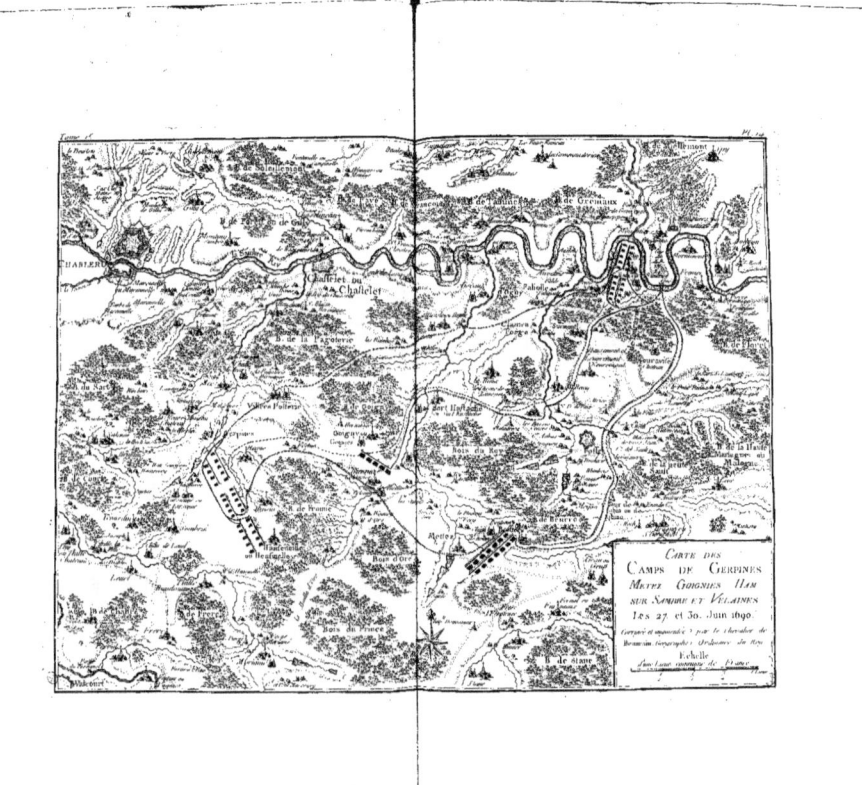

CARTE DES
CAMPS DE GERPINES
METTET GOIGNIES HAM
SUR SAMBRE ET VELAINES
les 27. et 30. Juin 1690.

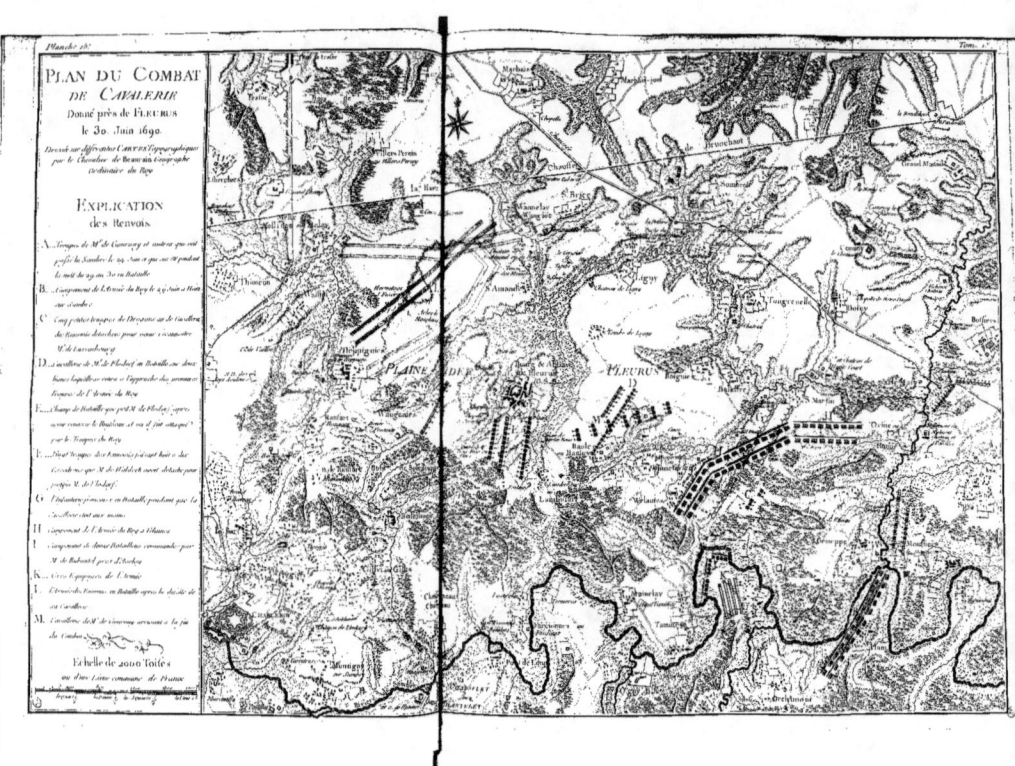

PREMIER PLAN DE LA BATAILLE DE FLEURUS LE 1er JUILLET 1690. Dressé sur différentes Cartes Topographiques Par le Chevalier de Beaurain Géographe ordinaire du Roi

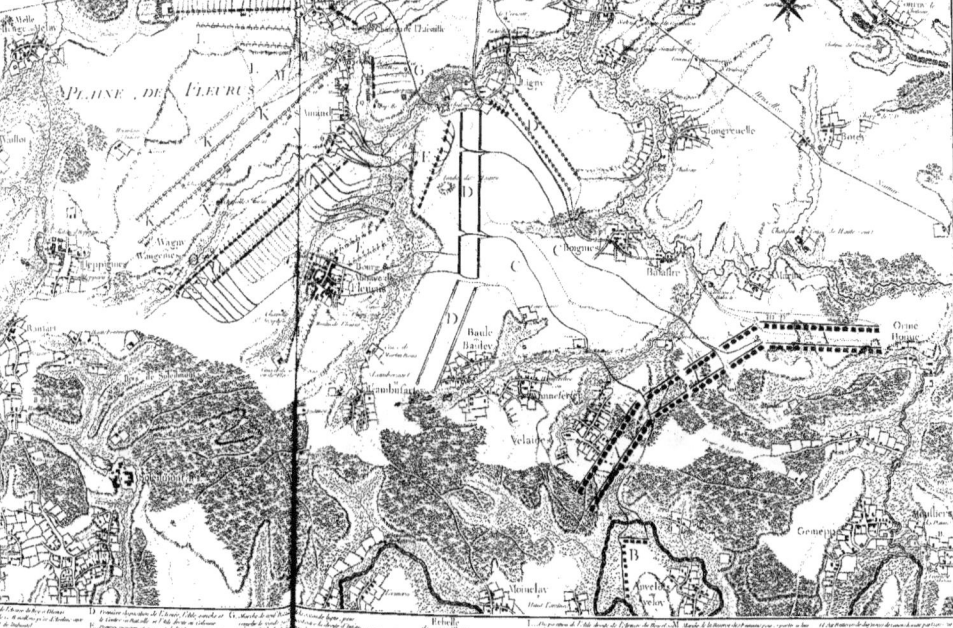

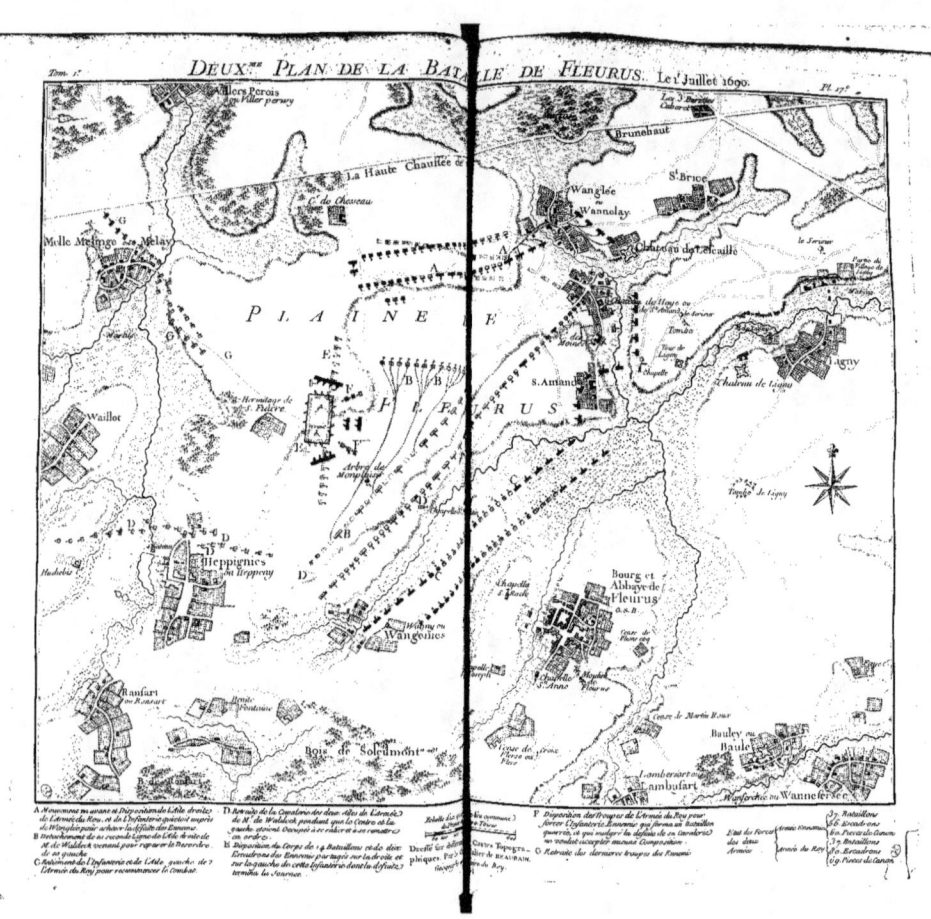

DEUX.me PLAN DE LA BATAILLE DE FLEURUS. Le 1er Juillet 1690.

ORDRE DE BATAILLE DES TROUPES Qui étoient à la Bataille de FLEURUS

Le 16.e Juillet 1690

M.r le Duc du Maine Lieut. g.nal   Lieut.t g.nal M. de Duhaniel   M.r le Duc de Choiseul.

B. de Locmaria   de Bellou B. de la Rochequimé B. Albergoty   Souvivan B. D'Ucem   B. Mirélée   Lanion B.

Monpezav   d'Asperger   Locmaria   Boufflers   Croel   Lunge   Culbeau   d'Alincourt   la Reine   Navarre   Languedoc   Normandie   Cavalerie françoise   Cavalerie allemand   Cavalerie du Roy   Champagne   Cavalerie du Roy   la Reine   Quenil   Mouvmesnil   la Chenailles   Condé Roman.c   Dragons du Roy

M. de Tilladet Lieut. g.nal.   M.rs de Camp M.rs Vatteville.   M.rs de Camp M.r de Montrevel

B. Provostal   B. du Barel   B. Stuppa   B. de Salve   B. Marquis

Provostal   Philippeaux   Espagny   Salbery   Languedoc   du Barel   Salle   Stuppa vieux   Stuppa Suisse   Salve   Pozenne   Lamghen   Lamberthie   Anicourt   Novailles   Barrelles   Grancey   Grancey   S.r Fremont

TOTAL

80. Escadrons
36. Bataillons

Artilleries

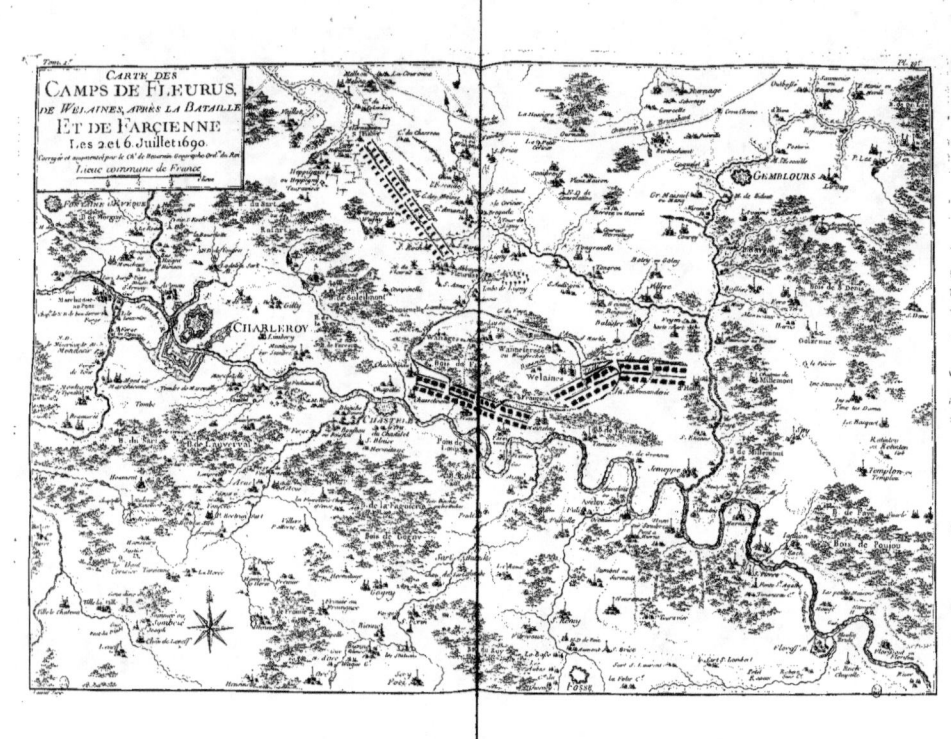

CARTE DES
CAMPS DE FLEURUS,
DE WELAINES, APRÈS LA BATAILLE
ET DE FARCIENNE
Les 2 et 6 Juillet 1690.
Corrigée et augmentée par le Cⁿ de Naurois Geographe Ord.ᵉ du Roi.
Lieue commune de France

CARTE DES
CAMPS DE FARCIENNE
ET DE TRESIGNIES,
Les 6. et 17. de Juillet
1690.
Corrigé et augmenté par le Chevalier de Beaurain
Géographe Ordinaire du Roy
Lieue Commune de France

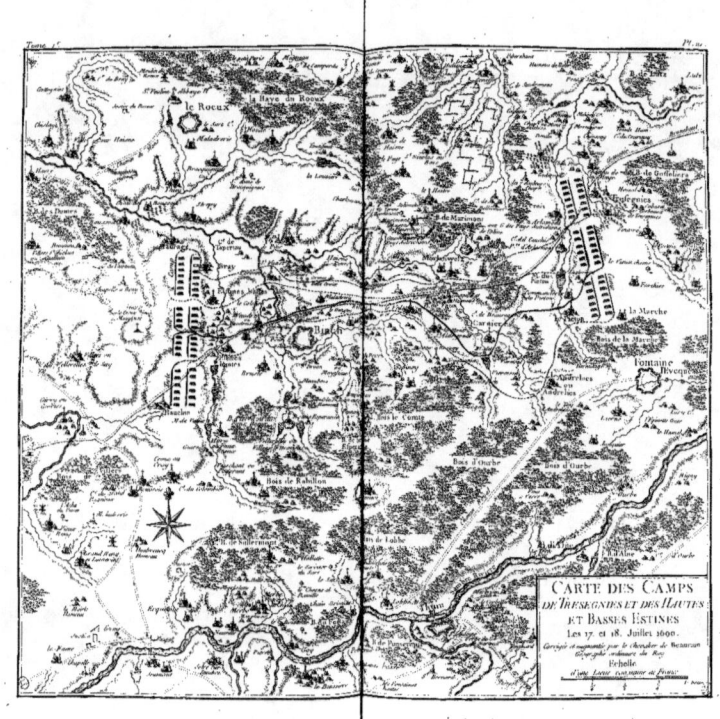

Pl. 111.

CARTE DES CAMPS
DE TRESEGNIES ET DES HAUTES
ET BASSES ESTINES
Les 17. et 18. Juillet 1690.

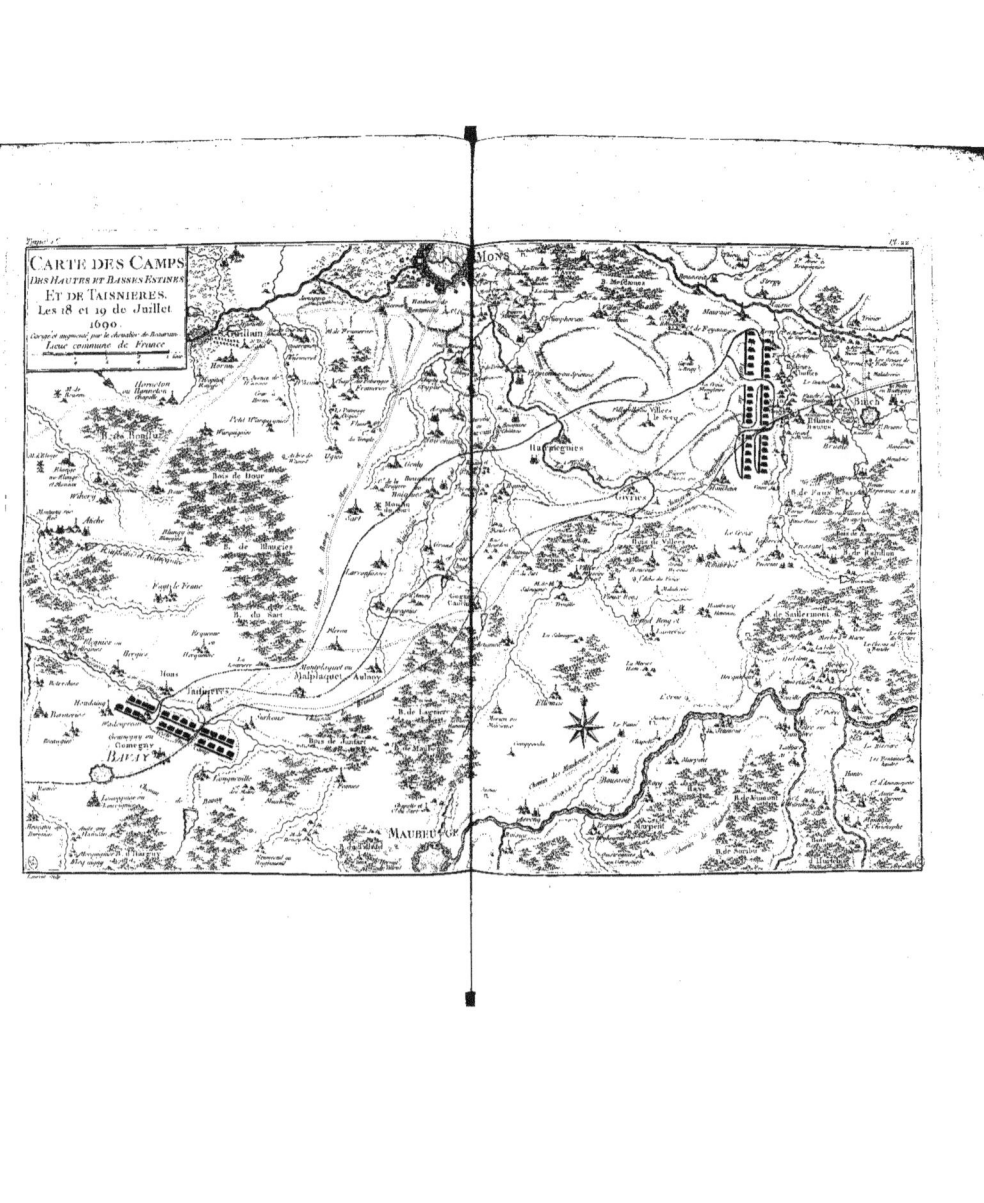

CARTE DES CAMPS
DES HAUTES ET BASSES ESTINES
ET DE TAISNIERES.
Les 18 et 19 de Juillet
1690
Levée et imprimée par le chevalier de Beaurain
Lieue commune de France

MONS

BAVAY

MAUBEUGE

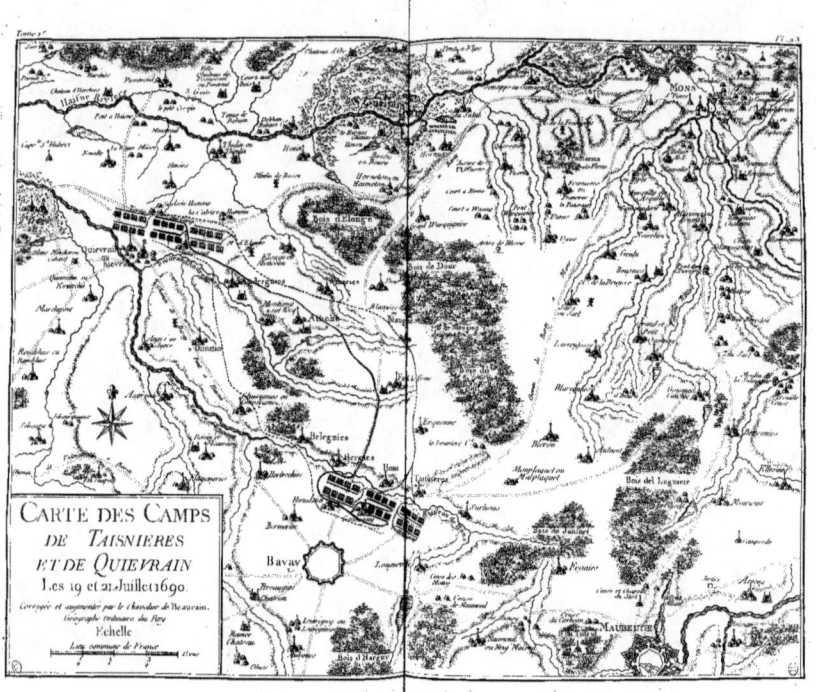

CARTE DES CAMPS
DE TAISNIERES
ET DE QUIEVRAIN
Les 19 et 21 Juillet 1690.

Corrigée et augmentée par le Chevalier de Beaurain.
Géographe Ordinaire du Roy
Echelle
Lieüe commune de France

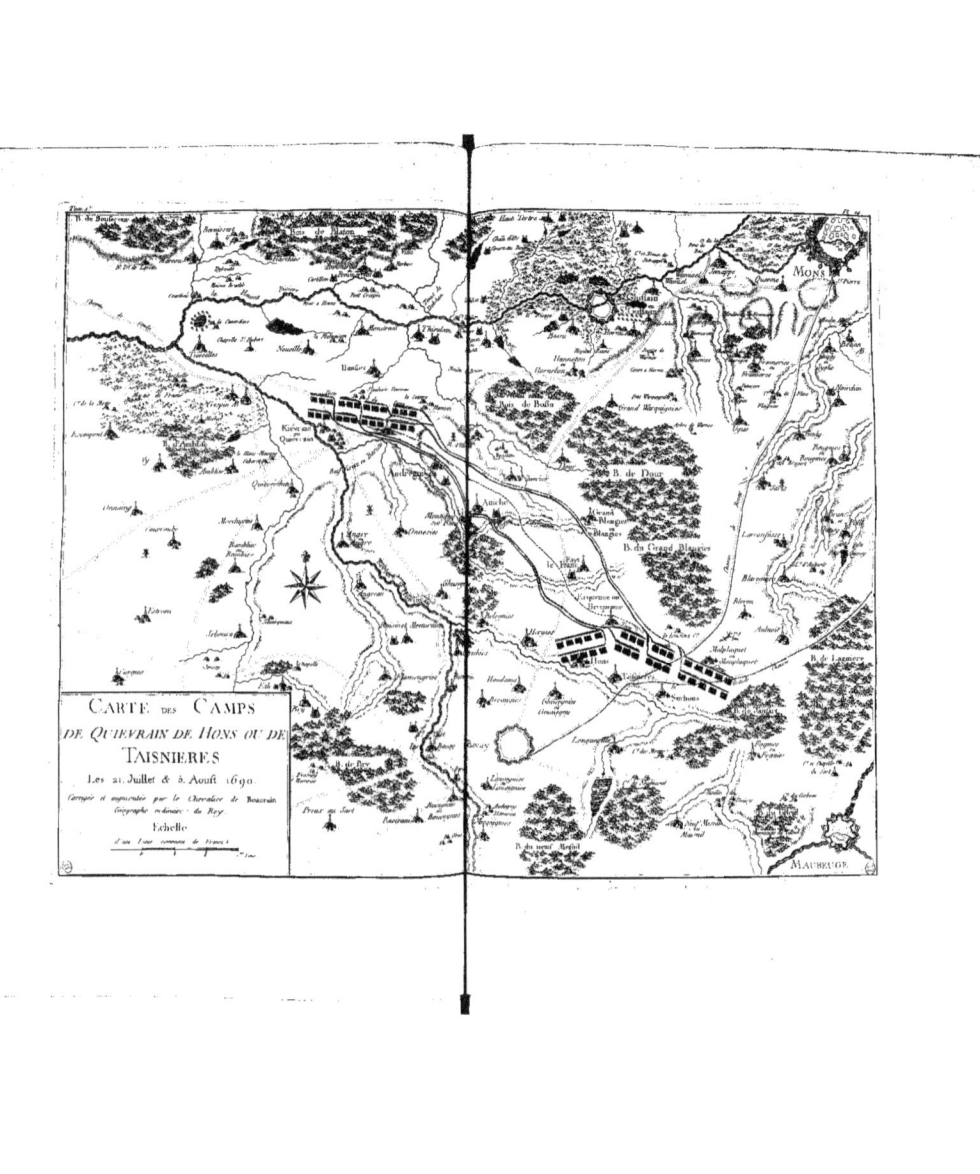

CARTE DES CAMPS
DE QUIEVRAIN DE HONS OU DE
TAISNIERES
Les 21. Juillet & 5. Aouſt 1690.
Corrigée et augmentée par le Chevalier de Beaurain
Géographe ordinaire du Roy
Echelle
d'un Lieue commune de France.

MONS

MAUBEUGE

ORDRE DE BATAILLE DE L'ARMÉE DU ROY Commandée par Mgr le Maréchal Duc de Luxembourg

Fait au Camp de Hons.
le 7. Aoust 1690.

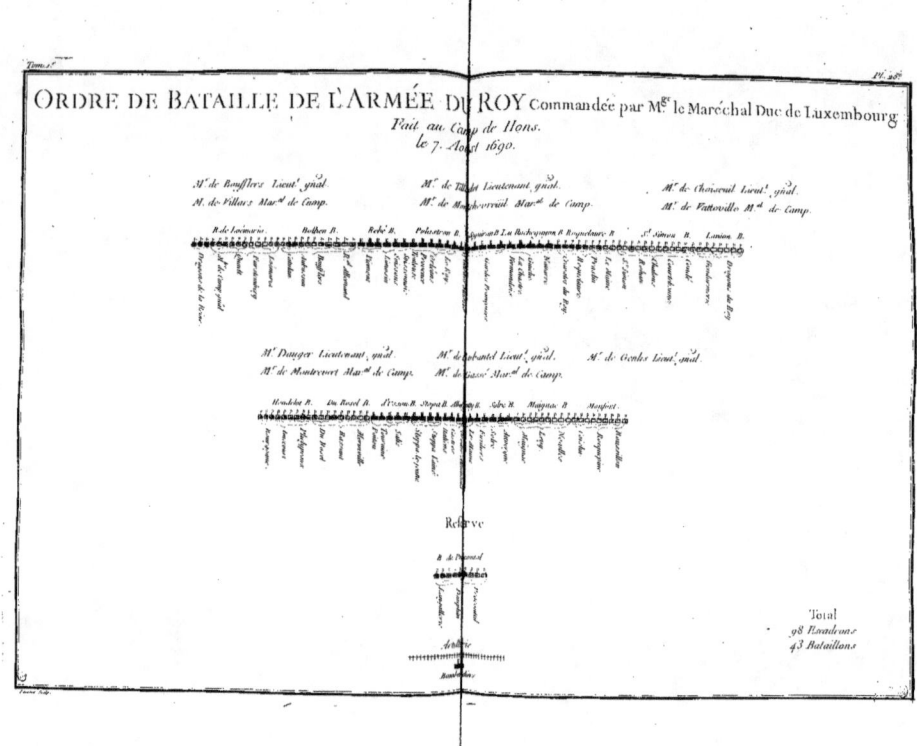

Réserve

Total
98 Escadrons
43 Bataillons

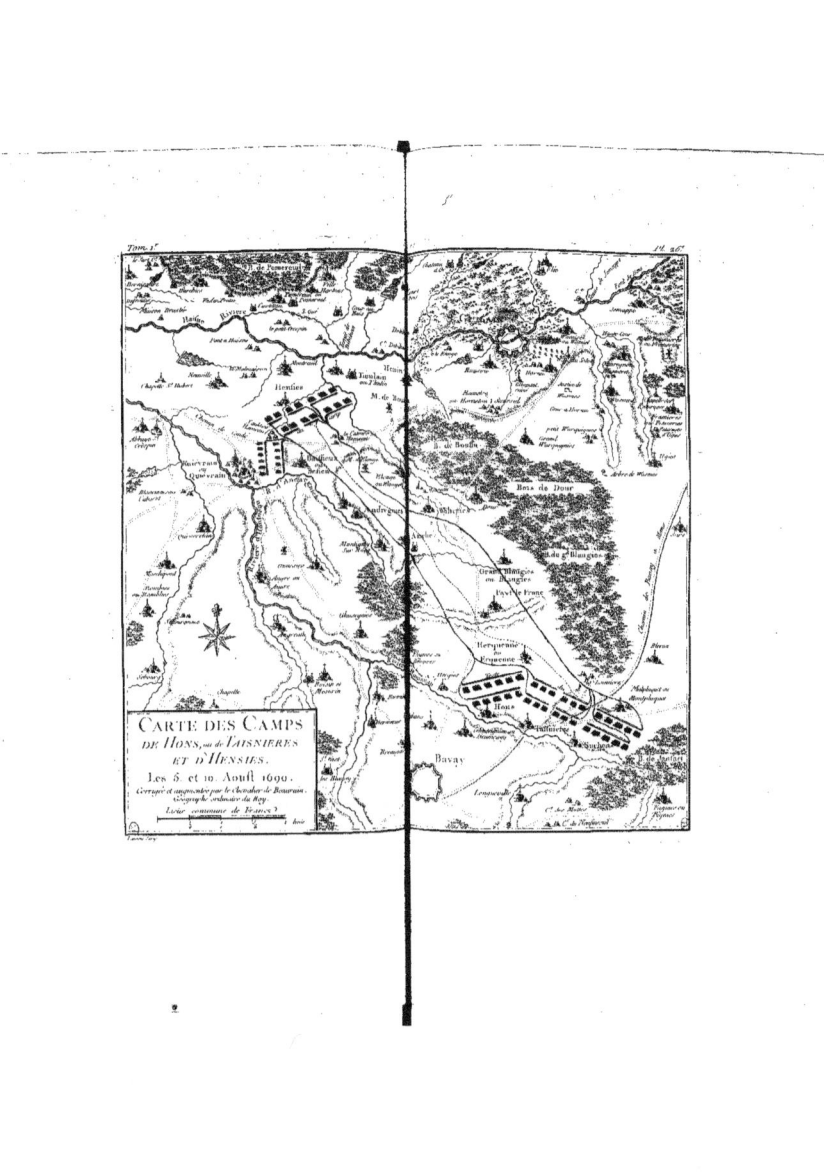

CARTE DES CAMPS
DE HONS, ou de l'AISNIERES
ET D'HENSIES.
Les 6. et 10. Aoust 1690.

Corrigée et augmentée par le Chevalier de Beaurain.
Géographe ordinaire du Roy.

Lieüe commune de France.

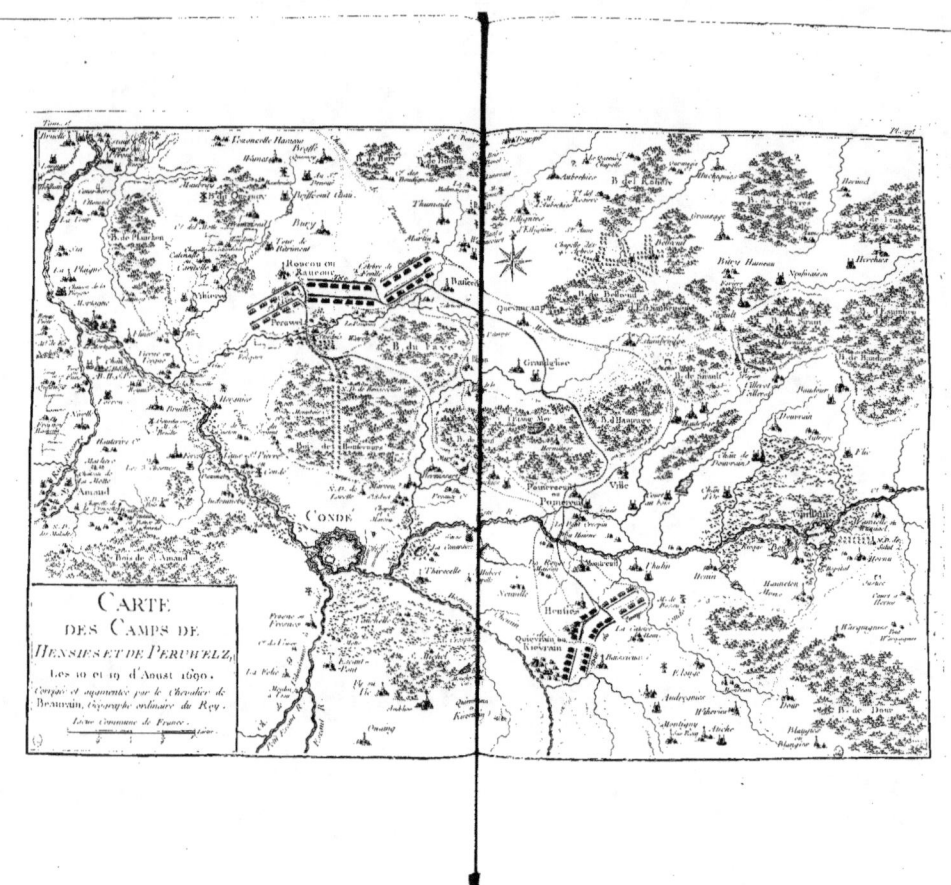

CARTE
DES CAMPS DE
HENSIES ET DE PERUHELZ,
Les 10 et 19 d'Aoust 1690.
Copiée et augmentée par le Chevalier de
Beaurain, Géographe ordinaire du Roy.

CARTE DES
CAMPS DE PERUVELZ
ET DE BLIQUY
Les 19, et 23. d'Aoust 1690.

Corrigée et augmentée par le Chevalier
de Beaurain Geographe Ordinaire du Roy.

Lieue commune de France

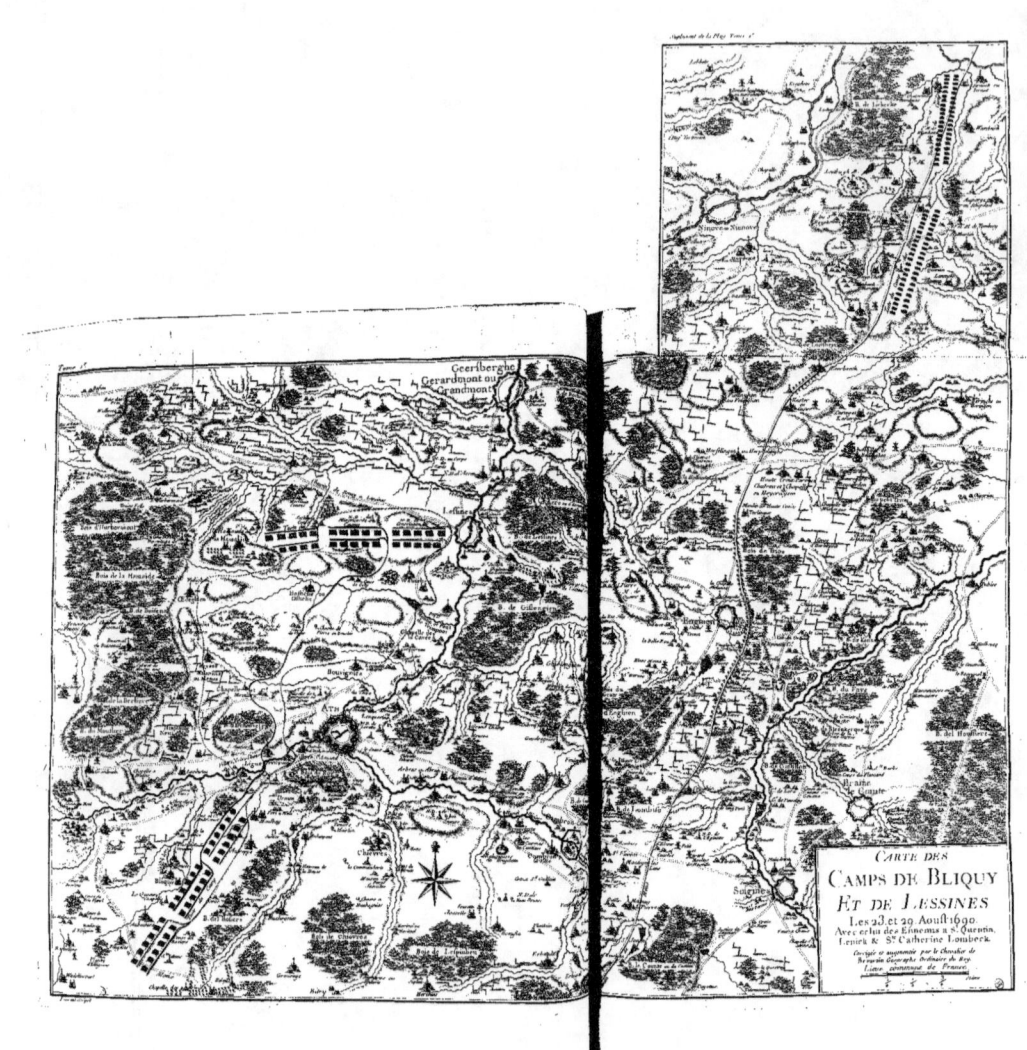

CARTE DES
CAMPS DE BLIQUY
ET DE LESSINES
Les 28. et 29 Aoust 1690.
Avec ce lu des Ennemis a S. Quentin,
Lenrik & St Catherine Lombeck.

CARTE DES
CAMPS D'HERINE
ET D'HAUTERIVE
Les 18. et 24 Septembre 1691.
Avec l'Aile droite de Cavalerie a l'Abbaye du
Sauflay les 16. et 21. après le Combat de Leuſe.

CARTE DES CAMPS
D'ANSSUREULLE ET
D'HARLEBECK
Les 9. et 12. Septembre 1690.

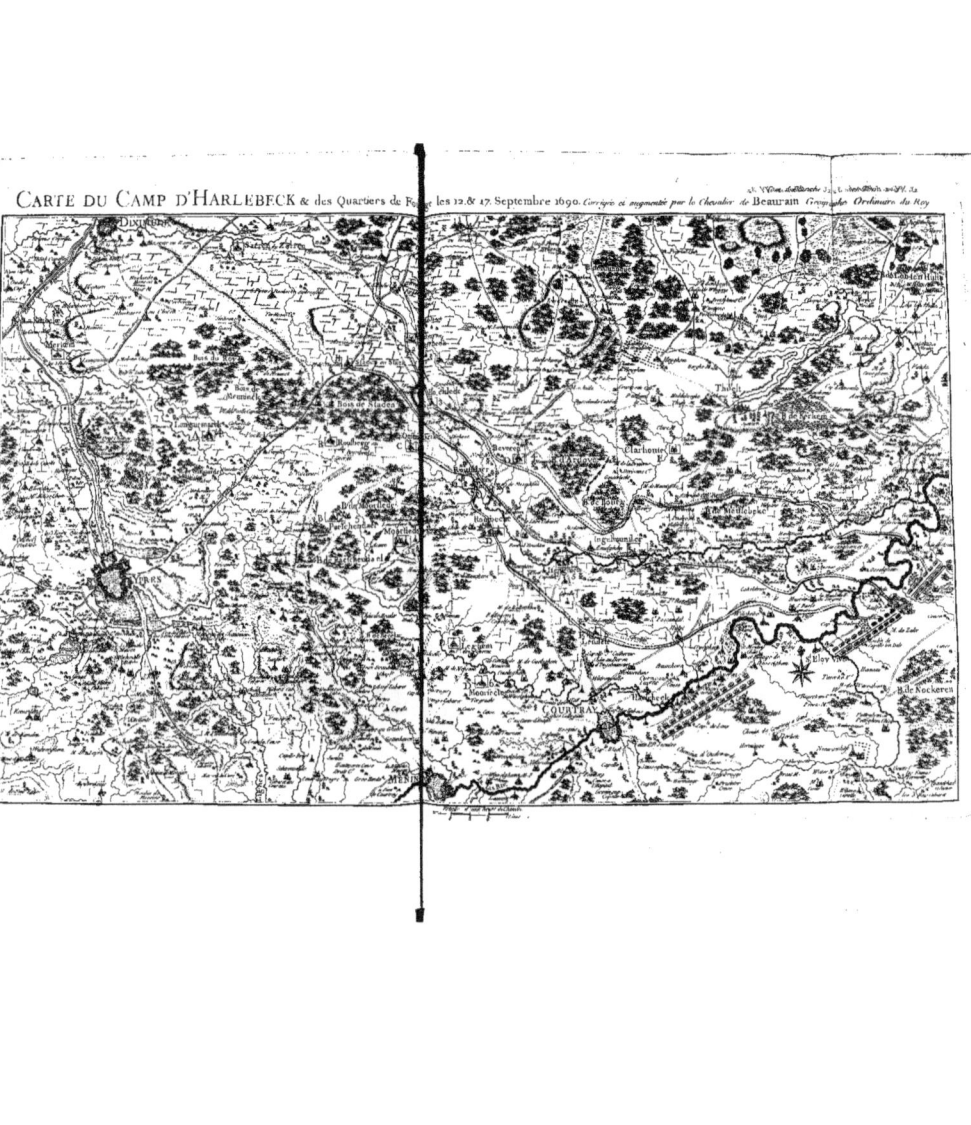

CARTE DU CAMP D'HARLEBECK & des Quartiers de Foure les 12 & 17. Septembre 1690. Corrigée et augmentée par le Chevalier de Beaurain Geographe Ordinaire du Roy

HISTOIRE MILITAIRE

DE FLANDRE,

Depuis l'année 1690. jusqu'en 1694.
inclusivement ;

QUI COMPREND LE DETAIL DES MARCHES,
Campemens , Batailles , Siéges & Mouvemens des Armées du
Roi & de celles des Alliés pendant ces cinq Campagnes.

DÉDIÉE ET PRÉSENTÉE AU ROI,

Par le Chevalier DE BEAURAIN , Géographe ordinaire du ROI , & ci-devant
de l'éducation de Monseigneur le DAUPHIN.

CAMPAGNE DE 1691.

A PARIS,

Chez
{
Le Chevalier DE BEAURAIN , Géographe ordinaire du Roi , rue Pavée ,
la premiere porte à gauche , en entrant par le Quai des Augustins.
CH. NIC. POIRION , Libraire , rue Saint Jacques , à l'Empereur.
CH. ANT. JOMBERT , Imprimeur-Libraire du Roi en son Artillerie , rue
Dauphine , à l'Image Notre-Dame.
}

M. DCC. LV.
AVEC APPROBATION ET PRIVILEGE DU ROI.

HISTOIRE MILITAIRE

DE FLANDRE,

Depuis l'année 1690 jusqu'à 1694
inclusivement.

HISTOIRE MILITAIRE

DE FLANDRE,

EN L'ANNÉE M. DC. XCI.

LE peu d'oppofition que M. de Boufflers & M. de Villars avoient trouvé de la part des ennemis dans les courfes qu'ils avoient faites pendant l'hiver du côté de Louvain & de Bruxelles, & dans le pays de Waes, faifoit affez connoître le mauvais état & la foibleffe des troupes des Alliés dans les Pays-Bas.

M. de Louvois, qui en étoit particulierement informé, & qui fçavoit l'éloignement des Hanovriens & d'une grande partie des Hollandois, qui étoient retournés dans leur pays pour y paffer l'hiver, propofa au Roi d'en profiter pour faire le fiége de Mons avant la faifon où les armées peuvent fe mettre en campagne. Le Roi après s'être fait rendre compte des préparatifs néceffaires pour une pareille entreprife, & après avoir examiné les difpofitions que M. de Louvois avoit faites, tant pour raffembler en peu de jours une forte armée devant cette place, que pour la fubfiftance des troupes & le tranfport des munitions, approuva fon projet & en ordonna l'exécution.

En conféquence, le 26 Février, M. de Louvois envoya à M. de Boufflers une inftruction détaillée, & qui comprenoit les difpofitions les plus particulieres & les plus effentielles. M. de Boufflers étoit chargé de faire faire aux troupes les mouvemens néceffaires pour investir la place; il devoit les placer à mefure

Q

qu'elles arriveroient pour occuper les avenues & les poftes aux environs de Mons, & faire tracer les lignes de circonvallation de concert avec M. de Vauban & M. de Chamlay, qui devoient fe rendre devant la place auffi-tôt qu'elle feroit inveftie.

Les ordres de la Cour devoient être communiqués à M. de Bagnoles, Intendant de Flandre, & à M. Voifin, Intendant du Hainault, afin qu'ils puffent fournir les pionniers & préparer tout ce qui étoit néceffaire pour le tranfport des munitions & pour la fubfiftance des troupes, foit dans leur marche, foit pendant le fiége.

M. Voifin avoit reçu pendant l'hiver un ordre fecret pour former à Maubeuge, & entre Sambre & Meufe, des magafins de foin affez confidérables pour faire fubfifter 53 efcadrons pendant trois femaines, en cas qu'il convînt pour le fervice du Roi de les y faire affembler.

M. de Bagnoles, & M. Chauvelin, Intendant de Picardie, avoient fait acheter fur des ordres particuliers 115000 rations de foin aux environs de la Scarpe & de l'Efcaut.

M. de Mégrigny, Ingenieur & Gouverneur de la Citadelle de Tournai, avoit été confulté fur la navigation depuis Douai & Tournai jufqu'à Mons, parce que la plus grande partie des farines & des fubfiftances pour la cavalerie, & toutes les munitions de guerre devoient être tranfportées par eau jufqu'à Condé, & enfuite remonter l'Haifne par le moyen des éclufes. Il étoit le feul à qui le fecret de cette grande entreprife eut été communiqué. M. de Vigny, commandant l'artillerie, avoit rendu compte à la Cour de l'équipage qu'il pourroit former en cas de fiége, & par l'état qu'il lui avoit envoyé, il fe trouvoit à Douai, Tournai, Valenciennes & Condé 130 pieces de canon & 45 mortiers ou pierriers.

Les Intendans de Lille, de Dunkerque, de Maubeuge & d'Amiens faifoient état de fournir 21500 pionniers. Quant au nombre & à la difpofition des troupes, la Cour en avoit ordonné ce qui fuit.

Il devoit y avoir devant Mons, y compris l'infanterie & la cavalerie de la Maifon du Roi, 51 bataillons.   77 efcadrons.

Dans les villes & villages à
portée du fiége   . . .   .   ' .   23 efcadrons.

Entre Sambre & Meufe   . . . .   53 efcadrons.

Sur la Lys , aux ordres de
M. le Maréchal d'Humieres   17 bataillons.   48 efcadrons.   1 6 9 1.
    A la garde des éclufes de la
Haifne . . . .   2 bataillons.
    A la garde des lignes depuis
l'Efcaut jufqu'à la Lys . . . .   3 efcadrons.

Total 70 bataillons. 204 efcadrons.

Les troupes qui avoient leurs quartiers d'hiver aux environs
de la Scarpe & de l'Efcaut, dans tout le Hainault, fur la frontiere de Champagne , & dans les trois Evêchés , devoient fe
rendre devant Mons , ou à portée du fiége ; celles qui avoient
leurs quartiers du côté de la mer devoient s'affembler fur la Lys,
afin de retenir les garnifons ennemies de ce côté-là , & de s'oppofer à celles qui voudroient entrer dans le pays qui étoit fous
la domination du Roi. La Cour avoit deffein de faire évacuer
Furnes, Dixmude & Courtrai, & d'en enlever les paliffades auffi-
tôt que Mons feroit invefti ; elle avoit auffi prévenu M. d'Harcourt, qui commandoit fur la Mofelle, de prendre des mefures
pour faire fubfifter 3000 chevaux fous Tréves pendant trois femaines , & lui avoit ordonné de les raffembler vers le 20 de
Mars, afin de retenir au-delà de la Meufe les troupes de Brandebourg qui avoient leurs quartiers d'hiver dans le pays de Juliers.

Telles étoient les difpofitions générales que M. de Louvois
avoit faites , & que le Roi avoit approuvées. M. de Boufflers
fuivit exactement les ordres qu'il avoit reçus pour la marche des
troupes , & prit fi bien & fi fecrettement fes mefures, que Mons
fut invefti fans que les ennemis s'y attendiffent. Il fit occuper
les avenues de la place du côté d'Ath & d'Enghien par M. de
Villars avec des troupes qui partirent de Condé, de Valenciennes & de Bouchain le 14 de Mars à l'entrée de la nuit, & qui   MARS.
furent jointes par la cavalerie qui étoit à Tournai & à Saint-
Amand ; il la fit en même tems invefir du côté de Nivelle & de
Charleroi par des troupes qui partirent du Quefnoi, de Maubeuge & de Thuin , & qui avoient été renforcées par la cavalerie qui étoit à Landreci & à Beaumont.

M. de Boufflers & M. de Villars arriverent le 15 Mars devant Mons avec 9 batailIons & 38 efcadrons , la garnifon qui
étoit forte d'environ 6000 hommes, ne s'étant point oppofée à
l'inveftiffement, on refferra la ville de plus près les jours fuivans.

1691.
MARS.
(*) Voyez le
plan de l'invef-
riffement de
Mons.
PLANCHE I.

Depuis le 15 jufqu'au 21, les troupes & les pionniers arriverent fucceffivement ; on traça les lignes de circonvallation (*),
& on commença à former le parc d'artillerie derriere la hauteur
de Bertamont, felon l'Etat qui eft ci-joint.

ETAT des munitions de guerre qui ont été apportées & confommées au Siége de Mons.

PIECES.

	Munitions consommées
De 33.	10.	
De 24.	36.	
De 16.	4.	
De 12. dont 4 de nouvelle invention. .	8.	
De 8. dont 8. *idem*.	36.	
De 4. dont 18. *idem*.	36.	
	130.	

AFFUTS.

De 33.	15.	
De 24.	50.	
De 16.	8.	1
De 12. dont 5 de nouvelle invention. .	12.	1
De 8. dont 9. *idem*.	46.	3
De 4. dont 9. *idem*.	46.	5
	177.	10
Avant-trains.	173.	12
Chariots à canon.	39.	1

BOULETS.

De 33.	12000.	4840
De 24.	50000.	27900
De 16.	6000.	3182
De 12.	4000.	2500
De 8.	27433.	16233
De 4.	15800.	3018
	115233.	57673

ARMES

Munitions apportées au Siége de Mons en 1691.

ARMES DES PIECES.

	Munitions apportées	Munitions consommées
De 33.	20.	3
De 24.	66.	5
De 16.	8.	
De 12.	14.	3
De 8.	49.	21
De 4.	49.	17

MORTIERS.

De 18 pouces.	2.
De 12.	28.
De 8.	14.
	44.
Pierriers.	8.

AFFUTS A MORTIERS.

De 18 pouces.	2.
De 12.	28.
De 8.	14.
	44.
Affûts à pierriers.	16.

BOMBES.

	Munitions apportées	Munitions consommées
De 18.	106.	106
De 12.	7500.	4580
De 8.	2000.	1064
	9606.	5750
Balles à feu.	1950.	350
Grenades.	40200.	3900
Fufées à grenades & à bombes.	10093.	6342
Fufées à grenades.	46100.	30500
Petards de fonte.	2.	
Poudre.	990000.	597800
Plomb.	166000.	51600
Méche.	161700.	43300
Hallebardes.	400.	7
Armes à l'épreuve.	50.	8

R

Munitions apportées au Siége de Mons en 1691.

1691.
MARS.

OUTILS À PIONNIERS.

	Munitions apportées	Munitions confommées
Pics à hoyaux.	9222.	443
Hoyaux.	15222.	4525
Pics à croc.	550.	
Béches.	20717.	5416
Pétards de bois ferrés.	7320.	
	53034.	10384
Haches.	6000.	1580
Serpes.	10000.	5413
Outils à mineurs.	200.	
Outils à ouvriers.	32.	
Madriers.	1100.	600
Pieces de bois.	106.	106
Leviers.	350.	150
Coins de mire.	120.	20
Couffinets ou gros coins de mire. . .	41.	21
Hampes.	550.	502
Chevres.	9.	
Criqueballes.	4.	
Crics.	6.	
Tireboures.	12.	
Sacs à terre.	30000.	
Pierres à fufil.	20000.	
Soufre.	50.	5
Salpêtre.	100.	52
Térébentine.		
Vieux-oing.	600.	300
Cire blanche.	5.	5
Chandelle.	325.	105
Flambeaux de cire jaune.	150.	51
Peaux de mouton.	147.	116
Pieces de toile à fauciffons. . . .	25.	25
Lanternes claires.	25.	9
Lanternes fourdes.		
Tamis.	4.	
Mefures à poudre.	23.	
Chaudieres de fer à artifices. . . .	2.	
Entonnoirs.	3.	

Munitions apportées au Siége de Mons en *1691*.

	Munitions consommées.	1691. MARS.
Maillets de bois.		
Baguettes pour charger fusées à bombes.	120.	33
Baguettes de fer pour fusées à grenades.		
Gamelles de bois.	14.	14
Egrugeoirs.	4.	3
Aiguilles à coudre de toutes fortes. . .	200.	
Fil.	4.	$3\frac{1}{2}$
Ficelle.	10.	4
Vrilles.	24.	24
Passe-boulets de cuivre de 12. 8 & 4. .	3.	
Dégorgeoirs.		
Caisses à boulets.		
Moufles de bois avec poutres. . . .		
Harnois de limons.		
Bottes de cercles de toutes grandeurs. .	6.	6
Grils à rougir boulets.	4.	
Tringles de fer.	2.	
Cuillers de fer.	2.	
Sceaux de bois.	4.	
Villebrequins.		
Tirefonds.		
Crochets à bombes.		
Damoiselles.		
Enfonçoirs.		
Etoupes.	20.	
Métail.		

CORDAGES.

Cinquenelles.	10.	
Alongner.	32.	
Cables de chanvre.	2.	
Prolonges & travers.	581.	415
Commandes.	589.	194
Paires de traits.	565.	235
Menus cordages.	120.	
Cordage de 40 brasses.		145
Cordage de 6 brasses.	20.	
Bateaux de cuivre.	45.	

Munitions apportées au Siége de Mons en 1691.		Munitions confommées.
1691. **MARS.**		
Hacquets.	50.	
Ancres.	20.	
Cabeftans.	8.	
Rames.	10.	
Crocs.	10.	
Fourches de fer.		
Maffes de bois.	24.	
Piquets.	48.	
Caiffons.	6.	
Eftain.	50.	50
Cuivre jaune.	40.	40
Clous de cuivre.	8.	8
Forges complettes.	8.	8
Fer en barreau.	2400.	2400
V. Scies.	50.	
Acier.		
Limes.	4.	4
Clous de fer.	1025.	1025
Rappe.	1.	1
Cadenats.		
Rafieres de charbon.	6.	6
Charriots couverts.	6.	6
Caiffons.	6.	
Charrettes.	168.	9
Aiffieux de fer.		
Paires de roues de charrettes.		
Jantes.		
Aiffieux de bois.		

On fit deux ponts fur l'Haifne avec des chauffées qui traverfoient la prairie devant Gemappe, afin de faciliter la communication des troupes des deux côtés de cette riviere. M. de Mégrigny ayant remarqué que l'on pouvoit détourner la Trouille,
qui fournit de l'eau aux foffés & aux marais de la place, &
dont les ennemis auroient pû fe fervir avec avantage lorfqu'on
eût été occupé à faire le paffage des foffés, fit relever la chauffée des grands moulins qui font près de la ville, afin d'élever
l'eau pour la faire tomber dans un canal qui devoit aboutir à la
riviere d'Haifne.

Le

Le 21 le Roi arriva au camp à midi, accompagné de M. le
Dauphin, de tous les Princes & des Maréchaux de Duras, de
la Feuillade & de Luxembourg. Tout se trouva prêt à l'arrivée
de Sa Majesté, par les soins de M. de Louvois, qui s'étoit rendu
devant Mons deux jours auparavant.

1691.
MARS.

Le Roi descendit à l'Abbaye des Dames de Beliam où il prit
son quartier, & quoiqu'il fut venu ce jour-là à cheval du Ques-
noi, il y remonta à trois heures après-midi pour visiter les de-
hors de la place dont il s'approcha de fort près.

Le 22 le Roi retourna encore visiter tous les postes ; on fit le
soir l'ouverture d'un boyau près du village d'Hiom, & on travailla à une batterie de trois pieces de canon (1) pour ruiner
l'écluse & le moulin de ce village où les ennemis avoient fait
une redoute. Cette batterie fut faite en 24 heures.

Voyez le plan
du siége de
Mons.
PLANCHE II.

Le 24 le Roi alla sur la Bruyere de Casteau reconnoître les
endroits par où les ennemis pourroient tenter de secourir la
place, & le soir l'ouverture de la tranchée se fit en présence de
Sa Majesté. On se servit d'un chemin qui alloit depuis le village
de Quesne où étoit la gauche de l'attaque, au village d'Hiom
où étoit la droite, pour en faire une parallele. La garde de la
tranchée étoit de six bataillons ; depuis ce jour jusqu'au 26, le
travail fut poussé jusqu'au bord du marais, & on commença le
canal qui devoit servir à détourner la Trouille.

Le 25 on travailla à trois batteries, sçavoir deux de canon,
dont l'une de 20 pieces (2) fut placée à la droite près du village
d'Hiom, & l'autre de 18 pieces (3) proche le chemin de Bertamont. La troisiéme de 12 mortiers (4) fut placée au milieu des
deux autres.

Ce même jour le Roi alla jusques aux hautes & basses Estinnes reconnoître les postes que les ennemis pourroient occuper
de ce côté-là. Les grenadiers du Régiment du Roi s'emparerent la nuit suivante de la redoute du moulin d'Hiom, & y
firent quatorze prisonniers sans perdre un seul homme.

Le 26 à dix heures du matin toutes les batteries commencerent à tirer contre la place ; M. le Dauphin accompagné de
M. le Duc de Chartres, y alla sur les trois heures après-midi.
La nuit suivante on avança le travail de la tranchée jusqu'à
vingt toises du chemin couvert de l'ouvrage à corne, & on commença une nouvelle attaque du côté de la porte du rivage, à laquelle on mit un bataillon tiré de la garde de la tranchée.

S

Le 27 le Roi avec toute la Cour alla à la tranchée, & la nuit fuivante on fe logea fur la crête du glacis de l'ouvrage à corne ; fur la droite on s'étendit jufqu'au foffé de la redoute. Cette même nuit le Roi ordonna de tirer mille boulets rouges, afin de fatiguer la garnifon & d'exciter une révolte dans le peuple, qui y étoit fort difpofé. On plaça pour cet effet vingt pieces de canon fur la hauteur de Bertamont (5), derriere la batterie de la droite, & on tira avec tant de fuccès qu'on mit le feu en plufieurs endroits de la ville.

On avoit fait avertir les habitans de tous les villages, depuis Mons jufqu'à Nivelle, Enghien & Ath, de voiturer au camp leurs fourrages, avec promeffe de les payer un prix raifonnable; on envoya brûler ceux qui les avoient gardé, afin d'empêcher les ennemis d'en trouver s'ils s'approchoient de la place pour la fecourir.

Le Prince d'Orange étoit parti de la Haye auffi-tôt qu'il avoit appris que Mons étoit invefti; il étoit occupé à raffembler à Bruxelles toutes les forces des Alliés, & il avoit envoyé des ordres aux garnifons d'Oftende, de Nieuport, de Bruges & de Gand de s'y rendre : fur la nouvelle de leur marche, le Roi ordonna à M. le Maréchal d'Humieres de s'avancer de Courtrai à Efpierres.

Depuis le 27 jufqu'au 30 on continua le travail par demi-fappe pour envelopper l'ouvrage à corne & la demi-lune, & on le pouffa jufqu'au bord du foffé de ces mêmes ouvrages. On établit deux nouvelles batteries (7, 8) de canon pour augmenter les bréches qui étoient commencées ; on en fit une autre de douze mortiers (9), & on continua à tirer pendant toutes les nuits des boulets rouges. On mit deux bataillons à l'attaque du rivage où on fit deux batteries de cinq pieces de canon chacune (fg) & à l'attaque de Bertamont ; il n'y eut de garde à la tranchée que quatre bataillons.

Le 30 on commença à combler le foffé de la demi-lune & d'une contre-garde qui fervoit de défenfe à l'ouvrage à corne, & la nuit fuivante les grenadiers de la tranchée s'emparerent de ces deux ouvrages qui n'étoient point revêtus, & que les affiégés abandonnerent auffi-tôt qu'ils furent attaqués. Les grenadiers conferverent ces deux poftes, dans lefquels on fe logea peu de tems après qu'ils y furent entrés. On travailla auffi à combler le foffé de l'ouvrage à corne, vis-à-vis le demi-baftion qui étoit à la gauche de l'attaque.

Auffi-tôt qu'on avoit été maître du chemin couvert, on avoit
établi fur le glacis deux nouvelles batteries (14, 15), l'une de
fix mortiers & l'autre de fix pierriers, & elles tirerent avec beaucoup de fuccès.

Le 31 le Roi retourna vifiter les poftes & les lignes du côté
de l'Abbaye de Saint-Denis; & fur des avis que l'on eut que le
le Prince d'Orange devoit s'avancer à Halle, M. le Maréchal
d'Humieres eut ordre de venir entre Condé & Mortagne, & la
cavalerie qui étoit entre Sambre & Meufe fe rendit devant Mons.

Pendant la nuit du 31 au premier Avril, on augmenta le logement fait dans la demi-lune; on commença à combler le
foffé devant la courtine de l'ouvrage à corne, & on pouffa le travail fur la crête du glacis, laiffant l'ouvrage à droite pour em-
braffer davantage cette partie.

Le premier Avril le foffé de l'ouvrage à corne étant comblé,
les Officiers des Gardes Françoifes demanderent, avant d'être relevés, d'attaquer cet ouvrage, & M. de Vauban ayant affuré
qu'on pouvoit l'emporter, le Roi le leur permit.

On commanda plufieurs Compagnies de grenadiers pour renforcer la tranchée, & feconder l'attaque; les grenadiers des
Gardes impatiens de la commencer, n'attendirent pas qu'elles
fuffent arrivées; ils attaquerent les ennemis, & les chargerent
avec·tant de valeur qu'ils fe rendirent maîtres de l'ouvrage.
Mais peu de tems après le feu ayant pris à quelques poudres,
cet accident donna une telle épouvante aux grenadiers & aux
travailleurs deftinés à faire le logement, qu'ils crurent que tout
étoit rempli de fourneaux, & ils abandonnerent ce pofte fans
que les Officiers puffent les retenir. Les difpofitions n'étant pas
faites pour faire fuccéder une feconde attaque à la premiere, les
ennemis en profiterent, & revinrent occuper l'ouvrage; M. de
Boufflers qui commandoit la tranchée, y fut bleffé.

Le 2 à dix heures du matin le Roi fit préparer tout ce qui
étoit néceffaire pour une nouvelle attaque: pour cet effet, il fit
marcher trois Compagnies de grenadiers de fon Régiment pour
fe joindre à fix autres de la tranchée avec 150 Moufquetaires.
Le Roi fe rendit fur la hauteur de Bertamont, & le fignal étant
donné, les trois Compagnies de fon Régiment fortirent d'abord
des tranchées; les ennemis armés de faulx à revers & de gre-
nades, fe défendirent pendant quelques momens; mais fe
voyant attaqués par les grenadiers Suiffes, qui avoient paffé fur

le batardeau qui fervoit de communication pour aller de la demi-lune à la courtine, ils abandonnerent l'ouvrage. Il refta quelques troupes dans des retranchemens qui étoient derriere la bréche, ce qui donna lieu aux Moufquetaires qui avoient feulement fuivi les grenadiers du Régiment du Roi, de fe couler le long de la bréche pour couper les affiégés entre la courtine & leur retranchement ; dès que ceux-ci s'en apperçurent, ils fe retirerent ; on s'occupa auffi-tôt à fe retrancher, & les ennemis n'effayerent pas de rentrer dans l'ouvrage.

Pendant toute cette action & pour favorifer les travailleurs, on fit un tel feu de canon & de bombes que les ennemis n'ofoient paroître dans les deux demi-lunes qui commandoient l'ouvrage à corne.

Le 3 on commença à tirer d'une batterie de huit pieces de canon (10) établie entre les deux attaques, pour battre les deux demi-lunes que les ennemis occupoient & les ouvrages de l'attaque du rivage ; on pouffa un logement à quinze toifes de l'avant-foffé, & on travailla à établir quatre pieces de canon (13) contre la demi-lune qui défendoit la branche droite de l'ouvrage à corne, & pour battre en bréche le corps de la place. Ce même jour le Roi alla vifiter la tranchée, & s'avança pour voir l'effet des batteries de la gauche. On augmenta pendant la nuit le logement fait dans l'ouvrage à corne, afin d'y établir deux batteries, l'une de dix petits mortiers (11), & l'autre de quatre pieces de canon (12), pour battre la demi-lune qui étoit derriere cet ouvrage.

Le 4 au matin on furprit un foldat de la garnifon qui portoit des lettres du Prince de Bergues au Prince d'Orange & à M. de Caftanaga, pour les avertir que s'il n'étoit fecouru dans cinq jours, il feroit forcé de rendre la place. La tranchée du côté de la porte du rivage, fut pouffée en avant pour occuper les affiégés ; à la grande attaque on travailla pendant la nuit du 4 au 5 à combler l'avant-foffé des deux demi-lunes, & on continua de tirer des boulets rouges contre la ville.

Le 5 fur la nouvelle que le Prince d'Orange à la tête de 25 à 30000 hommes avoit marché à Notre-Dame de Halle, & qu'il devoit s'avancer à Enghien, M. le Maréchal d'Humieres vint camper à Saint-Guilain, & la cavalerie qui étoit dans les villes & villages à portée du fiége, fe rendit devant la place. Le Roi avoit marqué fur la Bruyere de Cafteau un champ de bataille

taille pour fon armée, & fe propofoit d'y combattre le Prince
d'Orange s'il entreprenoit de troubler le fiége.

Les batteries qu'on avoit établi dans l'ouvrage à corne commencerent à tirer ce même jour avec beaucoup de fuccès, &
la nuit fuivante le paffage du foffé pour aller de l'ouvrage à
corne à la contrefcarpe de la demi-lune de la droite fut prefque
achevé.

Le 6 on acheva de combler l'avant-foffé de la demi-lune,
& à l'entrée de la nuit on établit des travailleurs fur la crête du
glacis pour fe loger fur l'angle faillant de cet ouvrage; le feu
des affiégés étoit peu confidérable, & donnoit lieu de croire
qu'il y avoit fort peu de monde dans les deux demi-lunes.

Le 7 on étendit à droite & à gauche les logemens qu'on
avoit fait fur le glacis de ces deux ouvrages, & on fit une bréche confidérable à la demi-lune qui étoit à la droite de l'attaque. On travailla en même tems à une batterie de deux pieces
de canon (16) & à une autre de trois pierriers (17) fur la contrefcarpe de la demi-lune de la gauche; elles tirerent le lendemain matin.

La nuit du 7 au 8 le travail fut fi bien conduit que le 8 au
matin on fe trouva en état de commencer le paffage du foffé
pour aller aux deux demi-lunes.

On apprit ce même jour que le Prince d'Orange ne s'étoit
pas avancé à Enghien. Le Roi alloit à la tranchée pour y donner fes ordres, & étoit déja en chemin, lorfque M. le Duc de
Vendôme qui y commandoit, envoya avertir Sa Majefté que les
affiégés venoient de battre la chamade, & demandoient à capi-
tuler. Ils donnerent auffi-tôt pour ôtages un Colonel, un Lieutenant-Colonel & un Major. Le Roi leur envoya des Officiers
du même rang; Sa Majefté leur accorda tous les honneurs de la
guerre, fix pieces de canon & 300 chariots, dont quelques-uns
fortirent couverts.

Le lendemain 9 les Gardes Françoifes prirent poffeffion de
la porte de Bertamont.

Le 10 à midi la garnifon fortit de la ville, forte d'environ
4500 hommes & 300 Officiers. Le Prince de Bergues qui les
commandoit, défila à leur tête & falua M. le Dauphin.

Le Roi fit ce même jour la revûe d'une grande partie de la
cavalerie & des dragons; Sa Majefté donna les ordres néceffaires
pour travailler à la fureté de la place, & partit le lendemain

T

pour retourner à Verfailles. On renvoya les troupes dans leurs garnifons, & les ennemis en firent autant de leur côté.

La perte que les troupes du Roi firent à ce fiége, fut d'environ mille hommes. M. de Boufflers resta jufqu'au 19 Avril avec un petit corps pour faciliter le tranfport des munitions de guerre qui étoient au parc d'artillerie.

La prife de Mons répandit l'allarme dans les Pays-Bas; cette place donnoit aux troupes Françoifes le moyen de pénétrer dans le Brabant, & de s'avancer jufqu'à Bruxelles; mais cette conquête au lieu d'abattre la Ligue, ne fervit qu'à animer les Princes qui y étoient entrés à faire de plus grands efforts contre la France. Le Prince d'Orange qui devoit prendre cette année le commandement de l'armée de Flandre, efpéroit qu'après la fatigue que les troupes du Roi venoient d'effuyer, elles ne feroient pas en état d'entrer de bonne heure en campagne; & dans cette confiance il formoit avec tranquillité les projets de fes prochaines opérations, lorfque la Cour attentive à profiter de fes moindres avantages, réfolut d'exécuter des deffeins qu'elle avoit été obligée depuis long-tems de différer. Elle avoit confervé de juftes reffentimens contre le Prince & les Etats de Liége qui avoient indifpofé le Roi par la conduite qu'ils avoient tenu.

Au commencement de 1689, l'Evêque de Liége avoit figné un acte de neutralité par lequel il s'obligeoit de licencier fes troupes, & de rafer la citadelle & les fortifications de fa ville, excepté l'enceinte feulement. Ce Traité avoit été ratifié par le Roi & par les Etats, & enfuite rompu au bout de fort peu de tems par le Chapitre, le Peuple & l'Evêque; les effets du Cardinal de Furftemberg, qui étoient dans Liége, avoient été pillés, & beaucoup de munitions que le Roi avoit dans cette ville, fur la foi du Traité, avoient été livrées aux ennemis.

Le Roi voulant punir les Liégeois d'avoir manqué à leur parole & au Traité fait avec eux & avec leur Prince, réfolut de faire bombarder leur ville, & ce fut le premier objet d'opérations qu'il prefcrivit aux Généraux de fes armées de Flandre.

M. de Boufflers, avec 20 bataillons & 61 efcadrons, devoit être chargé de cette expédition, pendant que M. de Luxembourg affembleroit fon armée fur la Lys, & s'avanceroit fur la Dendre ou fur la Senne, pour y attirer toutes les troupes des Alliés & les empêcher de marcher au fecours de Liége.

Le peu de préparatifs que les Alliés avoient fait pour leur

fubfiſtance , & l'éloignement des troupes que les Princes de
l'Empire devoient envoyer en Flandre , annonçoient que le
Prince d'Orange entreroit tard en campagne.

Tout étoit tranquille ſur la frontiere , lorſque M. de Roſen
reçut des ordres de la Cour pour aſſembler à Courtrai les troupes du Roi ; elles commencerent à y arriver le 9 Mai , & camperent ſur deux lignes près du ruiſſeau de Curne , la droite au-
deſſous de Bavechove , la gauche tirant vers Heulle. M. de
Luxembourg y arriva le 15 , & y ſéjourna quelques jours pour
régler ſes mouvemens ſur ceux de M. de Boufflers.

Il ſçavoit que depuis la priſe de Mons , le Prince d'Orange
avoit fait faire quelques ouvrages à la petite ville de Halle , afin
de protéger Bruxelles , & d'en éloigner l'armée Françoiſe. Ces
ouvrages n'étoient point encore finis : du côté de Mons ſeulement ils étoient paliſſadés & en bon état. M. de Luxembourg
crut que le plus ſûr moyen d'attirer ſur lui toutes les forces des
ennemis , étoit de détruire ce poſte , & de s'approcher de Bruxelles , afin de donner aux ennemis de l'inquiétude pour cette
place. Dans cette vûe il fit marcher le 19 ſon armée pour aller
à Hauterive.

La marche ſe fit ſur quatre colonnes. L'aîle gauche de cavalerie fit Marche de Curne à Hau-terive.
celle de la droite , le Meſtre de Camp en eut la tête , & fut ſuivi du PLANCHE III.
reſte de la premiere ligne de cette aîle ainſi qu'elle étoit campée ,
enſuite de la Brigade de Saint-Simon , & du reſte de la ſeconde ligne
dans le même ordre que la premiere. Cette colonne paſſa à Water-
Meulen , quartier de M. le Duc du Maine , traverſa la ville de Courtrai ,
ſortit par la porte de Tournai , & ſuivit le chemin de Courtrai au pont
David , qu'elle quitta entre la Maiſon Blanche & le moulin de Reut-
wort. De là elle continua ſa marche par un chemin qui laiſſe Saint-
Genois à droite , & Boſſu à gauche , d'où elle ſe rendit à la gauche du
camp , qui fut ſon poſte. Cette aîle de cavalerie mêla ſes menus bagages
entre ſes eſcadrons , les gros en prirent la queue ; & lorſqu'ils furent
dans la ville de Courtrai , au lieu de ſortir par la porte de Tournai , ils
paſſerent par celle qui va à Harlebeck , pour joindre la colonne des
gros équipages.

La ſeconde colonne fut pour le reſte des gros & menus bagages
de l'armée , leſquels vinrent paſſer au pont de Curne , qui étoit à la
queue de Stoppa ; de là ils allerent à celui qui étoit fait ſur la Lys , entre
Harlebeck & Courtrai , pour joindre le chemin de Zueveghem , d'où
laiſſant le clocher à gauche , ils allerent droit à Monne , & laiſſant Boſſu
à droite , ils ſe rendirent dans la plaine du camp.

La troiſiéme colonne fut pour l'infanterie , dont Navarre eut la tête ,

& fut fuivie du refte de la premiere ligne ainfi qu'elle étoit campée, & de la feconde ligne dans le même ordre que la premiere : cette colonne traverfa la Lys au pont du moulin d'Harlebeck, d'où laiffant le village à gauche, elle alla droit au pont Marquette près Derlick, & laiffa le clocher à gauche, paffa à Otteghem & à Heftrud, & de là fe rendit au moulin d'Hauterive où fut le centre de la ligne.

La quatriéme & derniere colonne, qui étoit celle de la gauche, fut pour l'aîle droite de cavalerie, dont la Maifon du Roi eut la tête, & fut fuivie du refte de la premiere ligne de cette aîle ainfi qu'elle étoit campée, & de la feconde dans le même ordre que la premiere : cette colonne paffa au pont d'Harlebeck pour aller à Derlick, d'où prenant le chemin de Potteghem, & laiffant le château & le village à gauche, elle alla à Nieuwenhof. En approchant de ce village, elle laiffa l'Eglife à gauche, & paffa le ruiffeau fur le pont de pierre pour aller à Anfeghem, & de là à Caftre; laiffant enfuite Warmade à gauche, elle traverfa le ruiffeau d'Avelghem pour entrer par la droite du camp qui étoit fon pofte.

On envoya dès la veille cinquante dragons à Saint-Eloi-Vive, cinquante à Wareghem, cent hommes de pied à l'Eglife & au château de Potteghem; on commanda 500 hommes de pied, lefquels fe trouverent à la générale au pont que l'on avoit fait fur la Lys entre Harlebeck & Courtrai, pour être diftribués par pelotons de diftance en diftance dans la colonne des gros bagages qui y devoit paffer. Le rendez-vous des Majors & des Gardes pour le campement fut au pont fait fur la Lys, entre Harlebeck & Courtrai, à l'heure de la générale.

Il fut ordonné que durant toute la campagne il y auroit toujours à la tête de chaque colonne de cavalerie cent dragons avec des outils pour accommoder les chemins; qu'à la tête de chaque colonne d'infanterie il y auroit pour la même raifon cent hommes, lefquels feroient tirés des Brigades qui auroient l'avant-garde, & qu'à la tête de chaque colonne de bagages, on mettroit auffi cent hommes avec des outils, & que cela s'exécuteroit dans toutes les marches fans qu'il fût befoin de le réïterer.

Les vieilles gardes durant toute la campagne firent l'arriere-garde des colonnes de bagages & d'infanterie, & l'on commanda toujours 50 Maîtres pour marcher à la tête de chacune de ces colonnes.

L'on ne commanda plus de grandes gardes d'efcadrons entiers avec des étendards, à caufe de l'embarras qu'elles caufoient pour les fourrages particuliers qu'il leur falloit donner, & elles furent compofées par des détachemens comme les gardes ordinaires.

L'armée campa fur deux lignes, la droite fut appuyée au ruiffeau qui paffe entre Warmade & Avelghem, la gauche alloit au-delà du château de Boffu, Hauterive derriere le centre, & l'Efcaut derriere le camp.

Le 21 l'artillerie vint y joindre les troupes, elle étoit forte
de

de 60 pieces de canon; le 22 on fit la revûe générale de l'armée, qui étoit de 39 bataillons & 101 escadrons (*).

1691.
M A I.
(*) Voyez l'or-
dre de bataille.
PLANCHE IV.

Avant de quitter ce camp, M. de Luxembourg donna ses
ordres pour la garde des lignes, depuis l'Escaut jusqu'à la Lys;
les troupes qu'il y laissa furent postées à Dottignies au nombre
de cinq escadrons & de deux bataillons. Ces troupes, à l'exception du Régiment de Merinville, furent tirées de toutes les
garnisons voisines & par détachemens.

Quoiqu'il restât peu de troupes à la garde des lignes, leur
nombre étoit suffisant pour les assurer, parce que dans les places
voisines occupées par les ennemis, il n'y avoit que des garnisons ordinaires.

On avoit proposé à la Cour de changer les lignes d'Honf-
cote, & de se servir du canal de Loo, depuis la riviere d'Yser
jusqu'à Furnes; ce canal étoit plus aisé à défendre, & cette
ligne auroit couvert beaucoup de villages sur lesquels les ennemis levoient des contributions. M. de Luxembourg proposa
cette idée à la Cour, & de faire pour cet effet un réduit à Furnes que l'on pourroit garder avec peu de monde, & qui ôteroit
aux ennemis la facilité de s'y rassembler pour pénétrer entre
l'Yser & le canal d'Honscote; ce projet ne fut point agréé, malgré les avantages qu'il pouvoit avoir.

Peu de tems après la prise de Mons, la Cour fit travailler à
de nouvelles lignes pour couvrir le pays qui est situé entre la
Trouille & l'Honsneau (*), elles s'étendoient depuis Mons jusqu'à la Sambre.

(*) Voyez la
Carte générale.

M. de Luxembourg ayant été informé par la Cour que M. de
Boufflers pourroit se mettre en marche le 28 pour s'approcher
de Liége, se décida à passer l'Escaut le 25, & à marcher à
Renay.

La marche se fit sur cinq colonnes.

Marche d'Hau-
terive à Renay.
PLANCHE V.

L'aîle gauche eut la colonne de la droite; deux escadrons du Régiment d'Asfeld en eurent la tête, & furent suivis des Brigades de la seconde ligne, qui étoient Saint-Simon, Rottembourg & Massot, ensuite
de celles de la premiere ligne, en commençant par Houdetot; le troisiéme escadron d'Asfeld fit l'arriere-garde de cette colonne, laquelle
passa l'Escaut au pont fait près de Pottes, pour suivre le chemin
de Celles où elle traversa la Laye sur le pont du village, & alla à Arques; de là elle passa la Ronne sur un pont entre Dereneau & Aineres,
& pliant à gauche, elle passa au petit bois de Waudripont où elle se
trouva à la droite du camp qui étoit son poste.

V

1 6 9 1.
M A I.

L'artillerie eut la feconde colonne, laquelle fut fuivie de tous les gros & menus bagages de l'aîle gauche, qui s'affemblerent à la tête de Polier entre les deux lignes. Le Régiment des Fufiliers marcha à la tête & à la queue de cette colonne, & y mit des pelotons de diftance en diftance ; elle paffa au pont près l'Eglife d'Hauterive, & traverfant la prairie elle alla gagner le grand chemin d'Efcanaffe à Anffureulle, d'où laiffant l'Eglife à gauche & le moulin à droite, elle defcendit à Waudripont où elle paffa la Ronne pour entrer dans la plaine du camp.

La troifiéme colonne fut pour l'infanterie, dont Rouffillon eut l'avantgarde : cette Brigade fut fuivie de celles de Greder Allemand, de Stoppa, de Navarre & des Gardes, la Brigade du Roi en eut l'arriere-garde ; cette colonne paffa au pont fait près le château d'Hauterive, & traverfa les prairies ayant la colonne d'artillerie à fa droite ; de là elle alla regagner le chemin des prairies qui va d'Efcanaffe à la cenfe de Roteleux, & laiffant Anffureulle & le grand chemin fur la droite, elle entra dans la plaine du camp.

La quatriéme colonne fut pour le tréfor & pour tous les gros & menus équipages du quartier général, de l'aîle droite de cavalerie & de l'infanterie ; cette colonne s'affembla derriere le Régiment de Langallerie, elle eut à fa tête la garde de M. le Duc du Maine, 400 hommes de pied y furent partagés par pelotons de diftance en diftance, dont 100 demeurerent à l'arriere-garde ; deux efcadrons de Teffé marcherent avec cette colonne, un de ces deux efcadrons en fit l'arriere-garde avec les 100 hommes de pied. Cette colonne paffa au pont d'Efcanaffe, & de là au pont à Ronne, enfuite à Orroir & à Amougies, laiffant le village à droite ; de là elle alla à Rufchenies qu'elle laiffa auffi à droite, & fe rendit à Renay où les bagages du quartier général entrerent, les autres pafferent au-deffous de Renay, & fe détournerent pour entrer par la queue de leur camp.

L'aîle droite eut la cinquiéme colonne, la feconde ligne de cette aîle en eut l'avant-garde en commençant par la Brigade de Courtebonne ; elle fut fuivie de celles de du Rofel, de Montfort, de Bolhen, de Quadt & de la Maifon du Roi qui en fit l'arriere-garde. Les Dragons du Roi marcherent à la tête de cette colonne, & les Dragons Dauphins en firent l'arriere-garde. Cette colonne paffa au pont qui étoit à fa droite près le moulin de la rue de Berne à l'embouchure de la Ronne ; de là elle prit le chemin de la rue de Berne à Renay, & quand elle fut près de ce village, elle prit le chemin de Préfou pour aller à la hauteur de Renay où fut fon camp.

L'armée campa fur deux lignes, la droite à Waudripont, la gauche allant vers le bois de Cocambre, Renay derriere le centre.

On commanda deux partis de 50 hommes d'infanterie pour aller dans les bois qui étoient entre Amougies & la marche de l'aîle droite de cavalerie.

On envoya auffi dès le même jour 100 hommes de pied dans le bois de Cocambre, lefquels devoient côtoyer la marche que l'armée feroit le lendemain, & ne la rejoindre que le foir.

On en fit autant pour le bois de la Hamaïde.

Le 26 l'armée alla à Leffines où M. le Duc de Chartres la joignit.

La marche fe fit fur quatre colonnes.

Marche de Re-
nay à Leffines.
PLANCHE VI.

L'aîle gauche de cavalerie, qui faifoit la droite dans le camp, eut la colonne de la droite, le Meftre de Camp en eut la tête, & fut fuivi des Carabiniers, & des Brigades d'Houdetot, Maffot, Rottembourg & Saint-Simon; ces troupes prirent le chemin qui va à Waudripont & à Dereneau, & laiffant Saint-Sauveur à gauche, elles allerent droit à la Bruyere d'Anvain & à la Chapelle de la Croifette, ou del Bruyere; de là elles fuivirent le chemin de la Hamaïde, & laiffant Fresne à droite, elles allerent au moulin de Fresne, à Oedeghiem, à Oftiche & au moulin de Drimpont, d'où elles entrerent par la gauche de leur camp. Un efcadron du Régiment d'Asfeld prit la tête de cette colonne, un autre marcha après la Brigade d'Houdetot, & le troifiéme fit l'arriere-garde.

La feconde colonne fut pour la Brigade d'infanterie du Roi, qui eut la tête de la marche, & qui fut fuivie de celles des Gardes, dè Stoppa & de Greder Allemand; cette colonne alla droit à la Chapelle Croix-Pile, de là à Traînefolle, à la Hamaïde & à Wannebecq, où elle fe trouva à la tête de fon camp.

La troifiéme colonne fut pour l'artillerie & tous les gros & menus bagages de l'armée; l'artillerie qui étoit campée fur le chemin de cette colonne, en eut la tête; les Fufiliers marcherent avec elle comme dans la marche précédente. L'artillerie fit atteler une heure avant le jour, & lorfque l'on fonna le boutte-felle, elle commença à défiler: elle fut fuivie du tréfor, du quartier général, & des bagages de l'aîle droite de cavalerie qui faifoit la gauche dans le camp; ceux de la premiere ligne en eurent la tête, & défilerent par leur gauche; ils furent fuivis de ceux de la feconde ligne.

Les bagages de l'infanterie marcherent après ceux de l'aîle droite & dans le même ordre; les équipages de l'aîle gauche eurent la queue de cette colonne, qui paffa à la Chapelle de la Trinité & à Ellezelles qu'elle laiffa à gauche, & la Hamaïde à droite, pour prendre le chemin qui va à Leffines. Un efcadron de Teffé prit la tête de cette colonne, & un autre en fit l'arriere-garde.

La quatriéme colonne fut pour l'aîle droite, qui faifoit la gauche dans ce camp. La Maifon du Roi en eut la tête, & fut fuivie du refte de la premiere ligne de cette aîle ainfi qu'elle étoit campée, de la feconde ligne dans le même ordre que la premiere, & des Brigades d'infanterie de Navarre & de Saint-Laurent. Le Régiment de Dragons Dauphin fit l'avant-garde de cette colonne, & le Régiment des Dragons du Roi l'arriere-garde. Cette colonne prit un chemin qui paffoit derriere la Maifon du Roi pour aller au moulin du Sablon, & laiffant Flobeecq à gauche & Ellezelles à droite, elle alla defcendre à Ogy où elle paffa le ruiffeau pour se rendre entre le pont d'Acren & Leſſines où fut ſon camp.

On commanda 500 hommes d'infanterie pour être mis de diſtance en diſtance dans la colonne des bagages. Le campement s'aſſembla à la générale à la tête de la Maiſon du Roi. Le rendez-vous des bagages fut à l'artillerie.

L'armée campa ſur deux lignes, la droite près du village d'Acren, & la gauche au pont & moulin de Drimpont, Leſſines, & la riviere de Dendre derriere le camp.

Les troupes y ſéjournerent le 27 pour établir des ponts ſur la Dendre, & pour préparer la marche vers Enghien, laquelle devoit ſe faire dans un pays rempli de bois & de défilés aſſez difficiles. Elles partirent le 28.

La marche ſe fit ſur cinq colonnes.

L'aîle gauche fit la colonne de la droite, le Meſtre de Camp en eut la tête, & fut ſuivi du reſte de la premiere ligne de cette aîle, ainſi qu'elle étoit campée, & de la ſeconde dans le même ordre. Le Régiment Dauphin dragons mit un eſcadron après le ſecond du Meſtre de Camp, & un autre après le dernier eſcadron de la premiere ligne; Asfeld marcha après la Brigade de Saint-Simon; cette colonne paſſa près Papignies, alla à Yſiers, à Melin-l'Evêque, à Gibieq, à Haut-Silly, à Chapelle Saint-Marcou, au moulin de Graty, & ſuivit le chemin qui deſcend dans Hoves, où fut la droite du camp & qui fut ſon poſte.

La ſeconde colonne fut pour toute l'infanterie dont la Brigade de Stoppa eut l'avant-garde; elle fut ſuivie du reſte de la ſeconde ligne ainſi qu'elle étoit campée, & de la premiere dans le même ordre. Cette colonne paſſa la Dendre au-deſſus de Leſſines, au pont qui étoit fait derriere la Brigade de Rottembourg, d'où elle prit le chemin du château d'Ollignies à Hellebecq, & alla à Bas-Silly, à la Haye-Allard & à la cenſe d'Eſnepe, d'où laiſſant Marcq à gauche & Hoves à droite, elle ſe rendit à ſon camp.

La troiſiéme colonne fut pour le tréſor, le quartier général, les gros & menus bagages de l'armée, à la réſerve de la Maiſon du Roi, de la Brigade de Montfort & des Dragons du Roi & de Teſſé. Les bagages de la ſeconde ligne marcherent les premiers, & défilerent par leur droite, & pour éviter la confuſion dans le quartier général, on n'y laiſſa entrer aucuns bagages que tous ceux du quartier général n'en fuſſent ſortis.

Les bagages défilerent par la porte d'Ath, & celles de Grandmont & de Tournai furent fermées, ou gardées; cette colonne prit ſa marche par le pont de Leſſines, alla droit au bois de Leſſines, au moulin du Queſne, à Marcq, & de là à Enghien.

La quatriéme colonne fut pour l'artillerie, les gros & menus bagages de la Maiſon du Roi, & ceux des Régimens de Dragons du Roi,

de

de Teffé, & la Brigade de Montfort fuivis des caiffons. Les Fufiliers
marcherent à l'ordinaire avec l'artillerie, & détacherent 50 hommes à la
tête des vivres.

On commanda 150 hommes de pied pour être partagés en trois pelotons de diftance en diftance parmi les caiffons, dont cinquante demeurerent à l'arriere-garde.

On détacha 150 dragons des Régimens du Roi & de Teffé, dont
50 marcherent à la tête de l'artillerie, 50 à la tête des vivres, & les 50
autres après le dernier caiffon. Cette colonne paffa au pont de bateaux
fait au-deffous de Leffines, derriere la Brigade de Montfort, & par un
chemin qu'elle fit ouvrir dans la plaine, alla droit à Acre, où elle prit
celui de Bievre; laiffant enfuite le château d'Acre à droite, & le chemin de Viane à gauche, elle paffa par Saint-Pierre pour aller à Herines
où fut le camp.

La cinquiéme colonne, qui étoit celle de la gauche, fut pour l'aîle
droite, dont la Maifon du Roi eut l'avant-garde, & fut fuivie du refte
de la premiere ligne de cette aîle ainfi qu'elle étoit campée, & de
la feconde dans le même ordre. Le Régiment des Dragons du Roi
mit un efcadron après les deux de Noailles. Celui de Teffé marcha
après la Brigade de Montfort. Cette colonne alla d'abord au pont
d'Acre, & par un chemin qui lui fut ouvert dans la plaine, elle fuivit
la Dendre jufqu'à ce qu'elle rencontrât le chemin de Viane qu'elle
fuivit, de là elle alla à Tolbecq, & repliant à droite, elle fe rendit à
Herines où étoit la gauche du camp, & qui fut fon pofte.

On envoya à minuit 100 Maîtres & 100 Dragons du côté d'Ath,
pour couvrir la marche de l'armée, lefquels ne fe retirerent qu'après
qu'elle fut entierement paffée.

On envoya auffi pour la même raifon quatre poftes d'infanterie dans
le bois du Renard, & dans ceux du Grati. On commanda la moitié du
piquet de cavalerie & un efcadron de Dragons du Roi qui fe trouverent
à une heure après minuit derriere la Brigade de du Rofel pour aller à Enghien avant le campement. On laiffa un efcadron des Dragons du Roi, un
de Dauphin, avec deux de Carabiniers à l'arriere-garde, lefquels ne partirent qu'après que tous les ponts furent levés; ils fe partagerent pour
prendre la queue de la colonne des bagages, & de celle de l'artillerie.

Le campement fe trouva à la générale au pont qui étoit au-deffous
de Leffines, derriere la Brigade de du Rofel.

L'armée campa fur deux lignes, la droite à Hoves, & la gauche à
Herines, le ruiffeau de Marcq derriere elle, & Enghien à fa tête où fut
le quartier général.

L'armée tiroit dans ce camp fes vivres de Mons, & fans cette
place elle n'eut pû s'y avancer.

Le 29 M. de Luxembourg la fit marcher fur la hauteur de
Halle avec la précaution que la proximité des ennemis exigeoit.

X

La marche se fit sur quatre colonnes ; la cavalerie qui faisoit la droite dans ce camp eut la colonne de la droite, le Mestre de Camp en eut la tête, suivi du reste de la premiere ligne de cette aîle ainsi qu'elle étoit campée, & de la seconde dans le même ordre.

Cette colonne alla droit au château de Warelle, le laissant à droite, de là à la Bruyere de Sainte-Barbe, d'où laissant Rebeeck & Quenaste à droite, elle passa sur un pont de pierre pour aller à Tubise, qu'elle laissa aussi à droite, & continua sa marche en laissant Halle à droite, & Helsbeeck à gauche, pour entrer dans la plaine du camp ; cette aîle fut suivie de ses gros & menus bagages, & de ceux de l'infanterie qui étoit campée au-delà du ruisseau qui tombe d'Enghien à Marcq.

La seconde colonne fut pour l'artillerie, le quartier général, les bagages de l'aîle droite, qui faisoit la gauche dans ce camp, & ceux du reste de l'infanterie. Les bagages des troupes défilerent en commençant par la Maison du Roi, & le reste de la premiere ligne comme elle étoit campée, ensuite la Brigade de Montfort, & le reste de la seconde ligne dans le même ordre que la premiere. Quant aux caissons, ils furent distribués partie à la queue de cette colonne, & partie à la queue des bagages de l'aîle droite, où on fit la répartition suivant que celui qui commandoit l'arriere-garde jugea les chemins meilleurs, voyant plutôt sortir une colonne que l'autre du camp, ce qui pouvoit se faire aisément, puisque ces deux colonnes défiloient l'une à droite & l'autre à gauche d'Enghien, & fort près l'une de l'autre ; elle prit sa marche de la tête de son parc à la Chapelle de la Hellane, suivit un chemin qui mene au château de Guilmiste ; de là au petit Enghien, au Certiau, à Bierge, au moulin de Sainte-Reynelde, le laissant à droite, au cabaret du Bœuf, & à Helsbeeck, d'où elle entra dans la plaine du camp.

La troisiéme colonne fut pour toute l'infanterie, dont Navarre eut la tête, & fut suivie de la premiere ligne ainsi qu'elle étoit campée, & de la seconde dans le même ordre que la premiere ; elle prit sa marche, laissant le parc de l'artillerie sur sa droite, & la Justice sur sa gauche, pour aller prendre le chemin de la chaussée qui tombe à Haute-Croix, à un cabaret qui s'appelle la Fontaine ; de là elle suivit la chaussée, & venant auprès de Haute-Croix, elle laissa ce village à gauche, ainsi que la colonne de cavalerie, pour aller à la cense d'Harlebeeck ; elle prit ensuite le chemin qui mene à la Justice de Lembeeck, qu'elle laissa à droite & le château de Ramelot à gauche, pour aller à Helsbeeck, qu'elle laissa aussi à droite pour entrer dans la plaine du camp.

La quatriéme colonne, qui fut celle de la gauche, fut pour l'aîle droite, qui faisoit la gauche dans ce camp. La Maison du Roi en eut la tête, suivie du reste de la premiere ligne de cette aîle ainsi qu'elle étoit campée ; ensuite de la Brigade de Montfort, & du reste de la seconde ligne. Cette colonne défila par fa gauche, & laiffant la Juftice à droite, alla au cabaret d'Elerovinte, autrement dit la Couronne, & laiffant le bois de Leufe à droite & celui de la Chartreufe à gauche, elle prit le chemin d'Herines à Haute-Croix, qu'elle laiffa à gauche, & la colonne d'infanterie à droite, qui paffa fort près d'elle; elle alla enfuite au bois de Triou, qu'elle laiffa à droite pour aller à Bevringue, d'où elle entra dans la plaine du camp.

Toutes les colonnes firent halte lorfqu'elles furent arrivées fur la hauteur de Lembeeck, & elles n'en partirent qu'après avoir reçu ordre de continuer leur marche. On ne tira le campement que lorfque les colonnes eurent fait halte.

On mit quatre cens hommes de pied dans chaque colonne de bagages, pour y être difpofés par pelotons de diftance en diftance.

L'armée reprit fon premier ordre de bataille, & campa fur deux lignes, la droite appuyée à la riviere de Senne, & la gauche à Bevringue ou Beringhen, elle eut Halle derriere fa droite.

Pendant la nuit on jetta deux ponts de bateaux fur la Senne au-deffous de cette place, afin de l'inveftir le lendemain, & d'empêcher les troupes qui y étoient de fe retirer à Bruxelles; elles étoient au nombre de cinq bataillons, qui, auffi-tôt qu'ils fe virent prêts à être invaftis, fongerent à en fortir : pour cet effet ils firent défenfe à aucun Bourgeois de paroître après la retraite, & profiterent de la nuit pour évacuer la place. Ils fe retirerent avec tant de précipitation, que beaucoup d'entr'eux jetterent leurs armes, & on en trouva le lendemain une grande quantité fur le chemin qu'ils avoient tenu.

Le 30 avant la petite pointe du jour, les principaux habitans de la ville de Halle vinrent donner avis à M. de Luxembourg de ce qui s'étoit paffé, & fe mettre fous fa protection; fur quoi il donna fes ordres pour occuper les poftes de cette place. Le même jour, fçachant que les ennemis étoient campés fur le ruiffeau de Vlefenbeeck, il voulut aller reconnoître leur pofition, efpérant qu'il pourroit trouver le moyen de les attaquer. Il avoit détaché M. de Cheladet avant le jour avec 400 chevaux pour examiner leur camp, & lui en donner des nouvelles. Sur les huit heures du matin il fe mit en marche avec 40 efcadrons, & après avoir paffé les défilés que forme le ruiffeau de Saint-Pierre-Leew, il fit mettre fa cavalerie en bataille fur la hauteur entre Vlefenbeeck & Gaefbeeck.

Sur les rapports qu'on lui avoit fait, il croyoit qu'en tournant autour du château de Gaefbeeck il pourroit attaquer leur

droite, & dans cette vûe il avoit ordonné à l'armée de le fuivre ; mais quand il fut arrivé fur les lieux, il reconnut que le
ruiffeau fur lequel les ennemis étoient campés, ne pouvoit fe
paffer qu'en défilant, que leur droite étoit fur une hauteur au
pied de laquelle le ruiffeau formoit un marais, & qu'on n'auroit pû les attaquer que par un front plus petit que celui qu'ils
occupoient ; d'ailleurs cette action devenoit une affaire d'infanterie, & M. de Luxembourg ne cherchoit que des endroits où
il pût faire agir fa cavalerie.

Les ennemis avoient une ligne d'infanterie près du ruiffeau,
laquelle étoit foutenue par leur cavalerie : en examinant le
front qu'ils occupoient, M. de Luxembourg remarqua beaucoup de mouvemens parmi leurs troupes, parce que dans le
moment qu'il parut avec fa cavalerie, les ennemis s'étendirent
pour occuper la hauteur où ils mirent leur droite. Tous les
avis qu'il reçut faifoient monter leur infanterie à 42 bataillons,
& comme il craignoit d'engager un combat dont le fuccès lui
paroiffoit douteux, il ne voulut pas faire mettre la fienne en
bataille ; il la fit refter dans les fonds avec l'artillerie, après
quoi il fe retira & fit rentrer toutes les troupes dans leur camp.
Cette démonftration fit cependant tout l'effet qu'on pouvoit
defirer, l'infanterie qui étoit à Gand & à Malines, & la cavalerie qui étoit à Saint-Tron & à Tirlemont, accoururent promptement à Bruxelles, une partie même arriva pendant qu'on étoit
en préfence.

JUIN.

Depuis le 30 Mai jufqu'au 5 Juin, on travailla à retirer les
munitions que les ennemis avoient laiffées dans Halle, on ruina
par des mines les réduits, tours, murs & batardeaux de cette
petite place, & on s'occupa à combler les foffés, & à rafer tous
les ouvrages.

M. de Luxembourg ayant rempli fon objet, & occupé les
ennemis auffi long-tems qu'il étoit néceffaire pour donner à
M. de Boufflers la facilité d'achever fon expédition, jugea à
propos de fe retirer le 5 Juin à Braine-le-Comte. Ce camp lui
parut le plus convenable pour fe porter par-tout où il voudroit aller, & auffi avantageux pour le combat que commode
pour les fubfiftances.

Marche de
Halle à Sainte-
Reynelde & à
Braine-le-Com-
te.
PLANCHE IX.

La marche fe fit fur neuf colonnes jufqu'au champ de bataille que
l'armée prit, enfuite elle fe réduifit à fix colonnes, & les ponts qu'on
avoit fait fur la riviere de Sennette près de Tubife étant paffés, les fix
n'en

n'en formerent plus que trois. On fonna le boute-felle, & on battit la
générale à la pointe du jour ; on commanda vingt pieces de canon
pour faire l'arriere-garde, & tous les menus bagages fe mirent en marche à la pointe du jour.

Tous les gros bagages de l'aîle droite de cavalerie & de toute l'infanterie s'affemblerent près de Halle, au-delà du ruiffeau qui étoit à la
queue du camp. Tous les gros équipages du quartier général & de
l'aîle gauche fe rendirent au parc de l'artillerie, & tous les menus équipages de l'armée s'affemblerent entre Halle & le pont deftiné pour
l'artillerie. Les bagages avec l'artillerie formerent trois colonnes ; l'artillerie fuivie des gros bagages du quartier général, & de ceux de
l'aîle gauche de cavalerie, en commençant par Maffot ; enfuite Rottembourg, Saint-Simon, Houdetot, Précontal, Locmaria, Dragons
du Roi & d'Asfeld formerent la colonne de la droite.

Tous les menus bagages de l'armée formerent la colonne du milieu,
ceux du quartier général en eurent la tête, & furent fuivis de ceux de
l'aîle droite de cavalerie, en commençant par la feconde ligne, enfuite
ceux de l'infanterie & de l'aîle gauche.

Tous les gros bagages de l'aîle droite, & tous ceux de l'infanterie
firent la colonne de la gauche. Ceux de la Brigade de Courtebonne en
eurent la tête, fuivis de ceux de du Rofel, de Quadt, de la Maifon du
Roi & des Dragons Dauphins ; ceux de l'infanterie, en commençant
par la feconde ligne & défilant par la droite, marchoient enfuite, &
étoient fuivis de ceux de la premiere ligne dans le même ordre.

Le premier bataillon des Fufiliers marcha avec la colonne de l'artillerie, & le fecond avec la colonne des bagages de la gauche. On
commanda 800 hommes de pied, dont 200 furent placés dans la colonne de la droite, 200 dans la colonne du milieu, & 400 dans celle de
la gauche.

On envoya dès le foir 400 hommes de pied pour être poftés de diftance en diftance dans les bois del Houffiere, afin d'affurer la marche
contre les partis que les ennemis auroient pû y envoyer. On plaça
auffi pour la même raifon 60 hommes au château & au pont de Cla-
beeck, 50 à Oyskerq, 50 à Ronkiers & 50 à Herypont. On mit 100
chevaux à la tête de chaque colonne de bagages, & 100 à l'arriere-
garde. Ceux qui devoient marcher à la queue de la colonne de la
gauche, allerent à la pointe du jour fe pofter à l'entrée du bois del
Houffiere, où ils demeurerent jufqu'à ce que tous les bagages fuffent
paffés. Les Majors des Régimens, & les gardes pour le campement
s'affemblerent derriere le quartier général. On envoya dès le foir plufieurs partis de cavalerie du côté de Saint-Pieters-Leeuw & du moulin de
Caftres, pour fçavoir fi les ennemis feroient quelque détachement
pendant la nuit pour inquiéter la marche de l'armée. On en envoya
d'autres à la pointe du jour pour obferver de nouveau leurs mouvemens.

Y

Les gardes de cavalerie reprirent leurs postes au jour ; dès le soir des Officiers de chaque Brigade allerent reconnoître le chemin que leurs troupes devoient tenir. Les trois colonnes de bagages se mirent en marche à même tems au jour. Celle de la droite prit par un chemin qu'on lui avoit fait, lequel laissoit le grand chemin de Halle à Tubise, à 200 pas sur la gauche ; elle passa ensuite sur les deux ponts de la droite qu'on avoit faits entre les châteaux & hameau de la Cour neuve & vieille, d'où elle prit le chemin de la droite qui va à Braine-le-Comte, & un peu en deçà, elle plia tout court à droite pour laisser le grand chemin libre. La colonne du milieu, qui étoit celle des menus bagages, passa par l'ouverture que l'on avoit faite entre les deux colonnes des gros bagages pour se rendre aux deux ponts du milieu qui étoient au-dessus de l'embouchure du ruisseau d'Haiinewiers, laissant ensuite ce village à sa gauche, & approchant de Braine-le-Comte, elle plia à droite pour entrer dans la plaine du camp.

La colonne de la gauche suivit le grand chemin de Halle à Tubise, elle passa sur le pont du village, pour de là traverser le bois del Houssiere, par le chemin de la Table de pierre, & suivit le chemin de Ronkiers à Braine pour se rendre dans la plaine du camp.

Les nouvelles gardes, tant de cavalerie que d'infanterie & le campement, allerent passer à la Justice de Sainte-Reynelde & à celle de Rebeeck, où elles prirent le chemin du petit Roeux, qu'elles suivirent jusqu'à l'arbre de la Croix barrée qui étoit dans le camp.

Lorsque tous les bagages eurent passé les ponts qui étoient près de Tubise, pour lors les troupes se mirent en marche dans l'ordre qui suit.

L'armée étoit composée de neuf Brigades à chaque ligne, dont il y en avoit trois de cavalerie dans chaque aîle, & trois d'infanterie dans le centre ; celles qui composoient la premiere ligne resterent en bataille à la tête du camp, tandis que les Brigades qui composoient la seconde ligne firent demi-tour à droite, & formerent chacune une colonne pour aller prendre un champ de bataille depuis la hauteur de Sainte-Reynelde, continuant par le cabaret du Bœuf, & s'étendant jusqu'au-dessous de Lembeeck. La Brigade de Saint-Simon qui avoit la gauche de cette ligne partant de son camp, & ayant fait demi-tour à droite, laissa le grand chemin qui étoit à sa gauche pour aller à travers champs au petit bois de Triou, & coulant tout le long de ce bois, le laissant à gauche & le château de Ramelot aussi, elle alla à la hauteur de Sainte-Reynelde, la laissant à gauche, & pour lors faisant front du côté de l'ennemi, elle se mit en bataille ayant sa gauche au village de Sainte-Reynelde, & sa droite vers la hauteur.

La seconde colonne fut pour la Brigade de Rottembourg, qui prit le chemin que la colonne de la droite avoit laissé à sa gauche pour aller au bois de Triou qu'elle côtoya, & le laissant à droite, elle alla sur la hauteur de Sainte-Reynelde, & se mit en bataille joignant la Brigade de Saint-Simon.

La troifiéme colonne fut pour la Brigade de Maffot, qui paffa par
un chemin que l'on avoit fait à la queue de fon camp pour aller à un
petit bois planté en allées, & marchant entre la colonne de cavalerie
ci-deffus qui étoit à fa droite, & une d'infanterie qu'elle avoit à fa gauche, elle alla à travers champs à la Juftice de Lembeck, & paffa au
pied, la laiffant à gauche ; de là faifant front du côté des ennemis, elle
fe mit fur l'alignement des Brigades qui étoient à fa gauche, en s'étendant du côté du cabaret du Bœuf, afin de conferver la hauteur.

La quatriéme colonne fut pour la Brigade d'infanterie que joignoit
l'aîle gauche de cavalerie. Elle paffa par un chemin que l'on avoit fait
à la queue de fon camp, d'où fe jettant fur fa droite, elle marcha au
même bois où paffoit la colonne qui étoit à fa droite, & alla à travers
champs au cabaret du Bœuf qu'elle laiffa à fa gauche ; de là elle fe mit
en bataille, ayant fa droite près de ce cabaret, & fa gauche joignant
la cavalerie.

La cinquiéme colonne fut pour la Brigade du milieu de l'infanterie,
qui paffant fur le pont qu'on avoit fait derrriere fon camp, marcha à
travers des prairies près du même bois où paffoit la colonne qui étoit à
fa droite ; de là elle vint fe mettre en bataille, la droite près la chapelle
Houdefot, & la gauche vers le cabaret du Bœuf.

La fixiéme colonne fut pour la Brigade de la droite de l'infanterie,
qui fuivit le chemin qu'on lui avoit fait à la queue de fon camp, & traverfa un petit bois qui tenoit aux prairies par lefquelles paffoit la colonne qui étoit à fa droite ; de là elle vint fe mettre en bataille, la gauche vers la chapelle Houdefot, fa droite fur la hauteur de Lembeeck.

La feptiéme colonne fut pour la Brigade de cavalerie de Courtebonne qui paffa dans Helsbeeck, & laiffant la colonne d'infanterie & la
chapelle Houdefot à fa droite, fe mit en bataille fur la hauteur de Lembeeck joignant l'infanterie.

La huitiéme colonne fut pour la Brigade de du Rofel, qui laiffant Helsbeeck à droite, traverfa le gué qui eft au-deffous & vint à travers champs
fe mettre en bataille fur la hauteur de Lembeeck tournant un peu le
front vers Halle.

La neuviéme & derniere colonne fut pour la Brigade de Montfort
qui avoit la droite de la feconde ligne. Cette colonne laiffant Halle à fa
gauche & la colonne ci-deffus à fa droite, alla fur l'extrêmité de la
hauteur de Lembeeck où elle fe mit en bataille.

Lorfque la feconde ligne fut en bataille, la premiere fit demi-tour
à droite, & forma neuf colonnes comme la feconde, & chaque Brigade fuivit la route que celles qui étoient derriere avoient prife.

Lorfque la premiere ligne fut arrivée à 300 pas de la feconde, elle
fe mit en bataille pour faire front au camp qu'elle quittoit, & pour
lors les ennemis n'ayant fait aucun mouvement, l'armée continua fa
marche dans l'ordre qui fuit.

Comme pour paffer la Sennette il n'y avoit que fix ponts, qui étoient

tous depuis l'embouchure du ruiſſeau de Sainte-Reynelde juſqu'à Tubiſe, il fallut réduire les neuf colonnes à ſix.

La ſeconde ligne fit le même mouvement qu'elle avoit fait en partant du camp, tandis que la premiere faiſoit toujours front du côté de
l'ennemi; mais au lieu que chaque Brigade formoit une colonne, il
fallut que les trois n'en fiſſent que deux.

La Brigade de Saint-Simon & la moitié de celle de Rottembourg formerent la colonne de la droite, & paſſerent au pont qui étoit à la
droite; l'autre moitié de la Brigade de Rottembourg avec la Brigade
de Maſſot formerent la ſeconde colonne. La Brigade d'infanterie qui
joignoit l'aîle gauche de cavalerie, avec la moitié de celle qui étoit au
centre, fit la troiſiéme colonne & vint paſſer au troiſiéme pont près la
cenſe de Vieillecourt.

La quatriéme colonne fut pour le reſte de la Brigade du centre, &
celle de la droite de l'infanterie, qui paſſerent au quatriéme pont entre
la Cenſe de Vieillecourt & Stembeeck.

La cinquiéme colonne fut pour la Brigade de Courtebonne qui
joignoit l'infanterie, & pour la moitié de celle de du Roſel qui vint à la
cenſe de Stembeeck, & paſſa au cinquiéme pont à l'embouchure du
ruiſſeau d'Haiinewiers.

La ſixiéme & derniere colonne fut pour la Brigade de Montfort &
le reſte de celle de du Roſel, qui laiſſant la cenſe de Stembeeck à droite,
vint paſſer au pont du Tubiſe.

Lorſque la ſeconde ligne fut entierement paſſée, la premiere fit le
même mouvement, & chaque Brigade ſe régla ſur celle de la ſeconde
ligne qui étoit derriere elle.

Comme on avoit été obligé des neuf colonnes de n'en faire que ſix,
à cauſe qu'il n'y avoit que ſix ponts; les ponts étant paſſés, il fallut auſſi
réduire les ſix à trois, n'y ayant que trois chemins.

Les deux colonnes de la droite n'en formerent plus qu'une, les troupes qui avoient paſſé au pont de la droite en eurent la tête; celles qui
avoient paſſé à l'autre pont en firent l'arriere-garde, & doublerent dans
la petite plaine au-delà de la riviere juſqu'à ce que les troupes qui devoient avoir la tête de la marche euſſent entierement défilé.

Les deux colonnes d'infanterie n'en formerent plus qu'une; celle qui
avoit paſſé au pont de la droite en eut la tête, tandis que l'autre dou-
bloit dans la petite plaine pour en prendre la queue.

Les deux de la gauche furent pareillement réduites à une, dont les
troupes qui avoient paſſé au pont de la gauche eurent la tête, & celles
de l'autre pont en firent l'arriere-garde, & doublerent pour attendre
la queue de celles qui paſſoient au pont de la gauche.

La colonne de la droite, après avoir paſſé les ponts, alla à la cenſe
de la Genette où elle trouva le grand chemin de Braine, & lorſqu'elle
fut auprès de Braine, elle plia à droite pour gagner la gauche du camp.

La colonne du milieu, qui étoit celle de l'infanterie, laiſſa le ruiſſeau

feau & le village de Haiinewiere à fa gauche pour prendre le chemin de Braine-le-Comte où fut le camp.

La troifiéme colonne, qui étoit celle de l'aîle droite de cavalerie, alla de Tubife traverfer le bois del Houffiere par le chemin de la Table de pierre, & rencontrant celui qui va de Ronkiers à Braine-le-Comte, elle le fuivit pour fe rendre dans la plaine du camp.

Lorfque toutes les troupes eurent paffé la riviere on fit lever les ponts, & outre les gardes d'infanterie qui y étoient, on laiffa un efcadron des Dragons du Roi & un de Dauphin avec deux de cavalerie pour les ramener au camp.

L'armée campa fur deux lignes, la droite près du bois del Houffiere, & la gauche à Steenkerke, Braine-le-Comte où étoit le quartier général derriere la droite, & le petit Roeux derriere la gauche.

En même tems que M. de Luxembourg avoit marché à Halle, M. de Boufflers s'étoit avancé à Liége; fon équipage d'artillerie étoit compofé de 24 pieces de canon & de 12 mortiers, il y avoit outre cela dix pieces de campagne avec des munitions à Dinant prêtes à partir au premier ordre; il avoit affemblé fon armée entre Marche & Rochefort, d'où il étoit parti le 30 de Mai, & s'étoit emparé en paffant du château de Florfée où il avoit fait quarante prifonniers.

Il arriva le 2 Juin devant Liége, & trouva que les ennemis occupoient un Fort qu'ils avoient fait au Chenay, & dans lequel ils avoient 300 hommes; ils occupoient auffi les Chartreux, & s'étoient retranchés dans les fauxbourgs voifins.

Le 2 au foir M. de Boufflers fit travailler à des batteries de canon & de mortiers; elles commencerent le 3 vers midi à battre les poftes que les ennemis occupoient; ils furent prefque auffi-tôt abandonnés, & les troupes du Roi s'en faifirent. On tira enfuite pendant plufieurs jours beaucoup de bombes & de boulets rouges qui mirent le feu en différens endroits de la ville, & qui y cauferent beaucoup de dommage.

La Cour avoit compté que la crainte du bombardement pourroit obliger les Liégeois à demander de renouveller l'acte de neutralité qu'ils avoient rompu, & à offrir quelque fomme pour qu'on épargnât leur ville; c'étoit dans cette vûe qu'elle faifoit faire cette expédition, & dans cette fuppofition M. de Boufflers avoit ordre d'exiger qu'ils commençaffent par licencier leurs troupes, & pouvoit fe relâcher jufqu'à 600 mille livres pour les offres qui lui feroient faites.

Mais comme il pouvoit auffi arriver que les ennemis vinffent

Z

en grand nombre au fecours de Liége, il devoit ne rien tenter s'il étoit affuré que les troupes qu'il auroit en tête feroient au nombre de 18 à 20 mille hommes. M. de Cerclas & le Comte de Lippe avec environ 10000 hommes des troupes de Liége ou des Alliés, étoient accourus au fecours de la place, ils étoient trop foibles pour combattre M. de Boufflers, & ils furent fpectateurs du dommage fans pouvoir l'empêcher.

Comme le bombardement n'avoit produit d'autre effet que celui de ruiner un grand nombre de maifons, & que le féjour des troupes du Roi devant Liége ne pouvoit opérer ce que la Cour defiroit, à caufe des fecours que les Alliés y avoient envoyé, M. de Boufflers fe mit en marche le 6 avec fes troupes & fon artillerie, & revint auprès de Dinant fans être inquiété dans fa retraite; il fut fuivi par trois efcadrons que les ennemis détacherent après lui, plutôt pour être affurés de fa marche que pour la troubler.

Les troupes qui avoient marché à Liége fous les ordres de M. de Boufflers avoient été deftinées pour s'oppofer aux troupes de Munfter, de Heffe, de Brandebourg & du Duc de Zell, qui, fuivant un projet arrêté à la Haye, devoient former une armée fur la Mofelle. Mais la Cour ayant appris que les troupes de Munfter ne s'y rendroient pas, que celles de Zell au nombre de 2600 hommes, & une partie de celles de Brandebourg au nombre de 5000 hommes, devoient agir avec les Efpagnols, qu'une autre partie avoit marché en Hongrie, & que les ordres de l'Empereur paroiffoient appeller les troupes de Heffe au-delà du Rhin, elle ordonna à M. de Boufflers de faire paffer en Flandre 10 bataillons & 30 efcadrons de fes troupes, & de refter avec 10 autres bataillons & 31 efcadrons auprès de Dinant pour veiller de ce côté-là fur la frontiere. Elle recommanda auffi à M. de Luxembourg d'envoyer des troupes aux lignes pour les affurer davantage. Il avoit détaché le 6 Juin neuf efcadrons pour y aller, parce que fa pofition les laiffoit un peu découvertes; il y fit encore marcher deux bataillons & trois efcadrons des troupes que M. de Boufflers lui envoyoit.

Le 10 Juin on envoya un gros détachement à Nivelle fous les ordres de M. d'Artaignan, Major général de l'armée, afin de travailler à la démolition des murs de cette ville. On y fit quatre bréches, & l'Abbeffe, qui eft Dame du lieu, fit promettre à M. de Caftanaga que les Alliés n'y mettroient aucunes troupes, pourvû que celles du Roi n'y entraffent point. Elle demanda à M. de Luxembourg d'obferver les mêmes conditions, mais il ne voulut rien accorder fans le confentement de la Cour, qui ne fit point à ce fujet de réponfe pofitive. Les troupes qui étoient à Nivelle fervirent de tête avancée pour un grand fourrage que l'on fit en même tems entre le ruiffeau des Efcauffienes & celui de Senef, & dont l'efcorte compofée de 1000 hommes d'infanterie & de 500 chevaux, fut difpofée de la maniere qui fuit. (*)

1691.
JUIN.

On commença à former l'enceinte au bois de Rougelin où on plaça de l'infanterie, de là en fuivant le chemin jufqu'à Marcq, on mit des détachemens de diftance en diftance pour empêcher les fourrageurs de fe jetter fur la droite.

On envoya dix hommes dans le château des Efcauffienes, & on eut foin de garnir le bois de l'Efcail & celui de Feluy. On détacha dix hommes pour garder le château d'Heripont, & autant à celui de la Folie.

On mit un pofte à la Chapelle de Notre-Dame de Grace, & on garnit le bois del Houffiere jufqu'à hauteur de Ronkiers où on laiffa auffi de l'infanterie. Depuis Ronkiers en remontant jufqu'à Arquenne, on garda avec foin le ruiffeau, on laiffa un pofte au château de la Roque, & on garnit le bois de la Harpe, qui étoit au-delà de la Senne.

Les 500 chevaux furent partagés en dix troupes, dont fix furent deftinées pour la droite du fourrage & quatre pour la gauche. La premiere troupe fut poftée auprès du bois de Rougelin, faifant face au moulin du Roeux; entre cette premiere & le village de Marcq on en mit une autre, la troifiéme fut mife au-delà de Marcq, faifant tête au château de Famille à Roeux. Ces trois troupes en détacherent des petites pour fe communiquer & pour former une chaîne au-delà de laquelle les fourrageurs ne puffent paffer. Les trois autres troupes deftinées pour la droite, furent poftées dans la plaine & fur la hauteur de Senef, & firent tête au ruiffeau qui paffe à Arquenne; elles furent placées à diftance égale l'une de l'autre, & de façon que la derniere fe trouva à hauteur d'Arquenne ayant Feluy derriere elle.

Les quatre troupes deftinées pour la gauche furent mifes entre Ronkiers & Arquenne. Il y avoit une garde de cavalerie

(*) Voyez pour le terrein la Planche XI.

près d'Heripont, qu'on avança au-delà du village & près de
Ronkiers. La marche des fourrageurs se fit dans l'ordre qui suit
& sur trois colonnes.

Celle de la droite fut pour l'aîle gauche & les vivres; elle
passa sur des ponts qu'on avoit fait derriere le camp pour aller
au moulin de Braine, d'où laissant le chemin de la Folie à gauche, elle prit celui de Belle-tête; elle traversa le bois de Rougelin pour aller à Marcq, & quand elle fut près de ce village,
on laissa aller les fourrageurs.

La seconde colonne fut pour le quartier général, l'infanterie & l'artillerie. Cette colonne qui passoit dans Braine, sortit
par la porte de Mons, d'où prenant à gauche elle laissa le chemin de Belle-tête sur sa droite & celui d'Heripont sur la gauche pour aller droit à la Folie où elle traversa le gué; de là elle
marcha à Feluy, & quand elle fut près de ce village, on laissa
aller les fourrageurs.

La troisième colonne fut pour l'aîle droite, qui laissant Braine-
le-Comte à droite & le bois del Houssiere à gauche, alla passer
le gué près de la cense de Gente; de là elle tira droit à la cense
de Clairebois, & quand la tête de la colonne y fut arrivée, on
laissa aller les fourrageurs.

Le Prince d'Orange étoit arrivé le 2 Juin à Bruxelles, &
avoit trouvé ses troupes étonnées de la démarche hardie que
celles du Roi avoient faite; il étoit occupé à y rassembler la
plus grande partie de celles qui devoient agir sous ses ordres; il
faisoit en même tems avancer à Huy & à Namur celles qui
étoient à Liége, ce qui annonçoit quelque dessein contre le Hainault. Ce Prince en qui la Hollande & l'Empire avoient la plus
grande confiance, s'étoit décidé à venir prendre le commandement de l'armée des Alliés, quoique l'Irlande ne fût pas encore entierement soumise; & afin d'encourager les Etats Généraux à faire de nouveaux efforts pour soutenir la guerre,
il leur avoit promis que la campagne ne se passeroit pas sans
qu'il fît quelqu'entreprise qui pût les dédommager de la perte
de Mons. Il s'étoit vanté d'occuper assez M. de Luxembourg
pour l'obliger de se tenir sur la défensive, & il avoit dit publi-
quement qu'il viendroit à bout de rendre la cavalerie du Roi
peu redoutable, par la précaution qu'il auroit d'entremêler des
bataillons parmi la sienne. M. de Luxembourg qui en étoit instruit, songeoit aussi de son côté à fortifier son infanterie, &

dans

dans cette vûe il fe propofoit de placer plufieurs efcadrons entre
fes deux lignes. (*)

La Cour jufqu'à ce moment paroiffoit n'avoir d'autres vûes
que celles de faire fubfifter l'armée du Roi fur le pays ennemi,
& ne formoit de projets pour fes opérations qu'autant que les
mouvemens des Alliés pourroient donner lieu à quelqu'entreprife. Elle ignoroit encore par quel endroit ils chercheroient à
pénétrer dans le pays qui étoit fous la domination du Roi; mais
en prenant le parti de fortifier M. de Luxembourg de la moitié
des troupes de M. de Boufflers, elle comptoit qu'il feroit en
état de s'oppofer à leurs démarches. Elle prévoyoit aifément
que leurs efforts fe feroient du côté de la mer, ou fur la Sambre, mais elle ne croyoit pas que ce fût fur cette riviere; le
corps de M. de Boufflers, qui étoit près de Dinant, la raffuroit
pour cette partie; elle fe fondoit encore fur ce que la pofition
de l'armée du Roi à Braine-le-Comte devoit les empêcher de
quitter les environs de Bruxelles, parce que s'ils s'éloignoient
de cette place, ils devoient craindre qu'elle ne fût bombardée.

La Cour étant plus inquiete pour les lignes que pour le Hainault, propofa à M. de Luxembourg de fe porter entre Keftergat & Ninove, afin de les affurer davantage, & de décider par
ce mouvement celui des ennemis.

M. de Luxembourg convenoit qu'en marchant fur la Dendre il décideroit les Alliés à prendre leur parti pour aller d'un
côté ou de l'autre. Il trouvoit que les camps entre Keftergat
& Ninove ne lui convenoient pas, étant dans un pays rempli de
bois & où l'eau eft rare. Il eût defiré de pouvoir camper à Leffines, mais il ne pouvoit y féjourner long-tems, parce qu'on
n'avoit point femé aux environs; ainfi dans le cas où il feroit
obligé de marcher fur la Dendre, ne voyant que Ninove où il
pût aller pour faire fubfifter fa cavalerie, il comptoit d'y faire
tranfporter des fours de fer & des farines par un grand convoi
qu'il tireroit de Tournai, & qui laiffant Renay à droite pafferoit
à la pointe du bois de Cocambre, & fe rendroit fur la Dendre
avec une efcorte plus forte que la garnifon d'Oudenarde. Pen-

(*) M. de Luxembourg ne s'étend pas davantage fur cette idée, & il fe contente de la répéter
dans différentes Lettres. Il paroît par la relation de la bataille d'Enfheim qui fut envoyée à la
Cour, que dans cette occafion M. de Turenne avoit pratiqué cette méthode, & que dans fa premiere difpofition il avoit placé plufieurs efcadrons entre fa premiere & fa feconde ligne d'infanterie. Les avantages qu'on en doit retirer dans un pays de plaine font trop évidens pour exiger des
réflexions.

A a

dant que les ennemis resteroient aux environs de Bruxelles, il croyoit que pour remplir les vûes de la Cour & les siennes, il seroit mieux placé à Nivelle ou à Enghien qu'à Ninove.

Nivelle étoit un poste commode pour ses vivres, & d'où il pouvoit donner de la jalousie à Louvain & à Bruxelles. C'étoit le seul camp qu'il pût prendre pour obliger les ennemis de rester entre ces deux places, & s'ils y séjournoient, il les mettoit dans la nécessité de manger leur meilleur pays.

Il n'y trouvoit d'autre inconvénient que celui de laisser les lignes un peu plus découvertes; mais les troupes qui y étoient sous les ordres de M. de Villars suffisoient pour soutenir une premiere attaque & pour donner le tems d'y envoyer du secours.

La position de son armée à Enghien ne lui paroissoit pas moins avantageuse; en faisant des ponts à Lessines & à Espierres, il pouvoit envoyer promptement des troupes aux lignes, & y prévenir les ennemis; mais comme le camp qu'il y avoit occupé en allant à Halle étoit commandé par des hauteurs qui étoient sur sa droite, il envoya M. de Rosen & M. d'Artaignan, Major général de l'armée, pour en reconnoître un autre qui avoit la droite au ruisseau de Steenkerke.

Les mouvemens que les ennemis pourroient faire pour aller sur l'Escaut ne l'inquiétoient pas autant que leur marche sur la Sambre, celle-ci l'occupoit plus sérieusement; il pensoit que le meilleur parti étoit de côtoyer le Prince d'Orange, & de passer la Sambre en même tems qu'il la passeroit, afin de l'observer toujours de fort près.

Quant au bombardement de Bruxelles, il ne croyoit pas qu'il pût produire l'effet que la Cour s'en promettoit, & ç'eût été un foible dédommagement si les Alliés se fussent attachés à quelque place, parce qu'ayant du tems devant eux pour se retrancher, ils eussent pû l'être de façon qu'il eût été dangereux de les attaquer, & peut-être impossible de les forcer.

Telles étoient les idées que la Cour & le Général se communiquoient réciproquement, lorsque les ennemis se déciderent à marcher; ils allerent le 17 entre Dieghem & Bruxelles, & le lendemain à Leefdal près de Louvain, d'où ils s'avancerent à Vavre. Le Prince d'Orange laissa dix bataillons de son armée à Bruxelles outre la garnison, afin de mettre cette place en sûreté en attendant que l'armée du Roi s'en éloignât.

Malgré les mouvemens des ennemis, M. de Luxembourg ne crut pas devoir quitter le camp de Braine-le-Comte pour s'approcher de la Sambre. Leur marche laiffoit le pays qui eft entre Vilvorde & l'Efcaut à découvert ; on en profita pour y établir des contributions, & on envoya des partis dans la forêt de Soignies pour pénétrer entre Louvain & Bruxelles.

La Cour qui avoit envie de faire bombarder cette derniere place, s'occupa de cette idée auffi-tôt qu'elle fçut que les Alliés avoient marché fur la Dyle ; cependant elle crut devoir différer encore de prendre ce parti.

Le 20 M. de Rubantel avec le détachement de l'armée de M. de Boufflers, vint camper à Montigny près Cambron, où M. de Luxembourg jugea à propos de le faire refter, tant pour la commodité des fourrages que pour donner du repos à fes troupes qui en avoient befoin.

Le 21 M. le Chevalier du Rozel alla en parti du côté du camp des ennemis, & leur enleva 40 cavaliers & 90 chevaux dans un petit combat dont il eut l'avantage, quoique les ennemis fuffent de moitié plus forts que lui.

Dès que les Alliés fe furent approchés de Vavre, M. de Luxembourg donna avis à M. de Boufflers de leur marche, & lui manda de faire entrer quelques bataillons dans Dinant & Philippeville, & de fe mettre en état de le joindre avec le refte de fes troupes. Mais dans le même tems la Cour qui craignoit que les ennemis ne fiffent quelque détachement confidérable pour l'attaquer, lui donna ordre de fe retirer derriere la Semoy, s'ils marchoient en forces contre lui.

Cependant afin que ce corps de troupes pût agir de concert avec l'armée, la Cour convint avec M. de Luxembourg que M. de Boufflers camperoit à Beaumont, en attendant que les troupes de Heffe, qui avoient paffé le Rhin pour venir fur la Meufe, priffent le parti de joindre l'armée des Alliés. Il fut auffi réglé que M. de Villars qui commandoit aux lignes, camperoit à Beloeil avec la meilleure partie de fes troupes, pendant qu'il n'y auroit que des garnifons médiocres à Gand & à Oudenarde. En conféquence de cette réfolution, la Cour donna ordre à M. de Boufflers de paffer la Sambre, & M. de Villars s'avança à Beloeil.

La marche des troupes de Heffe & de Brandebourg, qui étoient dans le Pays de Juliers, & qui pouvoient avec les trou-

pes de Liége s'avancer entre la Meufe & la Mofelle, donnoient
de l'inquiétude pour cette partie ; la Cour ordonna le 25 à
M. de Boufflers de fe rendre à Arlon avec neuf efcadrons. Elle
fit en même tems détacher de l'armée d'Allemagne deux bataillons & treize efcadrons pour y marcher, & permit à M. de
Boufflers de prendre encore des troupes fur les garnifons de la
frontiere pour former un corps de cinq bataillons & trente efcadrons.

En même tems que M. de Boufflers fe rendit à Arlon, il laiffa
M. d'Auger, Lieutenant Général, entre Sambre & Meufe avec
le refte de fes troupes, pour affurer le Hainault.

M. de Luxembourg apprit que le 26 les Alliés avoient marché à Gemblours ; il étoit fi perfuadé de la néceffité de les fuivre fur la Sambre, qu'il fit décamper fon armée le 27 pour
aller à Haine-Saint-Pierre & Haine-Saint-Paul, elle y fut jointe
par les troupes que commandoit M. de Rubantel, & on en forma un nouvel ordre de bataille. (*)

(*) Voyez la
PLANCHE X.

Marche de
Braine-le-Com-
te à Haine-
Saint-Pierre &
Saint-Paul.
PLANCHE XI.

La marche de l'armée fe fit fur fix colonnes. On fonna le boute-
felle & on battit la générale à la pointe du jour ; à cheval & l'affemblée
une heure après.

L'aîle gauche fit la colonne de la droite, le Meftre de Camp en eut
la tête, & fut fuivi des Brigades de Pracontal & d'Houdetot, enfuite de
celle de Saint-Simon, & du refte de la feconde ligne dans le même
ordre que la premiere. Cette colonne alla traverfer le ruiffeau qui va du
petit Roeux à Steenkerke fur un pont qui étoit derriere fa gauche, &
prit un chemin qui va de Steenkerke à Soignies, laiffant Horrues fur
fa droite & Soignies à fa gauche ; elle alla enfuite paffer à la Juftice de
Soignies, & de là au hameau del Sezennes, d'où laiffant Thieufies à
gauche, elle prit fa marche par Gottigny, & laiffant Ville-fur-Haine
à droite & Thieu à gauche, elle paffa à un gué qui étoit entre Bouffoit
& Thieu, & fe trouva à la gauche de fon camp.

La feconde colonne fut pour l'artillerie avec laquelle les Fufiliers
marcherent à leur ordinaire ; elle fut fuivie des bagages des Brigades
du Roi, de Stoppa & de Polier, & ceux de l'aîle gauche de cavalerie
fuivant le rang qui leur étoit marqué pour leur marche.

Ces bagages s'affemblerent au-delà du ruiffeau qui paffoit à la queue
du camp près le chemin de Soignies, qu'ils laifferent fur leur gauche,
& où ils attendirent l'artillerie pour la fuivre. Celle-ci fortant de fon
parc traverfa les deux lignes, & paffa le ruiffeau fur des ponts qu'elle fit,
& gagna le grand chemin de Braine à Soignies qu'elle fuivit ; au lieu
d'entrer dans la ville, elle prit à gauche, & paffa fur un pont qui étoit
dans le fauxbourg, d'où prenant encore à gauche, elle entra dans la
plaine

plaine pour fuivre le grand chemin qui conduit à Thieufies , & le laiffant à droite , elle fit une ouverture à travers champs pour aller droit à
la Juftice du Roeux & à Thieu , où elle paffa le ruiffeau pour entrer dans
la plaine du camp.

La troifiéme colonne fut pour les Brigades de la gauche des deux
lignes d'infanterie , celle du Roi en eut la tête , enfuite Stoppa & Polier ;
cette colonne pour ne pas embarraffer la marche de l'artillerie , paffa
au-deffus de fon parc & le laiffa à droite pour fe rendre aux ponts qui
étoient au-deffus de Braine , laiffant libre le grand chemin qui fort de
la porte de Mons , pour de là prendre celui qui conduit de Braine à
Naaft ; elle traverfa enfuite le village de Naaft pour aller à la place au
bois , laiffa le moulin du Roeux & le Roeux à gauche , & paffa à la Maladrerie du Roeux & à Braquignies , d'où elle entra dans la plaine du
camp.

La quatriéme colonne fut pour les bagages du quartier général de
l'aîle droite de cavalerie , en commençant par la Maifon du Roi , &
pour ceux des Brigades d'infanterie de Navarre , des Gardes & de Saint-
Laurent. Cette colonne fortit par la porte de Mons ; on garda les autres
portes du quartier général , tant pour empêcher que les bagages ne for-
tiffent par une autre , que pour empêcher qu'il n'y en entrât aucuns ,
& lorfque ceux du quartier général furent fortis , ceux de la Maifon
du Roi , & les autres qui devoient les fuivre , entrerent par la porte qui
alloit à leur camp. En fortant de la porte de Mons , cette colonne prit
le chemin des cenfes Joquet & Joquarde , & entra dans le chemin qui
va du cabaret de Belle-tête à Mignaut , de là elle paffa entre Houde
& Gognies où elle entra dans la plaine du camp.

La cinquiéme colonne fut pour les Brigades de Navarre , des Gardes & de Saint-Laurent , lefquelles allerent prendre un chemin qui
étoit derriere les Gardes du Roi , pour paffer près la porte de Nivelle ,
& la laiffant à droite , elles coulerent le long des murailles , enfuite
pliant à gauche elles allerent à travers champs par un chemin qu'on
avoit ouvert , lequel laiffoit le chemin d'Heripont fur la gauche ; de là
cette colonne alla paffer au pont Louvi au-delà de la cenfe d'Elcour
qu'elle laiffa à gauche , enfuite au pont de Boulan , d'où elle côtoya les bois de Courier jufqu'à ce qu'elle eut rejoint le chemin du
Roeux à la petite Louviere qu'elle laiffa à droite , & les Toulifaut à
gauche pour entrer dans la plaine du camp.

La fixiéme & derniere colonne , qui faifoit celle de la gauche , fut
pour l'aîle droite de cavalerie ; la Maifon du Roi en eut la tête , & fut
fuivie du refte de la premiere ligne , enfuite de la Brigade de Montfort
& du refte de la feconde ligne. Cette colonne prit un chemin qui mene
à la tête du bois del Houffiere , & paffa à la Folie & à Marcq qu'elle
laiffa à droite pour aller reprendre au-delà du village le chemin de Famille à Roeux , de là elle alla au bois d'Haine & au Fayt , d'où elle
fuivit le chemin qui mene à la hauteur d'Hardemont où étoit fon
camp.

Bb

On commanda 600 hommes pour être partagés dans les colonnes des équipages ; la moitié de ce détachement eut son rendez-vous à la droite du chemin de Soignies, à la hauteur du parc des caissons.

Le reste s'assembla au-delà de la porte de Mons, sur le chemin qui étoit marqué pour les bagages du quartier général.

L'armée campa sur deux lignes ; la droite à la hauteur d'Hardemont près Marimont, & la gauche à Thieu, le quartier général fut à Haine-Saint-Pierre, qui étoit derriere la cavalerie de la droite.

M. de Roquelaure vint camper à Ville-sur-Haine avec trois bataillons des troupes que M. de Boufflers avoit laissé à M. d'Auger ; M. de Villars s'avança en même tems à Baudour près de Mons, avec une grande partie de la cavalerie qui étoit aux lignes.

Toutes les nouvelles que l'on avoit des ennemis portoient que les troupes de Liége & quelques autres des Alliés qu'on avoit fait avancer à Namur, formeroient le siége de Dinant, & qu'on avoit fait embarquer à Liége de la grosse artillerie pour la faire remonter à Namur par la Meuse ; cependant M. de Luxembourg crut que ce n'étoit qu'une fausse démonstration ou un projet éloigné, parce que peu de jours après les troupes qui étoient à Namur rejoignirent les ennemis à Gemblours, & cette jonction lui fit croire que c'étoit pour combattre l'armée du Roi.

La Cour qui étoit persuadée que le bombardement de Bruxelles détourneroit les ennemis de toute entreprise, ordonna à M. de Luxembourg de préparer ce qui étoit nécessaire pour l'exécuter ; & afin de pouvoir mieux juger si la crainte qu'ils en auroient produiroit parmi eux l'effet qu'elle s'en promettoit, elle lui ordonna d'en répandre le bruit, & de s'avancer en même tems à Enghien. Elle vouloit aussi qu'il examinât si en attaquant Bruxelles du côté d'Anderlecht, il y auroit moyen de s'en emparer ; mais elle ne vouloit pas qu'on en formât l'investissement à moins d'être assuré de s'en rendre maître, afin d'éviter la honte qu'entraîne toujours la levée d'un siége.

S'il arrivoit que les ennemis assiégeassent Dinant lorsque l'armée du Roi marcheroit à Bruxelles, l'intention de la Cour étoit que pour assurer le Hainault & défendre la frontiere, M. d'Auger eût à ses ordres un corps de 5 à 6000 chevaux avec quelque infanterie pour harceler & inquiéter les ennemis, & que M. de Boufflers avec sa cavalerie s'approchât de la Meuse,

& fe plaçât entre Charlemont & Mezières pour arrêter leurs
courfes ; & fi le bombardement de Bruxelles ne fuffifoit pas
pour faire lever le fiége de Dinant, la Cour voulóit que M. de
Luxembourg, après avoir achevé fon expédition, effayât de
fecourir cette place.

M. de Luxembourg, qui étoit d'un avis bien différent de
celui de la Cour, lui repréfenta qu'il étoit inutile d'attaquer
Bruxelles fans l'inveftir, & que cependant au lieu de bombarder cette ville, il préféreroit de l'affiéger ; mais qu'il étoit fort
à craindre qu'après avoir détaché des troupes aux lignes & fous
M. d'Auger, les ennemis ne priffent le parti de le combattre,
& ne le fiffent avec avantage ; il ajouta que fi on s'amufoit à
bombarder Bruxelles, on perdroit le tems néceffaire pour fecourir Dinant, & que le meilleur moyen pour fe dédommager
de la perte de cette place étoit d'affiéger Ath où il n'y avoit
que fix bataillons affez foibles ; cette conquête eût procuré de
plus grands avantages aux armes du Roi que la perte de Dinant n'y eût été préjudiciable, & M. d'Auger pouvant y prévenir les Alliés, les troupes du Roi euffent été réunies pour
combattre.

La perte de Dinant ne paroiffoit pas à M. de Luxembourg
d'une grande conféquence, parce qu'ayant Charlemont & faifant réparer les ouvrages de Mezieres, la frontiere étoit affurée ;
mais comme au lieu de s'y attacher les ennemis pouvoient attaquer Philippeville, il étoit d'avis de faire tout ce qui feroit
poffible pour fauver cette derniere place qui lui paroiffoit d'une
plus grande importance ; & par cette raifon il préféroit de
paffer la Sambre en même tems que les ennemis, au lieu de
marcher de tout autre côté. Il penfoit qu'en fe portant à Florennes il feroit placé de façon que les ennemis ne pourroient
attaquer Philippeville ni marcher à Dinant fans s'expofer à un
échec, parce que leur marche dans les défilés qu'il falloit traverfer pour y arriver, lui donneroit la facilité d'attaquer leurs
troupes féparées les unes des autres, & fi les Alliés entrepre-
noient de l'attaquer dans ce pofte, ils ne pourroient le faire
qu'avec beaucoup de defavantage.

Quelque fondées que fuffent ces repréfentations, M. de Luxembourg reçut des ordres de s'approcher de Bruxelles ; & afin
d'obliger les ennemis de divifer leurs forces, la Cour forma le
deffein de faire pénétrer dans le Luxembourg & dans le Pays

de Juliers les troupes qui étoient à Arlon & fur la Moſelle aux
ordres de M. de Boufflers & de M. d'Harcourt; elle comptoit
que le bombardement de Bruxelles & cette diverſion obligeroit
le Prince d'Orange de s'affoiblir par des détachemens, & l'em-
pêcheroit de rien entreprendre. En conſéquence des ordres que
M. de Luxembourg avoit reçus, il marcha le 7 Juillet à Soignies.

1691.
JUIN.

JUILLET.

Marche de
Haine-Saint-
Pierre & Saint-
Paul à Soignies.
PLANCHE XII.

L'aîle droite de cavalerie eut la colonne de la droite; la Maiſon du
Roi en eut la tête & fut ſuivie du reſte de la premiere ligne de cette
aîle dans l'ordre où elle étoit campée, enſuite de la Brigade de Bolhen & du reſte de la ſeconde ligne. Cette colonne prit ſa marche par
le Fayt, d'où elle alla au bois de Haine, & laiſſant Famille à Roeux
à droite, elle paſſa à Megneau, & de là à Naaſt où elle traverſa le ruiſſeau pour entrer par la queue de ſon camp.

La ſeconde colonne fut pour les gros & menus bagages du quartier général & ceux de l'aîle droite de cavalerie dans l'ordre ci-deſſus
marqué pour la marche des troupes; ils eurent leur rendez-vous à la
tête de la Brigade de Quadt, pour de là prendre le chemin qui conduit à Houden, & aller à Goignies, au Roeux, & enſuite au moulin
du Roeux, d'où ils entrerent dans le bois de Naaſt à la Buze, & firent
des ouvertures aux endroits qui leur avoient été marqués pour gagner
la haute Folie où ils ſe trouverent à la gauche du camp.

La troiſiéme colonne fut pour les Brigades d'infanterie de Navarre,
Poitou, Vaubecourt, les Gardes & Stoppa; cette colonne partant de
la tête de ſon camp, laiſſa le parc de l'artillerie à gauche pour aller à
Braquignies, de là à la Maladrerie du Roeux, & laiſſant le Roeux à
ſa droite, elle alla à la place au bois, d'où elle continua ſon chemin
comme ſi elle eût voulu aller entre Naaſt & Soignies; & laiſſant le chemin de Thieuſies à Soignies ſur ſa gauche, elle ſe trouva dans ſon
camp.

La quatriéme colonne fut pour l'artillerie & les gros & menus équipages de l'aîle droite d'infanterie, leſquels s'aſſemblerent à la tête de
l'artillerie pour en prendre la queue, & obſerverent pour leur marche
l'ordre que leurs troupes tenoient; cette colonne deſcendit droit à
Thieu, y paſſa le ruiſſeau à gué pour aller droit à la Juſtice du Roeux,
de là elle continua ſa marche par Thieuſies, le laiſſant à gauche, &
paſſant par des ouvertures qui étoient déja faites, elle ſuivit le chemin
de Thieuſies à Soignies qui étoit au centre de la ligne.

La cinquiéme colonne fut pour les Brigades de la gauche de l'infanterie, qui étoient Champagne, le Roi, Rouſſillon & Porlier, leſ-
quelles marcherent dans l'ordre où elles étoient campées; cette colonne prit ſa marche par la tête de la premiere ligne de l'aîle gauche
pour aller droit à Thieu, d'où laiſſant le chemin de l'artillerie & Thieu
à ſa droite, elle paſſa au pont qui étoit le plus près du village pour
aller à travers champs à Gottegnies & enſuite à Thieuſies, qu'elle laiſſa

à

à droite ; de là elle prit par le hameau de la Cesinnes & par la Justice ═══════
de Soignies , & continuant de marcher vers Soignies , elle prit à gauche 1 6 9 1.
quand elle fut près du camp , comme si elle eût voulu aller à Ubomé , JUILLET.
& elle se trouva à la tête de son camp.

La sixiéme colonne fut pour les gros & menus bagages de l'aîle gauche de cavalerie & des Brigades de la gauche d'infanterie. Ceux de la première ligne de cavalerie défilerent les premiers comme ils étoient campés , ensuite ceux de la seconde ligne , lesquels furent suivis de ceux de la Brigade de Champagne , du Roi , Roussillon & Porlier ; leur rendez-vous fut à la gauche de la ligne près du pont qui étoit au milieu des trois que l'on avoit fait faire entre Thieu & Boussoit ; cette colonne passa sur le pont du milieu pour aller à travers champs par un chemin qu'on lui avoit fait pour gagner le Casteau , & passa entre Gottignies & Ville-sur-Haisne , laissant la marche de la cavalerie qui alloit à Ville-sur-Haisne sur sa gauche , & celle de l'infanterie qui alloit de Gottignies à Thieusies sur sa droite ; quand elle fut au Casteau , elle prit le chemin de Neuville , & laissant ce village à gauche elle marcha à travers champs pour aller à Ubomé , & elle se trouva dans la plaine du camp.

La septiéme colonne , qui étoit celle de la gauche , fut pour l'aîle gauche de cavalerie dont le Mestre de Camp eut la tête , & fut suivi du reste de la première ligne de cette aîle , ensuite de la Brigade de Houdetot & du reste de la seconde. Cette colonne tournant à gauche derriere elle , prit le chemin de Boussoit , & rasant les haies de ce village & le laissant à gauche , elle passa au pont de la gauche des trois ci-dessus nommés pour aller gagner le chemin de Ville-sur-Haisne. Après avoir traversé ce village pour aller à Saint-Denis , elle prit la chaussée de Mons à Enghien qu'elle suivit ; quand elle fut à la hauteur de Neuville elle tourna à droite pour aller à la cense du Longpont , laissant Neuville à sa droite & Cauchie-Notre-Dame à sa gauche , & après avoir passé le ruisseau elle se trouva à la droite du camp qui fut son poste.

On envoya des Officiers des Brigades qui avoient l'avant-garde des colonnes, pour reconnoître les chemins par où elles devoient sortir du camp.

Les Prevôts des Régimens & les Vagues-Mestres eurent ordre de reconnoître les chemins pour conduire les bagages au rendez-vous qui leur étoit donné , & de leur faire observer l'ordre qu'ils devoient tenir dans leur marche.

On envoya un parti d'infanterie du côté de Reves pour donner avis de ce qu'il pourroit apprendre , & on indiqua à l'Officier qui le commandoit le chemin que devoit tenir la colonne de la droite.

M. de Roquelaure qui étoit campé à Ville-sur-Haisne avec trois bataillons, prit la tête de la colonne qui devoit passer auprès de ce village.

On envoya à M. de Villars qui étoit campé à Baudour , son ordre

Cc

de marche & celui de recevoir 100 charriots chargés de munitions qui devoient venir de Mons, pour les conduire au camp de Soignies; on lui manda aussi d'envoyer 100 hommes de pied dans les bois qui étoient auprès de Toricourt, lesquels ne revinrent au camp qu'à l'entrée de la nuit.

L'armée campa sur deux lignes, ayant la droite appuyée au ruisseau qui tombe à Cauchie-Notre-Dame, & la gauche au bois de Naast qui joint la haie du Roeux; Soignies, où étoit le quartier général, derriere le centre.

Peu de jours après que l'armée fut arrivée dans ce camp, les ennemis firent un gros détachement pour Bruxelles; on crut d'abord que c'étoit dans la crainte du bombardement, mais on vit ensuite que ce n'étoit que pour en tirer un convoi que le Prince d'Orange vouloit faire venir à son armée.

Le 10, sur la nouvelle que M. de Castanaga devoit avec 13 escadrons se rendre de Bruxelles à Oudenarde & y rassembler de l'infanterie, M. de Villars retourna aux lignes avec les troupes qu'il en avoit tirées.

M. de Luxembourg craignoit de s'avancer à Enghien, parce qu'il voyoit que cette démarche l'éloignoit de son objet, & il pouvoit arriver que les ennemis, qui étoient instruits de ses desseins contre Bruxelles, le laissassent s'en approcher dans l'idée d'en profiter & de saisir ce moment pour passer la Sambre & investir telle place qu'ils jugeroient à propos.

Il se pouvoit faire aussi que le Prince d'Orange qui n'ignoroit pas l'envie que la Cour avoit de faire bombarder Bruxelles, fût bien aise de voir M. de Luxembourg s'attacher à cette place, & qu'il attendît ce moment pour se mettre entre l'armée du Roi & Mons; ce mouvement l'auroit obligée de se retirer avec précipitation & avec le risque de perdre une partie de ses bagages & de son équipage d'artillerie, parce qu'elle eût été suivie dans sa retraite par les troupes qui étoient à Bruxelles, & qui avoient été augmentées par 13 escadrons que M. de Castanaga y avoit amenés; cette démarche pouvoit à la vérité ne produire d'autre effet que celui d'obliger l'armée du Roi de se retirer sur la Dendre, mais quand même elle n'eût reçu dans sa retraite aucun échec, celle des Alliés eût toujours conservé l'avantage de pouvoir masquer Dinant ou Philippeville avant que les troupes du Roi eussent pû s'en approcher.

La Cour s'étant enfin rendue aux instances de M. de Luxem-

bourg, il fit marcher fon armée le 14 pour aller aux Eftinnes ;
il détacha la veille M. de Bezons avec 600 chevaux pour fe
pofter fur le ruiffeau du Piéton, afin de couvrir fa marche &
de foutenir plufieurs partis qu'il avoit envoyés en avant pour
avoir des nouvelles des ennemis.

La marche de Soignies aux Eftinnes fe fit fur fix colonnes ; le campement s'affembla à la tête du Régiment du Roi ; la colonne de la
droite fut pour l'artillerie & pour les bagages des troupes qui devoient
compofer la troifiéme & quatriéme colonne, ceux de l'infanterie
fuivirent l'artillerie, enfuite marcherent ceux de la cavalerie, lefquels
obferverent pour leur marche l'ordre que leurs troupes tenoient dans
leurs colonnes ; leur rendez-vous fut auprès de l'artillerie : cette colonne fortant de fon parc alla à Neuville, de là à la cenfe del Court
al Cauchie, & fuivit un chemin qui va joindre celui de Soignies à Ath,
où prenant le chemin de Mons & traverfant la bruyere du Cafteau, elle
laiffa l'Abbaye Saint-Denis à gauche, pour aller paffer au pont d'Havré ;
après y avoir traverfé l'Haïfne, elle prit le chemin qui mene à Villers-
Saint-Guilain qu'elle laiffa à droite, de là elle paffa à la Croix Mongloire
& fe rendit entre les hautes & baffes Eftinnes, d'où elle entra dans le
camp.

La feconde colonne fut pour les bagages du quartier général &
ceux des troupes qui faifoient les deux colonnes de la gauche, ceux de
la colonne d'infanterie en eurent la tête, & enfuite ceux de la cavalerie ; ils garderent pour leur marche l'ordre que leurs troupes tenoient
dans leurs colonnes. Tous ces bagages s'affemblerent à deux cens pas
en avant du Régiment du Roi ; cette colonne fuivit le grand chemin
qui va de Soignies à Mons jufqu'auprès du Cafteau, & le laiffant à droite,
elle alla à travers champs defcendre à Ville-fur-Haïfne & de là à la cenfe
de Beaulieu, où elle fuivit le grand chemin d'Havré aux Eftinnes baffes,
d'où elle entra dans le camp.

La troifiéme colonne fut pour l'aîle gauche de cavalerie qui faifoit
la droite dans ce camp. Elle défila dans l'ordre où elle étoit campée,
en commençant par la Brigade de Montfort & le refte de la premiere
ligne, enfuite Moignac & le refte de la feconde ; cette colonne vint
paffer tout le long de la tête du camp de l'infanterie de la premiere ligne, la laiffant à fa gauche jufqu'à ce qu'elle eut traverfé le chemin qui
va de Soignies à Mons, & pour lors côtoyant ce chemin & le laiffant
à fa droite, elle en fuivit un autre qu'on lui avoit fait, lequel paffant
à la cenfe de Tidonceau & la laiffant à gauche & la Juftice de Soignies à droite, alloit à Sezenne ; de là elle marcha à Thieufies qu'elle
laiffa à gauche, & enfuite à Gottignies, d'où elle paffa au pont au-deffus
de Thieu & à Bouffoit ; laiffant enfuite Maurage à gauche, elle alla à la
cenfe du Foyau, & de là au pont que l'on avoit fait au-deffus de Bray,
d'où elle entra dans la plaine du camp.

La quatriéme colonne fut pour les Brigades du Roi, Champagne, Porlier & le Maine, lesquelles défilerent comme elles étoient campées; cette colonne prit le chemin qui va de Soignies à Thieusies, qu'elle laissa à droite pour aller à Gottignies qu'elle laissa aussi à droite; de là elle alla à travers champs passer le ruisseau à Thieu, d'où elle gagna Maurage & traversa l'Haisne sur un pont que l'on avoit fait pour elle. Ensuite elle passa le ruisseau des Estinnes au pont de Bray, laissant le passage qui étoit au-dessus pour la colonne qui étoit sur sa droite, après quoi elle se trouva dans la plaine du camp.

La cinquiéme colonne fut pour les Brigades d'infanterie de Navarre, de Vaubecourt, des Gardes, de Poitou & Stoppa, lesquelles défilerent comme elles étoient campées; cette colonne prit sa marche droit à la place aux bois, de là elle alla à la Justice du Roeux, laissa Braquignies à gauche & Thieu à droite, & fit un passage sur le ruisseau pour aller à Strepy & à Peronne où elle passa sur le pont de Tapriau, laissant la cavalerie sur sa gauche qui passa au gravier de Peronne; de là elle marcha à travers champs comme si elle eût voulu aller au bois du Faux Roeux, ayant toujours la cavalerie sur sa gauche, & lorsqu'elle fut à la hauteur des hautes Estinnes, elle se trouva dans son camp.

La sixiéme & derniere colonne fut pour l'aîle droite de cavalerie, qui avoit la gauche dans ce camp; la Maison du Roi en eut la tête & fut suivie de la premiere ligne de cette aîle ainsi qu'elle étoit campée, ensuite de la Brigade de Bolhen & du reste de la seconde ligne; cette colonne prenant sa marche par la haute Folie traversa le bois de Naast, & en sortit à la Buze pour aller au Roeux; elle passa ensuite à Braquignies & au gravier de Peronne, laissant le pont de Tapriau sur sa droite pour l'infanterie, de là elle tira à travers champs droit au bois du Faux Roeux où étoit la droite du camp.

On commanda 800 hommes de pied pour être postés de distance en distance dans les colonnes de bagages, desquels il y en eut 600 pour la colonne de la droite à la tête de laquelle étoit l'artillerie, les 200 autres furent pour la colonne qui suivoit le quartier général.

On détacha plusieurs partis d'infanterie pour assurer la marche; sçavoir un dans les bois de Cambron, un dans les longs bois, ou autrement les bois de M. M. de Soignies, un dans les bois de Neuville, & un autre dans les bois de Mons.

On envoya aussi un parti d'infanterie à Masnuy-Saint-Pierre, & un autre à Masnuy-Saint-Jean.

Outre les vieilles gardes destinées pour faire l'arriere-garde des colonnes d'infanterie & des bagages, on commanda 300 chevaux pour couvrir la marche de ceux-ci du côté d'Ath, & pour être postés au-delà de Neuville dans la plaine entre Lens & les Masnuy, & à Jurbise en deça de la Tenre ou Dendre; les vivres partirent une heure avant le jour pour aller à Mons avec les charriots chargés de bombes.

Le Régiment des Dragons du Roi marcha avec la colonne de la gauche.

gauche. Il mit un efcadron après la Compagnie de Noailles, & les deux ▬▬▬
autres à la tête de la Brigade de Bolhen.

L'armée campa fur deux lignes entre le ruiffeau des Eftinnes & celui
de Bonne-Efperance, la droite au bois du Faux Roeux & la gauche à la
riviere d'Haifne ; elle eut Binch devant elle, & les Eftinnes derriere.

Comme les ennemis avoient encore deux jours d'avance
pour mafquer Dinant, & que M. de Luxembourg craignoit
d'avoir à côtoyer l'armée ennemie, ce qui engage fouvent des
combats fans avantage de terrein, il fit marcher le 16 fon armée
pour aller à Merbe-Potterie.

La marche fe fit fur fix colonnes.

Marche des
Eftinnes à Mer-
be-Potterie.
PLANCHE XIV.

On fonna le boute-felle & on battit la générale une heure avant le
jour, à cheval & l'affemblée à la petite pointe du jour.

La colonne de la droite fut pour l'aîle droite de cavalerie ; la Maifon
du Roi en eut la tête & fut fuivie du refte de la premiere ligne ainfi
qu'elle étoit campée, enfuite de la Brigade de Bolhen & du refte de
la feconde ligne ; cette colonne en forma deux pour paffer le ruiffeau
des Eftinnes ; la Maifon du Roi le paffa à un moulin au-deffus des
hautes Eftinnes & au gué qu'elle y trouva. La feconde ligne en commençant par Bolhen, traverfa le ruiffeau aux Eftinnes baffes pour aller
prendre la queue de la premiere ligne à la cenfe de Coulombier ; de là
cette colonne alla à la cenfe d'Hautbreucq, & enfuite à Erqueline où
fut fon camp.

La feconde colonne fut pour les Brigades d'infanterie de Navarre,
de Vaubecourt, des Gardes, Poitou & Stoppa ; cette colonne paffa à
la tête du camp des Gardes du Roi ; laiffant la colonne de cavalerie
fur fa droite pour aller prendre le fentier de Binch à Faux Roeux, d'où
laiffant Faux Roeux & la cenfe du Saulfois à gauche, elle alla à travers
champs à la tête du bois de Saillermont, d'où elle fe rendit dans la
plaine du camp.

La troifiéme colonne fut pour les bagages du quartier général, ceux
de l'aîle droite de cavalerie en commençant par la Maifon du Roi, &
ceux de l'aîle droite d'infanterie en commençant par Navarre ; leur
rendez-vous fut à la tête de la Maifon du Roi. Cette colonne prit un
chemin qui mene le long du bois du Faux Roeux, le laiffant à droite,
& fuivit celui qui va de Binch à Peifchant, de là elle rentra dans celui
qui vient de Mons à Merbe, & traverfa le bois de Saillermont pour fe
rendre dans la plaine du camp.

La quatriéme colonne fut pour l'artillerie, les bagages de l'aîle
gauche de cavalerie en commençant par Houdetot, & ceux de l'aîle
gauche d'infanterie en commençant par Champagne. Cette colonne
prit fur fa droite pour tomber dans un chemin qui mene à Merbe-
Potterie, & elle le fuivit pour fe rendre dans la plaine du camp.

D d

La cinquiéme colonne fut pour les Brigades d'infanterie de Champagne, du Roi, du Maine & Porlier ; cette colonne alla droit à Brusse, de là elle reprit le chemin de Binch à la Bussiere, laissant le chemin Royal sur sa gauche & Merbe-Sainte-Marie sur sa droite ; elle continua sa marche ayant la Houllette & la colonne de cavalerie sur sa gauche, & se rendit dans la plaine du camp.

La sixiéme & derniere colonne fut pour l'aîle gauche de cavalerie, dont la Brigade de Montfort eut la tête, suivie du reste de la premiere ligne comme elle étoit campée, ensuite de celle de Saint-Simon & du reste de la seconde ligne. Cette colonne alla passer à Binch & à Brusse, de là au Tri du Menubois, le laissant à gauche, elle prit le chemin Royal de Binch à la Bussiere qu'elle suivit, & laissant la Houllette à droite, elle se rendit dans la plaine du Quesne-al-Bataille où fut son camp.

Les Dragons marcherent avec la cavalerie des deux aîles.

Les troupes camperent sur deux lignes, la droite à Sart & la gauche à Erqueline ; elles eurent la Sambre derriere elles & les bois de Saillermont à leur tête.

On jetta aussi-tôt sur cette riviere trois ponts de bateaux, & M. d'Auger joignit l'armée dans ce camp avec quinze escadrons qui servirent de réserve.

En arrivant à Merbe-Potterie, on apprit que les ennemis faisoient un pont sous Namur au fauxbourg de Saint-Nicolas, & le bruit général de leur armée étoit qu'ils alloient assiéger Dinant. On ne pouvoit pénétrer quel étoit leur véritable dessein ; mais comme toutes leurs démonstrations & les préparatifs qu'ils faisoient, paroissoient regarder cette place, M. de Luxembourg étoit obligé de s'en occuper.

Il étoit de l'intérêt du Prince d'Orange de faire quelque entreprise qui pût soutenir la réputation qu'il avoit parmi les Alliés & la confiance qu'ils avoient en lui, & il étoit à présumer qu'il feroit usage de la supériorité de ses forces, soit pour entreprendre un siége, soit pour combattre l'armée du Roi. Cependant la Cour desiroit de s'opposer à ses desseins sans courir les risques d'une bataille : ainsi après avoir donné ordre à M. de Luxembourg de pourvoir à la défense des lignes, elle lui recommanda d'être toujours placé de façon à ne combattre qu'avec beaucoup d'avantage, & en même tems de faire tous ses efforts pour empêcher les ennemis d'assiéger aucune place.

Le Prince d'Orange ayant reçu tous les secours qu'il attendoit, pouvoit rassembler 72 bataillons & environ 100 esca-

drons, fans y comprendre les troupes détachées fous les ordres
de M. de Caftanaga, ni celles que le Général Fleming & M. de
Cerclas avoient fur la Meufe près de Huy. Ce dernier corps
étoit compofé des troupes de Brandebourg & de Liége au nombre de 17 bataillons & 13 efcadrons, elles devoient joindre
inceffamment le Prince d'Orange, & cette jonction faifoit
croire que les ennemis prendroient le parti de donner une bataille.

Comme ils pouvoient auffi par leurs derrieres faire marcher
des troupes fur l'Efcaut fans qu'on en fût informé, M. de
Luxembourg avoit prié la Cour de tirer des places depuis
l'Efcaut jufqu'à la mer, autant de troupes qu'on en pourroit
prendre fur les garnifons, afin de les employer à la défenfe des
lignes. M. de Villars qui y commandoit, raffembla par ce moyen
35 efcadrons & 7 bataillons, & M. de Luxembourg crut qu'a-
près y avoir ainfi pourvu, elles feroient en fûreté. Si cependant
il arrivoit que les ennemis vinffent à les forcer, il croyoit qu'on
devoit plutôt leur abandonner ce petit avantage que de s'affoiblir quand on feroit près du Prince d'Orange.

Il promettoit d'être affez attentif à fes démarches pour ne lui
laiffer rien entreprendre fans qu'il y rencontrât beaucoup d'obf-
tacles. Il avoit fait reconnoître les poftes qu'il avoit deffein
d'occuper, & tenoit des partis des deux côtés de la Sambre
pour être averti de tous les mouvemens que feroient les ennemis. Il avoit auffi ordonné à M. de Guifcard, Commandant à
Dinant, de brûler tous les fourrages depuis l'Abbaye de Moulin jufqu'à Saint-Gerard, afin d'empêcher les Alliés d'en profiter.

Le Prince d'Orange voyant l'armée du Roi s'approcher de la
Sambre, crut qu'elle pourroit la paffer avant lui, & foit qu'il
eût envie de la décider à faire ce mouvement, foit qu'il vou-
lût l'engager à refter tranquille quand celle des Alliés décamperoit, il fit monter à cheval fon aîle gauche pendant plufieurs
jours de fuite comme pour paffer cette riviere, & le foir il la
faifoit revenir. M. de Luxembourg crut devoir fe défier de
cette rufe, & le Prince d'Orange voyant qu'il n'en prenoit pas
l'alarme, prit le parti de s'avancer à Fleurus avec toute fon
armée la nuit du 19 au 20. Il paffa la Sambre le 21, & marcha
le même jour à Gerpinne.

M. de Luxembourg en ayant eu avis, détacha auffi-tôt M. de

Cheladet pour foutenir fes partis avancés, & fit marcher fes troupes pour aller camper dans la plaine de Bouffu près du défilé de Slenrieu.

On fonna le boute-felle & on battit la générale à dix heures & demie du matin, à cheval & l'affemblée à onze.

L'armée marcha fur fix colonnes, les deux de la droite furent pour l'artillerie & les bagages, & les quatre colonnes de la gauche furent pour les troupes.

La colonne de la gauche fut pour l'aîle gauche de cavalerie, dont le Meftre de Camp eut la tête, fuivi du refte de la premiere ligne de cette aîle ainfi qu'elle étoit campée, & de la feconde dans le même ordre. Cette colonne paffa au gué des baffes Fontaines, de là elle alla à la cenfe de Pomereuil, à Bierfée, à la chapelle de Ragny & au pont qui étoit au-deffous de Tully, d'où continuant fa marche par Offogne, Miertenen & Fontenelle, elle fe rendit dans la plaine du camp.

La feconde colonne fut pour les Brigades d'infanterie de Champagne, du Roi, du Maine & Porlier; cette colonne laiffa le bois de Merbe à droite pour defcendre au pont de la Buffiere, & paffa entre les Fontaines hautes & baffes, d'où laiffant le bois de Foftiau à droite, Bierfée à gauche, elle alla à travers champs à Ragny; elle paffa enfuite au pont de Tully au-deffous de l'Eglife, & laiffant Offogne & Miertenen à gauche, elle traverfa le ruiffeau de Caftillon pour entrer dans la plaine du camp.

La troifiéme colonne fut pour l'aîle droite d'infanterie, dont Navarre eut la tête, & fut fuivi des Brigades de Vaubecourt, des Gardes, de Poitou & Stoppa; cette colonne paffant au-deffus du parc de l'artillerie & le laiffant à droite, traverfa la Sambre au pont de bateaux de la gauche des deux que l'on avoit fait faire près de Gouy, d'où elle alla paffer auprès du château de la Buffiere, le laiffant à gauche; elle prit enfuite le chemin qui mene aux Fontaines hautes pour aller au Foftiau qu'elle laiffa à droite, & côtoya les haies du village pour aller à travers champs paffer au-deffous des haies de Donftienne; elle traverfa enfuite le ruiffeau de Clermont, & laiffant les cenfes du Vifcourt à droite, elle paffa le ruiffeau de Caftillon pour entrer dans la plaine du camp.

La quatriéme colonne fut pour l'aîle droite de cavalerie qui faifoit la gauche dans le camp & qui étoit campée près d'Erqueline; cette colonne paffa d'abord fur le pont de Solre fur Sambre, & fur celui de bateaux que l'on avoit fait entre Solre fur Sambre & Merbe, enfuite fur celui de Hantes & fur celui que l'on avoit fait au-deffous de ce village; cette cavalerie eut ordre de faire ce mouvement le plus promptement qu'elle pourroit, & de s'avancer dans la plaine, afin que l'artillerie qui étoit campée près de Gouy, & qui paffoit fur le pont que l'on avoit fait auprès de ce village, pût marcher entre le ruiffeau de Hantes & elle, & former la colonne qu'elle devoit avoir fur fa droite; la Maifon

fon du Roi & la Gendarmerie pafferent au pont de Solre fur Sambre ;
& à celui de Hantes, les Brigades de Bezons & Rottembourg fuivirent
la Gendarmerie ; la Brigade de Quadt, celle de du Rofel & de Bolhen
pafferent au pont qui étoit entre Merbe & Solre fur Sambre, & de là
à celui que l'on avoit fait au-deffous de Hantes, & la Brigade de Quadt
étant au-delà des ponts prit la queue de la Gendarmerie, elle fut fuivie
de la Brigade de Bezons & du refte de la feconde ligne ; cette colonne
laiffant les Fontaines hautes à gauche, alla à travers champs paffer
entre le Foftiau & Tapefeffe ; & laiffant le bois du Foftiau à gauche,
elle alla à travers champs droit à Donftienne où elle traverfa le ruiffeau dans le village ; elle paffa enfuite celui de Clermont à gué, & alla
aux cenfes de Vifcourt pour de là traverfer le ruiffeau de Caftillon &
entrer dans la plaine du camp.

La cinquiéme colonne fut pour l'artillerie, le tréfor, le quartier
général, les gros & menus bagages de l'aîle gauche de cavalerie. Cette
colonne paffa au pont de la droite des deux que l'on avoit fait près de
Gouy, & alla à travers champs droit à Tapefeffe, laiffant l'aîle droite de
cavalerie fur fa gauche ; de là elle fuivit le chemin qui va à Donftienne,
& côtoyant les haies du village, elle alla paffer le ruiffeau de Clermont
au moulin de Donftienne, d'où laiffant les cenfes de Vifcourt à gauche,
elle paffa à Caftillon pour entrer dans la plaine du camp.

La fixiéme & derniere colonne fut pour tous les gros & menus bagages de l'aîle droite de cavalerie & de toute l'infanterie ; ceux de la cavalerie en commençant par la Maifon du Roi, & fuivant l'ordre que les
troupes avoient tenu dans leurs marches, pafferent au pont de Solre
fur Sambre & à celui de Hantes ; ceux de l'infanterie en commençant
par Navarre, & obfervant pour leur marche le même ordre que leurs
troupes tenoient, pafferent au pont qui étoit entre Solre fur Sambre &
Merbe, de là à celui qu'on avoit fait au-deffous de Hantes, & les ponts
paffés, cette colonne laiffant l'artillerie à fa gauche, alla à travers
champs droit aux cenfes d'Enfonpenne qu'elle laiffa à gauche ; elle alla
enfuite paffer auprès de Tapefeffe qu'elle laiffa à gauche auffi-bien que
le grand chemin de Donftienne, & traverfa le ruiffeau de Donftienne à
Strées & celui de Clermont dans le village, d'où laiffant Caftillon à
gauche, elle fe rendit dans la plaine du camp.

On commanda 800 hommes de pied pour être mis par pelotons de
diftance en diftance dans les colonnes des bagages.

Toutes les vieilles gardes firent l'arriere-garde des colonnes de bagages & d'infanterie ; outre cela la réferve & le Régiment des Dragons
de la Reine firent l'arriere-garde de l'armée. Chaque colonne en arrivant fur le défilé de Slenrieu, forma fa ligne, & l'armée campa entre
Bouffu & Fontenelle, faifant face du côté de l'Abbaye du Jardinet.

Le lendemain 22 M. de Luxembourg fit marcher fon armée
à Emptine près de Florennes ; il prit les devants avec quelque

1691.
JUILLET.
Marche de
Slenrieu à Emp-
tine.
PLANCHE XVI.

cavalerie pour fe rendre à Philippeville & fçavoir les nouvelles que fes partis devoient lui apprendre des ennemis.

La marche de l'armée fe fit fur fix colonnes.

On fonna le boute-felle & on battit la générale une demi-heure avant le jour, à cheval & l'affemblée à la pointe du jour.

Chaque colonne avoit formé fa ligne en arrivant fur le défilé de Slenrieu, & l'armée faifoit face du côté de l'Abbaye du Jardinet; pour fe mettre en marche chaque ligne fit à droite & fe remit en colonne dans le même ordre que le jour précédent.

L'aîle gauche de cavalerie fit la colonne de la gauche, le Meftre de Camp en eut la tête & fut fuivi du refte de la première ligne ainfi qu'elle étoit campée, enfuite de la Brigade de Maignac & du refte de la feconde ligne dans le même ordre que la première. Cette colonne prit le chemin de la Forge de Battefer, & de là fuivit celui qui mene à Yves pour paffer le ruiffeau de Jamagne & aller à la cenfe de Fremont qui étoit devant la gauche du camp.

La feconde colonne fut pour les Brigades qui felon l'ordre de bataille avoient la gauche de l'infanterie, Champagne en eut la tête, & fut fuivi des Brigades du Roi, du Maine & de Porlier; cette colonne côtoyant le chemin qui va de Bouffu à Battefer, & le laiffant à gauche, vint paffer à une maifon qui appartenoit à la fœur du Curé de Slenrieu; & laiffant cette maifon à droite, elle entra dans les jardins pour aller paffer au pont de la gauche des deux que l'on avoit fait entre Slenrieu & Battefer; après avoir traverfé le ruiffeau, elle prit à gauche & monta fur la hauteur par des ouvertures qu'elle fit dans des haies, laiffant toujours fur la droite une colonne d'infanterie qui paffoit dans le petit fentier; quand elle fut fur la hauteur, elle alla à Dauchois ou Dacheu qu'elle laiffa à droite, de là faifant un paffage fur le ruiffeau de Jamiolle, & laiffant ce village & celui de Jamagne à droite, elle alla à travers champs paffer le ruiffeau de Jamagne fur un pont qu'on lui avoit fait, & elle fe trouva dans la plaine du camp.

La troifiéme colonne fut pour les Brigades de la droite de l'infanterie, dont Navarre eut la tête, & fut fuivi de celles de Vaubecourt, des Gardes, de Poitou & de Stoppa; cette colonne vint paffer au pont de la droite des deux que l'on avoit fait entre Slenrieu & Battefer, laiffa la maifon qui appartenoit à la fœur du Curé à gauche & la cavalerie qui paffoit dans Slenrieu à droite; & après avoir traverfé le ruiffeau, elle prit un fentier pour monter fur la montagne, laiffant fur fa droite le grand chemin qu'occupoit la cavalerie & fur fa gauche une colonne d'infanterie; elle continua fa marche paffant par Dauchois & Jamiolle, d'où elle alla à Jamagne & entra dans la plaine du camp.

La quatriéme colonne fut pour l'aîle droite de cavalerie, qui fut fuivie de l'artillerie & des menus bagages de cette aîle. La Maifon du Roi en eut la tête, & fut fuivie du refte de la première ligne, enfuite de la Brigade de Bezons & du refte de la feconde dans le même ordre

que la premiere. Cette colonne paſſa au gué de Slenrieu, d'où elle alla
à la hauteur de Dauchois, & laiſſant le village à gauche & le chemin
de Philippeville à droite, elle paſſa au-deſſus de Jamiolle, laiſſant ce
village & celui de Jamagne à gauche ; prenant enſuite ſa marche par
Emptine & la cenſe de la Valette, elle alla à la cenſe du Bois Doyen où
fut la droite du camp.

La cinquiéme colonne fut pour les gros bagages de l'armée, leſquels de Bouſſu allerent paſſer à la Forge du Prince, où ils prirent le
grand chemin de Philippeville ; ils laiſſerent cette ville à droite, paſſant
ſur le glacis, pour de là ſuivre le chemin qui va à l'Abbaye de Saint-
Aubin.

La ſixiéme colonne fut pour les menus bagages de l'aîle gauche de
cavalerie & ceux de toute l'infanterie, leſquels du moulin de Bouſſu
allerent par le Tri des bois deſcendre à la queue de l'étang de la Forge
du Prince, & paſſerent ſur un pont qu'on avoit fait dans les prairies ;
de là prenant leur marche à travers des haies & bois taillis de Slenrieu,
ils allerent au Champieſlo, d'où ils côtoyerent la marche des gros bagages juſqu'au camp.

Les mêmes eſcortes commandées pour les bagages & pour l'arriere-
garde de la marche précédente, ſervirent encore pour celle-ci.

L'armée campa ſur deux lignes, ayant la droite à la cenſe du Bois
Doyen près la trouée de Joſenne, & la gauche ſur la hauteur de Jamagne ; la ligne ſe replioit en arriere au droit de l'arbre de Saint-Aubin,
elle avoit Florennes & le ruiſſeau devant le front.

Le jour que l'armée du Roi marcha à Florennes, le Prince
d'Orange devoit s'y avancer avec la ſienne ; il fut fort ſurpris
d'apprendre que M. de Luxembourg y étoit arrivé, & il ne fit
ce jour-là aucun mouvement ; il campa à Sombeſé, ſa droite
s'étendant vers Leneff & ſa gauche allant vers la Sambre ; les
deux armées n'étoient éloignées l'une de l'autre que d'environ
une lieue & demie. M. de Ximenès retira les troupes qui
étoient à Beaumont, cette place n'étant pas en état de ſoutenir
une attaque.

Le 23 M. de Luxembourg prit un détachement de mille
chevaux pour aller reconnoître le pays que les ennemis devoient traverſer, ſoit pour venir l'attaquer, ſoit pour marcher
à Dinant ; il s'approcha auſſi fort près de leur camp pour l'examiner. Il leur donna tellement l'alarme qu'il les fit monter à
cheval & prendre les armes ; & comme il craignit qu'ils n'euſſent deſſein de décamper, il envoya des détachemens ſur les
hauteurs de Walcourt pour ſçavoir s'ils y marchoient.

Le Prince d'Orange avoit deux moyens pour combattre l'ar-

mée du Roi, l'un de marcher à elle dans la position où elle étoit,
l'autre de l'obliger de quitter son camp pour s'approcher de Dinant, & de l'attaquer lorsqu'elle y marcheroit ; si le Prince
d'Orange avoit pris le parti de la combattre à Florennes, il
l'eût trouvée dans une position favorable pour recevoir la bataille ; sa droite étoit assurée par un bois auquel elle étoit appuyée, & elle avoit l'avantage de la hauteur ; devant le front
de sa gauche il y avoit beaucoup de précipices qui suffisoient
pour empêcher des troupes de s'avancer en bataille : au centre
les ennemis avoient les hauteurs pour eux, mais ils eussent été
obligés de défiler par trois ou quatre endroits pour passer le
ravin qui régnoit devant presque tout le front. Ils pouvoient,
au lieu de faire leurs efforts contre la droite ou le centre de
l'armée du Roi, chercher à l'attaquer par le flanc gauche, &
dans cette supposition M. de Luxembourg comptoit replier son
aîle gauche pour la mettre auprès de Philippeville, afin de leur
faire essuyer le feu de l'artillerie de cette place.

Comme il croyoit que les Alliés prendroient plutôt le parti
de le combattre dans sa marche lorsqu'il seroit obligé de s'approcher de Dinant que dans la position où il étoit, il avoit fait
faire deux passages dans les bois auxquels sa droite étoit appuyée, & il se proposoit de faire marcher chaque ligne par sa
droite & sur un assez grand front pour être en état de se mettre
très-promptement en bataille, & de faire face sur sa gauche ;
il pouvoit conserver les hauteurs dans sa marche ; & sur la droite
du chemin que les troupes auroient tenu, celui de Philippeville à Dinant devoit servir pour faire marcher l'artillerie & les
bagages. Pendant que l'armée du Roi eût trouvé cette facilité
pour s'approcher de Dinant, le Prince d'Orange eût été obligé
de passer le ruisseau de Bienne-Colonoise, qui forme des défilés
difficiles, & de marcher ensuite dans un pays serré & coupé ;
& après avoir surmonté ces obstacles, il eût encore trouvé les
troupes du Roi séparées de lui par un ruisseau qu'elles devoient
côtoyer, & qu'il eût été impossible aux Alliés de passer en bataille.

M. de Luxembourg avoit mandé à M. de Boufflers de repasser la Meuse & de s'approcher de lui aussi-tôt que le Général
Fleming marcheroit pour joindre l'armée des Alliés. Le Roi
avoit prévenu les desirs de M. de Luxembourg, & avoit mandé
à M. de Boufflers de le joindre dès que les ennemis passeroient

la

la Sambre. M. d'Harcourt, qui étoit sur la frontiere du Luxembourg & près de la Moselle, devoit s'approcher de la Meuse
en même tems que M. de Boufflers la passeroit. On prétendoit
aussi que M. de Castanaga devoit revenir sur la Sambre avec ses
troupes, & dans cette supposition M. de Luxembourg comptoit rapprocher de lui la cavalerie qui étoit aux lignes ; pendant
que M. de Castanaga resteroit aux environs de Bruxelles, il se
proposoit de la tenir auprès de Saint-Guilain, afin de pouvoir
la renvoyer promptement à Espierre & la joindre à ses troupes
selon que les événemens l'exigeroient.

Le 28 Juillet M. de Luxembourg fut informé que les ennemis faisoient un grand fourrage auprès de la Sambre, depuis
Chasselet en remontant jusqu'au-dessus de Charleroi : il saisit
ce moment pour en faire un de son côté entre Stave & Metez
pour l'aîle droite seulement.

Le 29 M. de Boufflers s'avança à l'Abbaye du Moulin sur la
rive gauche de la Meuse, & le lendemain il marcha avec sa cavalerie, qui étoit de 33 escadrons, pour couper & ruiner les
fourrages jusqu'à la Tour de Libine ; M. de Luxembourg
s'avança avec l'aîle droite pour le soutenir, & se plaça sur trois
lignes, ayant devant lui Saint-Gerard : les ennemis ne firent aucun mouvement pour les interrompre.

On avoit été obligé, à cause de la rareté des fourrages, de
renvoyer les gros équipages derriere Philippeville sur le chemin
de Marienbourg : le Prince d'Orange renvoya aussi les siens à
Charleroi pour la même raison. M. de Luxembourg, afin de
rendre la subsistance de la cavalerie ennemie plus difficile, ordonna à M. de Vertillac, qui commandoit à Mons, de se servir
de celle qu'il avoit, & d'envoyer des partis pour inquiéter les
Alliés dans les fourrages qu'ils feroient de l'autre côté de la Sambre ; mais pendant qu'on les disputoit aux ennemis, la cavalerie
du Roi en trouvoit peu pour elle, & sans les magasins d'avoine
formés à Philippeville, il eût été impossible de la faire sub-
sister.

Les Généraux Cerclas & Fleming, après avoir campé au
Mazy, étoient venus, l'un à Milmont sur l'Orneau, & l'autre à
Farcienne sur la Sambre, d'où ils pouvoient passer cette riviere
& attaquer M. de Boufflers à l'Abbaye du Moulin. Le Prince
d'Orange auroit pû détacher des troupes pour fortifier le Général Fleming, & s'avancer avec le reste de son armée pour tenir

F f

M. de Luxembourg en échec. Dans la crainte qu'ils ne priffent cè parti, M. de Boufflers eut ordre de venir avec fes troupes à Rofoy; il y vint le 4 Août, & fa gauche n'étoit féparée de l'armée que par un petit bois & un ruiffeau facile à paffer. M. de Luxembourg joignit l'infanterie de M. de Boufflers à la fienne, & laiffa fa cavalerie en un corps féparé, foit pour en mettre quelques efcadrons entre fes deux lignes, foit pour en former une réferve, ou pour l'employer à une avant-garde ou arriere-garde felon qu'il jugeroit à propos. Son armée fe trouvoit alors de 54 bataillons & de 135 efcadrons, fans y comprendre la cavalerie de M. de Boufflers qui étoit de 33 efcadrons.

La pofition de l'armée du Roi à Florennes avoit fait échouer les projets que les Alliés pouvoient avoir fur Dinant & Philippeville: M. de Luxembourg voyant qu'ils héfitoient à l'attaquer, crut devoir redoubler d'activité & de vigilance pour prévenir leurs deffeins; il pouvoit facilement avoir connoiffance de tous leurs mouvemens à caufe de la proximité des deux armées, mais il craignoit d'être obligé de prendre de grands détours pour fe rapprocher de Maubeuge, ne connoiffant d'autres chemins que le défilé de Slenrieu & les Forges du Prince & de Battefer.

Pendant qu'il étoit occupé à en découvrir d'autres, M. d'Albergotti qui connoiffoit ce pays, lui en indiqua plufieurs, qui laiffant Slenrieu à droite, pouvoient fervir pour fe rendre dans la plaine de Grand-Rieu proche Beaumont. Il envoya auffi-tôt avec lui M. de Puifegur, Maréchal général des Logis de l'armée, pour les reconnoître & lui en rendre compte: fur l'examen qu'ils en firent, il fe décida à fuivre les Alliés de quelque côté qu'ils tournaffent. Ils décamperent le 7 de grand matin pour aller à Marbay proche Thuin, où ils mirent leur gauche, & leur droite près de Caftillon.

Auffi-tôt que M. de Luxembourg apprit qu'ils fe mettoient en marche, il alla avec 500 chevaux fur la hauteur de Slenrieu, & enfuite fur celle de Walcourt pour les examiner; il détacha en même tems M. d'Albergotti pour s'avancer fur le ruiffeau de Leneff, afin d'inquiéter leur arriere-garde. Le lendemain il fit marcher fon armée à Cerffontaine.

La marche fe fit fur fix colonnes.

L'aîle gauche de cavalerie fit la colonne de la droite; le Meftre de Camp en eut la tête, & fut fuivi du refte de la premiere ligne de cette

aîle ainsi qu'elle étoit campée, ensuite de la Brigade de Maignac & du
reste de la seconde ligne dans le même ordre que la premiere. Cette
colonne passa le ruisseau de Jamagne à 300 pas au-dessous du village,
laissant le pont qui en étoit le plus près pour l'autre colonne; de là laissant Jamiolle à gauche, elle suivit un chemin qui traverse celui de Philippeville à Slenrieu, d'où elle entra dans la plaine de Soumois & passa
dans ce village pour se rendre dans celle de Cerffontaine.

La seconde colonne fut pour l'infanterie de la premiere ligne, laquelle défila par sa gauche en commençant par Champagne; cette colonne alla passer aux haies de Jamagne, les laissant à gauche; de là
rasant les haies de Jamiolle, & le laissant à droite, elle suivit un chemin qui mene au pont de pierre qui est entre Soumois & Sainzée,
d'où laissant Villers-deux-Eglises & Sainzée à gauche, elle entra dans la
plaine du camp.

La troisiéme colonne fut pour l'infanterie de la seconde ligne en
commençant par le Maine; cette colonne passa dans Jamagne & laissa
tous les bois qui sont au-dessus de Jamagne à gauche, d'où côtoyant
les haies de Villers-deux-Eglises, & laissant ce village à droite & celui
de Sainzée à gauche, elle entra dans la plaine du camp.

La quatriéme colonne fut pour l'aîle droite de cavalerie, dont la
Brigade de Quadt eut la tête, suivie du reste de la premiere ligne ainsi
qu'elle étoit campée, ensuite de la Brigade de Bolhen & du reste de la
seconde ligne. Cette colonne prenant par derriere le camp de l'infanterie, alla à la cense de la Valette, d'où laissant l'artillerie & les vivres
sur sa gauche & le quartier général sur sa droite, elle alla à travers
champs passer le ruisseau de Jamagne sur un pont qui étoit entre Jamagne & Philippeville; de là elle continua sa marche à travers champs,
laissant la colonne d'infanterie sur sa droite & l'artillerie sur sa gauche,
& alla passer au travers de Sainzée pour entrer dans la plaine du camp.

La cinquiéme colonne fut pour l'artillerie & les Vivandiers de l'armée, lesquels eurent leur rendez-vous à l'artillerie; cette colonne partant de son parc prit le chemin de Sainzée, qu'elle laissa à droite pour
parquer derriere ce village.

La sixiéme & derniere colonne fut pour les troupes de M. de Boufflers, lesquelles prirent le grand chemin de Rosoy à Philippeville,
qu'elles laisserent à droite pour aller à Sainzée, d'où elles s'avancerent à
Villers-deux-Eglises.

Chaque colonne de troupes fut suivie de ses menus bagages, lesquels furent escortés par 200 hommes de pied. On en mit 300 parmi
les charrettes de Vivandiers.

L'armée campa, par la nécessité du terrein, sur quatre lignes; la premiere qui étoit d'infanterie, campoit le long du ruisseau de Soumois
qu'elle avoit devant elle; les deux du milieu composées de cavalerie,
étoient sur la hauteur de Cerffontaine, & la quatriéme d'infanterie,
près du bois. Les troupes de M. de Boufflers camperent sur deux lignes
à la droite de l'armée.

M. de Luxembourg fe trouvoit dans cette pofition en état de prendre la tête du ruiffeau qui va à Beaumont & de celui qui paffe à Confolre, il avoit des défilés devant lui & pouvoit couper les détachemens que les ennemis euffent faits vers la frontiere. Il s'arrêta dans ce camp, parce qu'il craignit que les démarches des ennemis ne fuffent de fauffes démonftrations, & qu'ils n'euffent d'autres vûes que d'éloigner de Dinant l'armée du Roi ; il vouloit auffi examiner les chemins que M. d'Albergotti lui avoit indiqués, parce que jamais armée n'y avoit paffé.

Le Prince d'Orange, qui étoit perfuadé que M. de Luxembourg ne pouvoit fe rapprocher de Maubeuge qu'en prenant fa route par Marienbourg & Avefne, alla le 9 reconnoître les chemins par où il feroit marcher fon armée pour aller dans la plaine de Grand-Rieu & le camp qu'il lui feroit occuper ; il comptoit en y marchant obliger l'armée du Roi de reculer pour défendre la frontiere contre les détachemens qu'il pourroit y envoyer, & en même tems prendre plufieurs marches d'avance pour aller fur l'Efcaut, où arrivant le premier il pourroit forcer les lignes, défoler le pays qu'elles couvroient, & empêcher l'armée du Roi de prendre des quartiers de fourrage depuis Courtrai jufqu'à Furnes. M. de Luxembourg qui croyoit devoir dans ce moment mettre toute fon attention à prévenir les ennemis à Mons & fur la Dendre, marcha la nuit du 9 au 10 pour aller camper à Lugny près de Beaumont.

Marche de
Cerffontaine à
Lugny.
Pl. XVIII.

La marche fe fit fur cinq colonnes.

A l'entrée de la nuit on détendit toutes les tentes, & les troupes marcherent à dix heures fans battre.

La réferve, fous les ordres de M. d'Auger, marcha à la tête de la colonne d'artillerie.

L'armée, qui étoit campée fur quatre lignes, fit à gauche pour fe mettre en marche, & chaque ligne forma fa colonne.

Celle de la droite fut pour la premiere ligne d'infanterie ; elle alla paffer à Folemprife, où elle prit le chemin qui va à la Queue de l'Herfe, & laiffant la maifon de M. Colinet à gauche, elle alla à Ranly où elle traverfa le ruiffeau de Beaumont qu'elle côtoya pour entrer dans la plaine du camp.

La feconde colonne fut pour la cavalerie de la premiere ligne, dont le Meftre de Camp eut la tête, elle defcendit au moulin de Cerffontaine, fuivit un chemin qui entroit dans le bois pour aller droit à la Queue de l'Herfe, & traverfant le chemin qui va de Folemprife à la Queue de l'Herfe, elle fit une ouverture pour entrer dans le jardin de

M.

M. Colinet, d'où laissant cette maison à droite, elle entra dans la plaine de Faubrechies; quand elle fut près de ce village elle suivit le chemin de Railly, & venant entre les deux bois, elle prit à gauche pour laisser Railly à droite, d'où elle entra dans la plaine du camp.

La troisiéme colonne fut pour la seconde ligne de cavalerie en commençant par Maignac; elle marcha entre Cerffontaine & le moulin, ensuite elle passa sur un pont que l'on avoit fait pour traverser le bois, d'où laissant le grand chemin de Cerffontaine à Froide-Chapelle sur sa gauche, elle alla à la queue de l'étang; de là laissant ce même étang à droite & Froide-Chapelle à gauche, elle alla traverser le grand chemin qui va de Faubrechies à Ranse, & se fit un passage derriere la maison de M. Jacquet pour entrer dans le chemin Royal, laissant la grande route à gauche pour l'artillerie.

La quatriéme colonne fut pour l'artillerie, les caissons & les Vivandiers de l'armée; l'artillerie partant de son parc alla passer à travers champs entre la troisiéme & la quatriéme ligne, laissant Cerffontaine à sa droite; de là elle entra dans le bois par un chemin qu'on lui avoit fait pour gagner le grand chemin de Froide-Chapelle qu'elle suivit; elle traversa ensuite Froide-Chapelle, & alla passer à Ranse pour entrer dans le grand chemin de Chimai à Beaumont qu'elle suivit jusqu'au camp, ayant à sa droite une colonne de cavalerie & à sa gauche une d'infanterie.

La cinquiéme & derniere colonne fut pour l'infanterie de la seconde ligne, dont le Maine eut la tête. Elle côtoya le bois jusqu'à ce qu'elle eut trouvé le premier chemin qui mene à Froide-Chapelle, & lorsqu'elle fut prête d'y entrer, elle rencontra la colonne qui étoit à sa droite, & pour lors laissant Froide-Chapelle à droite & faisant une ouverture pour aller à travers champs au village de Ranse qu'elle laissa aussi à droite, elle suivit le grand chemin Royal & eut l'artillerie toujours à sa droite pour se rendre dans la plaine du camp.

Deux escadrons des Dragons de la Reine & deux du Roi firent l'arriere-garde des bagages, on commanda aussi 600 hommes de pied pour être placés de distance en distance dans cette colonne. L'aîle droite de cavalerie fut formée dans ce camp par la premiere ligne des deux aîles, & l'aîle gauche par la seconde ligne; l'infanterie campa dans le même ordre que la cavalerie, l'armée eut sa droite appuyée à une ravine qui tombe au-dessous du village de Railly, & sa gauche au bois & près de la cense de Hurtebise, ayant Consolre derriere la gauche & des bois derriere la droite; Beaumont devant le centre & le ruisseau devant le front.

M. de Luxembourg avoit laissé M. de Boufflers auprès de Philippeville, & comptoit l'envoyer avec sa cavalerie entre cette place & Marienbourg, afin d'observer les démarches des Généraux Fleming & Cerclas, & de s'opposer aux détachemens

Gg

qu'ils voudroient faire pour pénétrer de ce côté-là fur la frontiere; mais fur la nouvelle que l'armée du Roi paroiffoit devant Beaumont, celle des ennemis y étant accourue avec le même empreffement que fi elle eût eu deffein de combattre, M. de Luxembourg ordonna à M. de Boufflers de fe rapprocher; il campa à Ranfe, où il étoit en état de joindre l'armée en une demi-heure & de repaffer le défilé de Froide-Chapelle en peu de tems.

Ce fut M. de Vaudemont qui occafionna cette marche précipitée des ennemis, parce qu'il crut que ce n'étoit qu'un détachement de l'armée du Roi. Mais quand le Prince d'Orange eut reconnu qu'elle y étoit toute entiere, il s'arrêta, & fit mettre la fienne en bataille: il fe pofta ayant Beaumont devant lui prefque devant fon centre, fa gauche étoit vers Barbançon, fa droite fur les hauteurs de Beaumont, vis-à-vis la gauche de l'armée du Roi, & dans des petites plaines féparées par des langues de bois: il avoit un corps au-delà du dernier bois fur les hauteurs de Boufegnies. Il féjourna dans cette pofition, & fon armée refta fous les armes le jour qu'il arriva, la nuit & le lendemain jufqu'à midi.

M. de Luxembourg fut à cheval pendant prefque tout le tems que les ennemis furent en bataille; mais malgré leur proximité, comme il connoiffoit la difficulté qu'il y avoit à attaquer fon armée, il la fit refter tranquille dans fon camp. Cependant le 11 au matin voyant que les ennemis cherchoient à faire des paffages fur le ruiffeau, il fit avancer les Brigades du Roi & de Champagne fur une hauteur entre Chaudeville & Lugny; il fit auffi occuper une hauteur entre Confolre & un bois qui eft vis-à-vis de Boufegnies par deux Régimens de Dragons & par la feconde ligne de l'aîle gauche, & fur les neuf heures du matin il fit placer deux Brigades d'artillerie pour tirer fur les endroits où les ennemis travailloient à faire des paffages; auffi-tôt qu'elles commencerent à tirer, ils abandonnerent les bords du ruiffeau avec beaucoup de précipitation, & ils fe retirerent peu de tems après.

M. de Luxembourg les fit fuivre par M. du Rofel avec 500 chevaux, afin de fçavoir de quel côté ils marchoient: & pour recevoir ce détachement, il fit pofter quelques Compagnies de Grenadiers à la tête des défilés de Saint-Gery. Quelques jours après M. de Luxembourg croyant que les ennemis pourroient

avoir envie de fourrager dans la plaine de la Buffiere ou aux
environs de Vergnies & du Four à Verre, fe propofa d'attaquer
leur efcorte; il comptoit, s'ils alloient dans la plaine de la Buffiere, prendre la moitié des Grenadiers, toute l'aîle gauche,
la réferve & trois Régimens de Dragons : s'ils alloient du côté
de Vergnies & du Four à Verre, il comptoit marcher avec le
corps de M. de Boufflers, toute l'aîle droite & la moitié des
Grenadiers.

M. de Luxembourg voyoit que dans la pofition où étoient
les ennemis, ils pouvoient encore marcher à Dinant ou repaffer
la Sambre pour chercher à le prévenir fur la Dendre; malgré
le bruit général de leur armée, où il n'étoit mention que de
bombarder ou d'affiéger Dinant, il doutoit qu'ils priffent le
parti de s'attacher à cette place; comme cependant il vouloit
fe mettre en état de les traverfer s'ils tournoient leurs forces de
ce côté-là, il envoya M. de Puifegur & M. d'Albergotti reconnoître & faire accommoder les chemins par lefquels l'armée
pouvoit fe rendre à Charlemont, parce qu'il avoit deffein d'y
camper & d'attendre que les ennemis euffent pris leurs quartiers aux environs de Dinant, pour les attaquer par celui des
deux côtés de la Meufe qu'il jugeroit à propos, efpérant de
pouvoir rompre les ponts qu'ils auroient fur la haute Meufe en
même tems qu'il marcheroit pour les combattre. Si les ennemis prenoient le parti de repaffer la Sambre pour marcher fur
la Dendre & enfuite fur l'Efcaut, M. de Luxembourg fe propofoit d'aller camper le premier jour à Givry & d'envoyer mille
chevaux fous Mons, afin d'avoir promptement une tête au-delà
de la Haifne, pour retarder leur marche & affurer celle de l'armée du Roi.

Les ennemis avoient la facilité de pouvoir repaffer la Sambre promptement & avec fureté; ils avoient depuis Thuin
jufqu'à Charleroi plufieurs paffages commodes : celui de Thuin
& de l'Abbaye d'Alnes ou d'Aulnes étoient affez difficiles, mais
il y avoit à l'Angely un gué très-bon & dans lequel il pouvoit
paffer deux efcadrons de front; en defcendant plus près de
Charleroi, les Alliés pouvoient profiter du pont de Marchiennes & de deux gués qui étoient l'un au-deffus & l'autre au-deffous, & ils pouvoient facilement établir dans cet endroit des
ponts de bateaux. Pour aller à ces paffages leurs troupes n'euffent point été féparées, à moins que le Prince d'Orange n'eût

voulu, pour faire plus de diligence, faire paſſer une colonne auprès de Charleroi, ou même dans la ville ; mais cette colonne traverſant la riviere d'Heure au pont de Gamignon & à un gué qui eſt au-deſſous, eût été auſſi-tôt après en ſureté. Il leur étoit facile de faire repaſſer la Sambre au reſte de leurs troupes, ſans qu'on eût pu prendre ſur elles aucun avantage, parce qu'en renvoyant leurs équipages dès la veille, & poſtant toute leur infanterie ſur les hauteurs de Ham-ſur-Heure, depuis Thuin juſqu'à la riviere d'Heure, leur cavalerie pouvoit être au-delà des bois avant que M. de Luxembourg en eût été averti. Depuis Ham-ſur-Heure juſqu'à Marchiennes, les chemins étoient aſſez larges pour faire marcher quatre eſcadrons de front, & par celui de l'Angely on pouvoit faire marcher un eſcadron en bataille. Les troupes du Roi ne pouvoient ſuivre celles des Alliés dans leur retraite qu'en paſſant le ruiſſeau de Beaumont à Solre-Saint-Gery & à Railly, qui étoient des paſſages difficiles, & elles auroient été enſuite obligées de prendre leur route entre le ruiſſeau de Barbançon & Vergnies où les chemins étoient marécageux & fort coupés.

Les grands projets que le Prince d'Orange avoit formé contre les places du Roi paroiſſant être évanouis, M. de Luxembourg croyoit n'avoir d'autre parti à prendre que de repaſſer la Sambre en même tems que les ennemis ; comme il vouloit ſe mettre en état de paſſer cette riviere le même jour qu'il décamperoit de Lugny, il fit faire dix ponts ſur le ruiſſeau de Conſolre pour arriver promptement dans la plaine de Jeumont, & manda à M. de Ximenès, qui étoit à Maubeuge, de tenir des ponts de bateaux prêts afin qu'ils puſſent deſcendre la riviere & être faits quand l'armée y arriveroit. Il lui ordonna auſſi de mettre de petits détachemens, tant de payſans armés que de troupes réglées, depuis Maubeuge juſqu'à Thuin, pour être averti promptement des mouvemens que les ennemis pourroient faire de ce côté-là.

Le Général Fleming ayant paſſé la Sambre pour s'approcher de l'armée des Alliés, étoit venu camper à Marchiennes au pont ; M. de Luxembourg crut que c'étoit un moment favorable pour interrompre la navigation de Namur à Charleroi, & rendre par là plus difficiles les convois que les ennemis tiroient par eau de Namur. Pour cet effet il donna ordre à M. de Guiſcard d'aller détruire l'écluſe de Floreff ; M. de Guiſcard partit de Dinant

&

& marcha vers Philippeville, faifant courir le bruit qu'il alloit
occuper un pofte entre ces deux places ; il fit en même tems
marcher 600 hommes de l'autre côté de la Meufe jufqu'à Per-
Fondeville, où il fit defcendre des bateaux pour y repaffer la
riviere en cas qu'il fût coupé par le Prince d'Orange. Après
avoir fuivi quelque tems le chemin de Philippeville, il prit à
droite & alla détruire l'éclufe de Salfen qui étoit de bois,
ne pouvant détruire l'autre en affez peu de tems, parce qu'elle
étoit de pierre ; il fe pofta pendant fon expédition vis-à-vis le
Château de Namur, & il fe retira fans avoir été fuivi.

1691.
AOUST.

Pendant que le Prince d'Orange s'étoit avancé à Beaumont,
M. de Caftanaga avoit marché à Gavre ; il avoit fept bataillons
& treize efcadrons, & devoit tirer des garnifons voifines douze
cens hommes pour renforcer le corps qui étoit à fes ordres :
M. de Villars, qui commandoit aux lignes, s'étoit mis en état
de les défendre ; il avoit fait applanir les foffés & les haies à
trois cens pas en dedans du retranchement, pour manœuvrer
avec beaucoup de promptitude ; il avoit mis dans chaque redoute des payfans armés & avec eux quatre ou cinq foldats
choifis pour les raffurer, & avoit fait occuper le château de
Coyeghem & celui de Moucron, qui étoient en avant des lignes ; il avoit fait faire une redoute fur la crête de la hauteur
qui les dominoit, afin d'empêcher les ennemis d'y placer de
l'artillerie & dans la vûe de retarder leurs attaques ; fes troupes
étoient raffemblées derriere ces poftes, d'où il étoit à portée de
marcher en forces de quelque côté que les ennemis attaquaffent
les lignes.

M. de Luxembourg avoit toujours fept ou huit partis fur
les ennemis pour en avoir des nouvelles ; ils avoient fait miner
quelques tours de Beaumont ; le 22 ils y mirent le feu, & leur
armée s'avança pour favorifer la retraite des troupes qui étoient
dans cette place.

Le parti que les Alliés prenoient d'abandonner Beaumont
annonçoit qu'ils alloient faire quelques mouvemens ; dans la
crainte que ce ne fût pour paffer la Sambre, M. de Luxembourg fit marcher l'artillerie à la gauche de la feconde ligne, &
la réferve, qui étoit aux ordres de M. d'Auger, fut envoyée à
Jeumont avec les pontons.

Les ennemis fe mirent en marche le 23 pour aller à Saint-
Gerard où ils trouverent encore quelques fourrages ; ils y fu-

Hh

rent ainſi campés, leur droite étoit à Maiſon, leur gauche à Bioul & le centre à Saint-Gerard.

L'armée du Roi ſe mit en marche le même jour pour aller à Strées.

Marche de Lu-
gny à Strées.
PLANCHE XIX.

Elle ſe fit ſur cinq colonnes.

On ſonna le boute-ſelle & on battit la générale à ſept heures, à cheval & l'aſſemblée une demi-heure après.

La colonne de la droite fut pour l'aîle droite de cavalerie, la Maiſon du Roi en eut la tête. Cette colonne partant de ſon camp ſe ſépara en deux; celle de la droite alla paſſer à Solre-Saint-Gery, & l'autre au pont de Caſtellan; elles ſe rejoignirent au grand chemin qui va de Beaumont à Charleroi, & paſſerent auprès du Terme de Stofettes où fut le camp.

La ſeconde colonne fut pour la droite de l'infanterie; cette colonne partant de ſon camp alla paſſer à la Maladrerie de Beaumont & à la cenſe du Pater, d'où prenant ſa marche entre Tirimont & la cenſe du Certiau, & coulant le long du bois, elle laiſſa la cenſe d'Enſonpenne à gauche & le bois à ſa droite, pour paſſer à la trouée de Tapefeſſe qu'elle laiſſa à gauche, & d'où elle entra dans la plaine du camp.

La troiſiéme colonne fut pour la gauche de l'infanterie; cette colonne partant de ſon camp alla paſſer au pont du moulin de Rugny, de là à la cenſe du Certiau qu'elle laiſſa à droite; elle ſuivit le grand chemin qui mene aux cenſes d'Enſonpenne, d'où elle alla à Tapefeſſe & entra dans la plaine du camp.

La quatriéme colonne fut pour l'aîle gauche de cavalerie; cette colonne partant de ſon camp alla paſſer à Bouſſegnies, & de là à la Butte de Montigny; laiſſant enſuite le village de Montigny à gauche, elle alla à travers champs paſſer au Foſtiau, d'où elle entra dans la plaine du camp.

La cinquiéme & derniere colonne fut pour l'artillerie, laquelle en partant de ſon parc alla à Gerocourt, à Hutebiſe, au pont de Hantes, & aux Fontaines hautes; de là à la cenſe du Sart-Alard, & enſuite à Bierſay, d'où elle entra dans la plaine du camp.

L'armée reprit ſon premier ordre de bataille & campa ſur deux lignes, la droite près de Clermont, la gauche entre les villages de Bierſay & de Ragny, Strées où étoit le quartier général entre les deux lignes.

M. d'Auger s'avança à la Buſſiere en même tems que l'armée marcha à Strées; & y fit faire deux ponts de bateaux ſur la Sambre.

M. de Boufflers vint auſſi camper à Bouſſu où étoit ſa droite, ſa gauche étoit près de Clermont au-deſſus de Châtillon; il fut

détaché le lendemain pour aller à Philippeville , il reprit son
artillerie & cinq bataillons qu'il avoit avant de joindre l'armée ,
& le 26 il alla camper à Givet, afin de s'oppofer aux courfes que
les ennemis voudroient faire de ce côté-là.

Le Général Fleming , qui campoit depuis plufieurs jours à
Marchiennes , y étoit refté le 23 pendant toute la journée , &
n'en étoit parti que le 24 avant le jour pour aller à Montigny
fur Sambre ; M. de Luxembourg occupé de fçavoir de quel
côté le Prince d'Orange alloit, ne s'étoit pas imaginé que M. de
Fleming eût la témerité de refter avec fon corps de troupes en
deçà de la Sambre , & par cette raifon il négligea de le combattre avant qu'il eût repaffé cette riviere.

On fit occuper Beaumont dès que les ennemis en eurent re-
tiré leurs troupes ; cette place étoit fi peu endommagée qu'en
deux ou trois jours on pouvoit la remettre en auffi bon état
qu'auparavant , & M. de Luxembourg comptoit y établir des
troupes pendant l'hiver ainfi que dans le château de Barbançon.

Tous les deffeins du Prince d'Orange fe bornoient à fubfifter loin de Bruxelles , & à tenir l'armée du Roi éloignée de
cette place ; les Alliés croyoient que M. de Luxembourg re-
pafferoit le défilé de Froide - Chapelle & de Ranfe quand ils
marcherent à Saint-Gerard , & ils devoient faifir ce moment
pour paffer la Sambre & marcher fur la Dendre & fur l'Efcaut ;
mais M. de Luxembourg qui ne craignoit plus le fiége de Dinant , ne s'occupoit que de repaffer la Sambre en même tems
qu'eux , & d'arriver le premier aux environs de Nivelle , où il y
avoit des amas de grains confidérables. En paffant cette riviere
il comptoit laiffer M. d'Auger avec dix-huit efcadrons à la Buffiere , & M. de Pracontal avec quelques troupes à Philippeville ,
afin de garantir la frontiere de ce côté-là pendant que M. de
Boufflers obferveroit les Généraux Fleming & Cerclas au-delà
de la Meufe.

On prétendoit parmi les Alliés que le Prince d'Orange par-
tiroit le premier de Septembre pour retourner en Angleterre ,
& que le Landgrave de Heffe quitteroit auffi l'armée le même
jour avec fes troupes ; le Roi defiroit qu'après leur départ on
pût entreprendre quelque chofe pour l'honneur de fes armes.
Le Général Fleming étoit campé le 28 Août à Namur près de
la porte de Bruxelles , & M. de Luxembourg avoit envie, en

cas qu'il pasfât la Meufe & que le Landgrave de Heffe fe fépa-
rât de l'armée, de fe faire joindre promptement par M. de Boufflers & de combattre les Alliés ; mais le Roi n'y confentoit
qu'en cas qu'il pût faire agir fa cavalerie, & qu'il vît une grande
facilité à battre les ennemis, ce dont il doutoit beaucoup à
caufe de la nature du pays.

Le féjour des deux armées entre la Sambre & la Meufe ayant
rendu les fubfiftances pour la cavalerie très-rares & très-diffi-

ciles, le Prince d'Orange fe décida à paffer la Sambre le 4 Septembre & à marcher à Velaines. M. de Luxembourg paffa auffi
cette riviere le même jour & alla camper à Felluy.

L'artillerie partit dès la veille pour aller à la hauteur de la Buffiere de
l'autre côté de la Sambre.

La marche de l'armée fe fit fur fix colonnes.

On fonna le boute-felle, & on battit la générale une heure avant le
jour, à cheval & l'affemblée à la pointe du jour.

La colonne de la droite fut pour l'aîle droite de cavalerie en commençant par la Maifon du Roi ; elle fut fuivie du refte de la premiere
ligne de cette aîle, enfuite de la Brigade de Bezons & du refte de la
feconde ligne. Cette colonne laiffa Tully & le ruiffeau à gauche, pour
aller à travers champs droit aux trois arbres de Ham-fur-Heure, d'où
elle fuivit le grand chemin de Charleroi jufqu'à la fortie du bois de
Montigny ; de là repliant à gauche elle fuivit celui qui mene à l'Angely, où elle paffa la Sambre à gué ; elle alla enfuite au moulin de Fontaine-l'Evêque, & à Forchies, d'où elle prit fa marche à travers champs,
laiffant Trefignies à gauche pour paffer la riviere du Pieton au-deffous
de Gouy ; après l'avoir paffée elle alla à Sainte-Cornelie, d'où elle fuivit
un chemin qui menoit dans la plaine entre Felluy & Arquenne où
étoit fon camp.

La feconde colonne fut pour la premiere ligne d'infanterie en commençant par Champagne qui en avoit la gauche ; elle alla paffer au
pont de Tully, de là à Coufé, où elle prit un chemin qui defcend
au pont d'Alne ; elle y traverfa la Sambre & fuivit le chemin qui mene
à Lierne, d'où laiffant Fontaine-l'Evêque à droite, elle paffa au château
de la Marche ; laiffant enfuite le village du Pieton à gauche & Trefignies
à droite, elle alla au château de Wanderbecq où elle prit un chemin
qui mene à l'Eglife de Seneff ; elle traverfa le ruiffeau fur le pont du
village & entra dans la plaine du camp.

La troifiéme colonne fut pour la feconde ligne d'infanterie en commençant par le Maine qui en avoit la gauche, elle alla paffer à la cenfe
del Court & à Ragny, d'où elle defcendit à la Forge du Grand-Mar-
teau ; elle traverfa la Sambre fur le pont de Thuin, & de là prit le
chemin Royal qui va à Andrelues ; laiffant enfuite ce village à gauche,

elle

elle paſſa à la fontaine Saint-Medard , & continuant ſa marche à travers
champs , elle laiſſa la riviere d'Haiſne à ſa gauche & celle du Pieton 1 6 9 1.
à ſa droite , pour aller à la Chapelle d'Arlemont qu'elle laiſſa auſſi à SEPTEMBRE.
droite ; elle prit enſuite ſa marche par la Chapelle des Sept-Douleurs , &
deſcendit à travers la prairie pour paſſer le ruiſſeau de Seneff au pont
du Bodaine , d'où elle entra dans la plaine du camp.

La quatriéme colonne fut pour l'aîle gauche de cavalerie , le Meſtre
de Camp en eut la tête & fut ſuivi du reſte de la premiere ligne de
cette aîle ainſi qu'elle étoit campée , & de la ſeconde ligne dans le même
ordre que la premiere ; cette colonne paſſa au gué de l'Abbaye de
Lobbe , & de là prit le chemin du Mont Sainte-Genevieve qu'elle laiſſa
à gauche , pour ſuivre celui qui va à Aniſuelle ou Hannecoëlles qu'elle
laiſſa à droite ; de là elle alla à travers champs à Carnieres , & le laiſſa
à gauche pour aller à la cenſe de Beauregard qu'elle laiſſa à droite ; elle
prit enſuite ſa marche à travers champs pour paſſer au bois de Belle-
Croix , & laiſſant le Hêtre & le Fayt à gauche , elle ſe rendit dans la
plaine du camp.

La cinquiéme colonne fut pour tous les bagages du quartier général , de l'aîle gauche de cavalerie & de la premiere ligne d'infanterie ,
leſquels paſſerent la Sambre ſur le pont de la droite des deux qu'on
avoit fait au-deſſous de la Buſſiere ; de là ils allerent au Chêne al Bataille & à Merbe-Sainte-Marie , où ils prirent le chemin qui mene à
Binch ; laiſſant enſuite Binch & Bonne-Eſpérance à gauche , ils paſſerent auprès de la Hutte , & traverſerent le chemin de Binch à Reſſay
pour aller gagner celui de Binch à Merlanwelz , qu'ils ſuivirent juſqu'auprès de Chaufours : quand ils furent près de ce village , ils allerent
à travers champs paſſer aux Annieres , de là au Hêtre , d'où laiſſant le
Fayt à gauche , ils ſe rendirent dans la plaine du camp.

La ſixiéme & derniere colonne fut pour l'artillerie & les bagages
de la ſeconde ligne d'infanterie & de l'aîle droite de cavalerie , leſquels
défilerent dans l'ordre de la marche des troupes , & s'aſſemblerent derriere la Brigade de Maignac qui avoit la gauche de la ſeconde ligne ,
& où ils prirent la queue de l'artillerie. Cette colonne paſſa au pont de
la gauche des deux qu'on avoit fait au-deſſous de la Buſſiere , d'où laiſſant Merbe-Potterie à gauche , elle prit le chemin qui mene à Bonne-
Eſpérance pour arriver à Bruſle qu'elle laiſſa à droite ; elle alla enſuite
au Paſſe-Jonc , & paſſa auprès du Bon-Dieu de Cany , & de là au pont à
Belion ; après quoi elle côtoya Binch pour aller au Quart - Chemin ,
d'où elle ſuivit un chemin qui mene à Haiſne-Saint-Pierre ; elle continua enſuite ſa marche par la hauteur d'Ardemont , & prit le chemin
qui conduit au Fayt pour ſe rendre dans la plaine du camp.

L'artillerie & tous les gros bagages partirent la veille à cinq heures
du ſoir pour aller paſſer la Sambre & camper au-delà des ponts ; M. d'Auger y envoya juſqu'au lendemain l'eſcorte dont ils avoient beſoin.

On envoya 400 hommes de pied avec l'artillerie & les gros bagages , lesquels furent partagés par pelotons de distance en distance.

M. le Chevalier de Grandmont, qui avec son Régiment étoit chargé des deux colonnes de bagages, eut soin de mettre en marche l'artillerie & les gros bagages à la petite pointe du jour.

Tous les menus bagages de l'armée s'assemblerent derriere la Brigade de Maignac, à la gauche de la seconde ligne, ceux du quartier général en eurent la tête & furent suivis de ceux de l'aîle gauche de cavalerie, ensuite de ceux de l'infanterie & de l'aîle droite.

On défendit sur peine de la vie à aucun soldat de s'écarter de sa marche, & on donna ordre aux Brigadiers d'y tenir la main.

On mit dans la colonne des menus bagages 400 hommes de pied, & on fit marcher 50 chevaux à la tête & 100 à la queue, qui furent pris sur les vieilles gardes; les caissons partirent aussi la veille à trois heures, & on eut soin d'y envoyer tous les malades; on y mit l'escorte ordinaire, laquelle alla jusqu'à Jeumont où elle trouva celle qui étoit venue de Maubeuge.

On commanda 1000 hommes de pied, lesquels partirent à minuit pour se rendre au camp, & qui devoient servir d'escorte le lendemain pour le fourrage.

On commanda 100 Dragons, 100 Carabiniers & 200 chevaux, lesquels partirent la veille à l'entrée de la nuit, & passerent au gué de l'Angely pour aller s'embusquer au Roeux, d'où ils s'étendirent jusqu'à la Sambre, afin de couvrir la marche. Ils eurent ordre de ne revenir au camp qu'à l'entrée de la nuit, & celui qui commandoit ce détachement eut soin de faire prendre des fourrages pour sa cavalerie; il fut chargé en passant à l'Angely de faire élargir le gué & de le faire bien accommoder par les paysans. On lui ordonna pareillement d'envoyer en partant du camp à l'Abbaye d'Alne un détachement pour faire raccommoder le pont par les paysans, & ce détachement le rejoignit au lieu qu'il lui indiqua.

On commanda un Colonel avec 200 chevaux pour mener tous les éclopés de la cavalerie, lequel prenant la route des gros bagages, les conduisit à l'Abbaye de Bonne-Espérance, où il avoit ordre de les faire reposer & d'y coucher s'il croyoit ne pouvoir gagner le camp.

On détacha dès la veille plusieurs partis d'infanterie, sçavoir un dans le bois par lequel on passe pour aller de Merbe-Potterie à Bonne-Espérance, un autre dans celui qui est sur le chemin de la Bussiere à Beinch, & un au-dessous du Fayt dans la haie du Roeux; ces partis ne revinrent au camp qu'à l'entrée de la nuit.

La droite fit la gauche dans ce camp, les troupes camperent sur deux lignes, la gauche à Arquenne & la droite entre Famille à Roeux & Seneff, le quartier général à Felluy, qui étoit derriere la gauche.

M. de Luxembourg ne voulut pas s'arrêter sur le Pieton, à cause de la rareté des fourrages; le lendemain il fit délivrer à

1691.
SEPTEMBRE.

la cavalerie tout le grain qu'elle put emporter de Nivelle. Il ne connoiſſoit le camp de Felluy que ſur le compte qu'on lui en avoit rendu, & avant d'y être il le croyoit très-ſûr; mais il reconnut qu'il étoit dominé de pluſieurs endroits, & dans la crainte que les ennemis ne s'approchaſſent de ſon armée, il réſolut de décamper.

Le 6 il ſe mit en marche pour aller à Soignies; avant de ſortir de ſon camp, il détacha M. du Roſel avec 400 chevaux & 100 Dragons au-delà du ruiſſeau de Seneff, pour être averti & avoir le tems de ſe placer s'il étoit ſuivi. Il envoya encore la veille deux petits partis à Reves ſur le chemin que devoient tenir les Alliés pour l'inquiéter, & il prit la précaution de garder les Grenadiers & quelques pieces de canon à l'arrieregarde, afin d'aſſurer davantage ſa marche.

Elle ſe fit ſur ſix colonnes.

La colonne de la droite fut pour l'aîle droite de cavalerie, qui avoit la gauche dans ce camp, la Maiſon du Roi qui en eut la tête prit en partant de ſon camp un chemin qu'on avoit fait au-deſſous de la carriere de Felluy, d'où elle alla à la cenſe du Clairbois & au moulin de Cromeleu; elle paſſa enſuite à la Chapelle de Notre-Dame de Grace, & traverſa le bois de la Houſſiere pour ſuivre un chemin qui mene à Braine-le-Comte qu'elle laiſſa à gauche; de là elle paſſa ſur des ponts qu'on avoit fait au-deſſous de Braine, & prit le chemin qui mene à Horrues, d'où elle entra dans la plaine du camp.

La ſeconde colonne fut pour les équipages du quartier général & ceux de l'aîle droite de cavalerie; elle paſſa au travers du village de Felluy, & par un chemin qu'on lui avoit fait elle alla à la cenſe de l'Ecaille où elle ſuivit le chemin de la carriere à grès pour aller à Braine-le-Comte, elle prit enſuite celui de Braine à Soignies, & paſſa ſur le pont du fauxbourg pour entrer dans la plaine du camp.

La troiſiéme colonne fut pour l'infanterie de la droite qui avoit la gauche dans ce camp, laquelle paſſa à la maiſon de M. Gaudry; de là elle entra dans le chemin qui va de Felluy à Marche, qu'elle ſuivit juſqu'au-delà du bois de l'Ecaille, où elle fit un paſſage pour aller gagner le pont de la Folie; elle prit enſuite à travers champs pour aller à la cenſe Joquarde & à la cenſe Joquet, après quoi laiſſant le moulin à vent de Braine-le-Comte à droite, elle traverſa le chemin de Braine à Saint-Hubert, qu'elle laiſſa à gauche pour paſſer à la cenſe des Quatre-Vents; elle marcha enſuite à travers champs & traverſa le ruiſſeau de Soignies ſur un pont qu'on lui avoit fait & qui étoit le plus près du fauxbourg, d'où elle entra dans la plaine du camp.

La quatriéme colonne fut pour l'aîle gauche d'infanterie, laquelle en partant de ſon camp laiſſa la maiſon de M. Gaudry à droite, & alla

Marche de Felluy à Soignies.
PLANCHE XXI.

à travers champs gagner le chemin de Felluy à Marche, d'où laiſſant la Rochette & la Quelleraye à gauche, & la colonne d'infanterie à ſa droite, elle paſſa au château des Eſcauſſines où elle prit un chemin qui mene de Belle-tête à Braine-le-Comte. Elle ſuivit ce chemin juſqu'à ce qu'elle eut trouvé celui de Braine à Saint-Hubert; & lorſqu'elle fut à Saint-Hubert, elle alla à travers champs paſſer le ruiſſeau de Soignies ſur un pont qu'on lui avoit fait pour entrer dans la plaine du camp.

La cinquiéme colonne fut pour l'artillerie, les équipages de l'aîle gauche de cavalerie & ceux de l'infanterie; cette colonne alla paſſer à Famille à Roeux, & ſuivit le grand chemin qui mene à Belle-tête, de là elle alla au moulin à vent de Naaſt, d'où elle prit un chemin qui conduit au fauxbourg de Soignies, & le ſuivit juſqu'au premier pont qu'elle traverſa pour entrer dans la plaine du camp.

La ſixiéme & derniere colonne fut pour l'aîle gauche de cavalerie, laquelle en partant de ſon camp laiſſa Famille à Roeux & la cenſe du Courrier à droite, pour aller à Boulan & enſuite à Megneau, de là elle ſuivit le chemin de Naaſt & ſe rendit dans la plaine du camp.

L'armée campa ſur deux lignes, la droite appuyée au ruiſſeau qui tombe de Cauchie-Notre-Dame à Horrues, & la gauche au bois de Naaſt qui joint la haie du Roeux; le quartier général à Soignies, qui étoit couvert du côté de Braine-le-Comte par trois Régimens de Dragons.

Les ennemis avoient marché le 5 pour aller de Velaines à Meling & Thimeon, & paroiſſoient vouloir ſe rapprocher de Bruxelles; M. de Luxembourg étant à Soignies les décidoit à y marcher plus promptement, & étoit en état d'arriver avant eux ſur la Dendre; mais ce mouvement ne ſuffiſoit pas pour aſſurer le Comté de Chiny & la frontiere du Luxembourg contre les courſes & les entrepriſes des Alliés, parce que les Généraux Cerclas & Fleming, qui étoient auprès de Namur, pouvoient y paſſer la Meuſe, & après avoir été joints par les Heſſois, attaquer le corps que commandoit M. de Boufflers entre Givet & Dinant.

Afin de garantir cette frontiere & de mettre M. de Boufflers en état de tenir la campagne, le Roi ordonna à M. d'Harcourt de le joindre avec environ deux mille chevaux qu'il avoit dans le Luxembourg, & par cette jonction les troupes des ennemis euſſent été fort inférieures en cavalerie.

Le 7, les ennemis s'étoient avancés à Braine - Laleu, où ils avoient leur droite, leur gauche étoit à Bois-Seigneur-Iſaac, d'où ils comptoient aller à Halle, & enſuite à Ninove.

M.

M. de Luxembourg, qui avoit deffein de les prévenir, fit marcher fon armée le 8 pour aller à Gammarache.

1691.
SEPTEMBRE.

La marche fe fit fur fix colonnes. On fonna le boute-felle & on battit la générale à la pointe du jour.

Marche de Soignies à Gammarache.
PLANCHE XXII.

La colonne de la droite fut pour l'aîle gauche de cavalerie en commençant par Maignac ; elle prit le grand chemin de Naaft à Braine-le-Comte, & le laiffant à droite, elle alla au pont de Stordoy & fuivit le chemin du petit Enghien, d'où elle alla à la Juftice d'Herinnes ; elle traverfa ce village, laiffa le ruiffeau de Marcq à gauche, le côtoya, & laiffant le village de Tolbeeck à gauche, elle entra dans la plaine du camp.

La feconde colonne fut pour l'aîle gauche d'infanterie en commençant par le Maine ; elle fortit par le derriere de fon camp, & des deux paffages que l'on avoit fait près de Chaufours, elle prit celui de la droite ; elle alla à travers champs gagner le chemin de Soignies à Braine-le-Comte, traverfa le bois, & à la fortie fe jetta à gauche pour aller paffer le ruiffeau de Braine au petit Roeux, de là laiffant Steenkerke à gauche & le pont de Stordoy à droite, elle paffa fur un pont qu'on avoit fait dans les prairies ; elle alla enfuite à travers champs & en coupant quelques haies entre Warelle & le petit Enghien, laiffant toujours la cavalerie fur fa droite & Enghien à fa gauche ; de là elle vint paffer près d'Herinnes pour aller à Tolbeeck, d'où elle entra dans la plaine du camp.

La troifiéme colonne fut pour les équipages du quartier général & de l'aîle gauche de cavalerie en commençant par le Maine, lefquels fuivirent le chemin de Soignies à Steenkerke ; cette colonne paffa au pont de la gauche, que l'on avoit fait fur le ruiffeau de Soignies près de Chaufours, pour aller au pont de Steenkerke ; laiffant enfuite le village à droite, elle alla au château de Warelle, laiffant le chemin d'Hoves à gauche ; de là elle marcha à la tête du parc d'Enghien, traverfa la ville, laiffa Marcq à gauche, paffa à un moulin qui étoit au-deffous, fuivit le chemin de Tolbeeck, & laiffa le village à droite pour aller paffer le ruiffeau entre Tolbeeck & Gammarache, d'où elle entra dans la plaine du camp.

La quatriéme colonne fut pour l'aîle droite d'infanterie en commençant par Poitou : elle paffa à un pont qu'on avoit fait derriere la feconde ligne à la gauche du chemin de Soignies à Steenkerke, pour fuivre le fentier de Soignies à Enghien, & étant arrivée à Blanc-Foffé, elle alla à travers champs, laiffant toujours le chemin d'Hoves à gauche, paffer le ruiffeau entre Hoves & le parc d'Enghien pour aller à Marcq ; de là elle s'avança aux haies de ce village qu'elle laiffa à gauche, & prit fa marche à travers champs pour aller faire un pont auprès de Gammarache qu'elle laiffa auffi à gauche ; quand elle eut traverfé le ruiffeau elle entra dans la plaine du camp.

K k

La cinquiéme colonne fut pour l'artillerie & les bagages de l'aîle droite de cavalerie en commençant par la Maison du Roi, & ceux de la droite d'infanterie en commençant par Poitou ; cette colonne passa à la cense de Longpont, laissa Cauchie-Notre-Dame à gauche, prit la chaussée qui mene à Enghien, passant par le moulin de Belle-Croix pour aller à Hoves, de là elle prit le chemin de Marcq, & traversa ce village pour aller à Gammarache, où elle passa le ruisseau pour entrer dans la plaine du camp.

La sixiéme & derniere colonne fut pour l'aîle droite de cavalerie en commençant par la Maison du Roi, qui étant à cheval s'avança au-delà du parc de l'artillerie, passa le ruisseau qui vient de Neuville sur un pont qu'on avoit fait au-dessus de la cense de Longpont pour aller à Cauchie-Notre-Dame, de là elle traversa le bois d'Enghien & alla à la Belle-Eau ; elle laissa Marcq & le ruisseau qui y passe à droite pour aller à Saint-Pierre, & le laissant à droite, elle prit le chemin de Viane, d'où elle passa le ruisseau ; laissant ensuite Grimminghem à gauche, elle alla à Santberghe où fut son camp.

La cavalerie qui faisoit la colonne de la droite, fit halte dans sa marche, afin de donner le tems aux bagages qu'elle couvroit de défiler, & M. de Joyeuse qui la commandoit, fit rester 500 chevaux entre le petit Enghien & Quenaaste, jusqu'à ce que tous les bagages fussent en sureté.

Pendant que les troupes du Roi étoient en marche, les Alliés passerent la Senne à Tubise & à Lembeeck ; ils camperent ayant cette riviere derriere eux, la droite à Halle & la gauche aux censes de Vieille & Neuve-Court ; ils avancerent aussi quelques troupes à Haute-Croix. Leur marche décida M. de Luxembourg à faire avancer son armée au-delà du ruisseau de Gammarache ; il porta son aîle droite jusqu'à Santberghe, & fit camper le reste de ses troupes sur trois lignes, dont la droite fut appuyée à Gammarache. Il fit faire pendant la nuit huit ponts sur la Dendre entre Gammarache & Ninove, sur lesquels l'armée passa le 9 au matin.

La marche se fit sur neuf colonnes.

Les troupes qui étoient campées à Gammarache se mirent en marche deux heures avant le jour pour venir se mettre en bataille, la droite au-dessus du moulin de Grimminghem & la gauche à celui de Pollaere, la droite faisant la gauche dans l'ordre de bataille.

L'artillerie, à la réserve de vingt pieces de canon qu'on destina pour l'arriere-garde, fit la colonne de la gauche, elle se mit en marche à minuit pour aller passer la Dendre à Grandmont ; de Viane elle prit le chemin de Moerbeecke, & le laissant à gauche elle alla passer à Actembecke ; laissant ensuite Onckerzele à droite, elle traversa Grandmont & sortit par la porte de Gand ; laissant Schendelbecke à droite,

elle alla au moulin à vent d'Ighem, & quand elle fut auprès du mou- ════
lin elle fit halte ; les Bombardiers marcherent à la tête de cette colonne, 1691.
& on y mit de plus 100 Dragons, 200 chevaux & 400 hommes de SEPTEMBRE.
pied.

La seconde colonne fut pour les gros bagages qui étoient au quartier de Gammarache, lesquels se mirent en marche à minuit aussi-bien
que l'artillerie ; cette colonne alla passer auprès du bois de Rachepaille, & le laissa à droite pour aller à Onckerzele ; laissant ensuite le
grand chemin de Grandmont sur la gauche, elle alla descendre au pont
de Schendelbecke, où elle prit le chemin d'Ighem qui traversoit le
camp ; on mit cent chevaux & quatre cens hommes de pied à la tête
de cette colonne.

Les menus bagages des troupes qui étoient à Gammarache formerent deux colonnes & passerent par des ouvertures qu'on leur avoit fait,
laissant le bois de Rachepaille à gauche & le moulin de Grimminghem à droite, pour tomber au pont de l'Abbaye de Beaupré, & à
celui que l'on avoit fait près de Grimminghem ; après avoir passé la
Dendre, ils allerent faire halte dans la plaine auprès d'Ighem ; on mit
quatre cens hommes & cent chevaux à la tête de cette colonne.

Les bagages des troupes qui étoient campées à Santberghe, passerent au pont de ce village, & après avoir traversé la Dendre, ils firent
halte auprès d'Appelteyren.

Lorsque tous les bagages eurent passé la Dendre, pour lors la seconde ligne fit demi-tour à droite & passa sur les ponts qui étoient
derriere elle ; la cavalerie qui étoit à la droite passa à celui de Beaupré
& à celui que l'on avoit fait entre Grimminghem & Beaupré.

L'infanterie passa à celui que l'on avoit fait à Grimminghem & aux
deux qui en étoient les plus près en tirant vers Santberghe.

La cavalerie de la gauche passa au pont fait le plus près de Santberghe, à celui du village & à celui de Ninove.

Lorsque toute la seconde ligne fut au-delà des ponts, la premiere
ligne faisant demi-tour à droite passa la Dendre dans le même ordre
que la seconde.

On envoya dès la veille à l'entrée de la nuit quatre cens chevaux du
côté de Haute-Croix, pour être informé des mouvemens des ennemis ;
on détacha aussi des partis de cavalerie du côté du petit Enghien &
de Quenaaste ; on en envoya d'infanterie dans les bois du petit Enghien.

L'armée campa sur deux lignes, la droite à Ninove & la gauche à
Grandmont, Appelteyren où étoit le quartier général entre les deux
lignes.

On fit occuper Grandmont par trois bataillons & on en mit
autant à Ninove ; M. de Villars avec deux bataillons & la moitié de sa cavalerie campoit à Renay, où il assuroit la communi-

cation de l'armée avec les lignes. La marche de l'armée du Roi à Ninove ayant obligé les ennemis d'abandonner le projet qu'ils avoient d'y camper, ils prirent le parti de s'avancer à Enghien & enfuite à Guillenghien; auffi-tôt qu'ils y eurent marché, on détacha M. d'Imecourt avec 300 chevaux & 100 Dragons pour faire de nouveau contribuer le Brabant ; & comme les Alliés pouvoient envoyer des troupes pour établir des contributions dans le pays qui étoit couvert par les lignes de la Trouille & par l'Haifne , M. de Bezons fut détaché avec fix efcadrons pour aller à Mons afin d'y veiller. Il partit le 12 & y raffembla douze efcadrons, tant de la cavalerie qui étoit aux environs que de celle qu'il y avoit conduit.

M. de Luxembourg ayant été informé que les Alliés avoient deffein de paffer la Dendre fous Ath , fit faire beaucoup de ponts fur le ruiffeau d'Acren, & tint tout en état pour la marche de fes colonnes , afin d'occuper le camp de Leffines. Il y marcha le 13.

Marche d'Appeltreyren à Leffines.
Pʟ. XXIV.

La marche fe fit fur cinq colonnes.

On fonna le boute-felle & on battit la générale à la pointe du jour, à cheval & l'affemblée une demi-heure après.

Comme l'on avoit fait préparer tous les chemins , la cavalerie marcha par efcadrons de front & l'infanterie par marches entieres.

L'aîle gauche de cavalerie fit la colonne de la droite; dès qu'on fonna à cheval, cette aîle s'avança cinq cens pas devant elle pour laiffer le chemin libre aux troupes qui devoient marcher fur la gauche; cette colonne laiffa Saint-Jean-Emelverdighem à droite , & Gemeldorp & Deftinghe à gauche, pour aller par des ouvertures que l'on avoit faites, paffer entre Everbeeck & le moulin de Paricke; de là elle continua fa marche pour aller traverfer le ruiffeau d'Acren fur les ponts qu'on avoit fait entre Ogy & Wodeq, d'où elle entra dans la plaine du camp & en eut la droite.

La feconde colonne fut pour l'aîle droite d'infanterie, laquelle partant de fon camp paffa au moulin d'Ighem, de là à Deftinghe, & par des ouvertures que l'on avoit faites elle alla entre Sarlardinge & Everbeeck, d'où laiffant Gouy beaucoup fur fa gauche, elle vint traverfer le ruiffeau d'Acren au pont d'Ogy & à celui qui étoit au-deffous pour entrer dans la plaine du camp.

La troifiéme colonne fut pour l'aîle gauche d'infanterie, laquelle partant de fon camp fuivit la tête du camp de la premiere ligne, & vint paffer auprès des trois Etangs de Saint-Adrien, d'où laiffant Everbeeck à fa droite & les blancs bois de Boelaer à fa gauche, elle paffa par des ouvertures que l'on avoit faites pour aller à Sarlardinge ; laiffant enfuite

la

la Chapelle de l'Ecce-Homo à sa gauche, elle traversa le ruisseau sur les ponts qui étoient entre Gouy & Ogy pour entrer dans la plaine du camp.

La quatriéme colonne fut pour l'aîle droite de cavalerie, laquelle laissant Skendelbeecke & Grandmont à gauche, alla à travers champs à Boelaer, qu'elle laissa aussi à gauche, ainsi que le grand chemin de Grandmont à Lessines ; elle alla ensuite par des ouvertures qu'on lui avoit faites, passer à Gouy & aux ponts qui étoient au-dessous & les plus près de ce village, d'où elle entra dans la plaine du camp.

La cinquiéme colonne fut pour l'artillerie suivie des gros équipages de l'aîle gauche de cavalerie & de ceux de la droite d'infanterie. Cette derniere colonne passa à Skendelbeecke, de là à Grandmont, d'où elle suivit le grand chemin qui va à Lessines & passa au pont d'Acren pour entrer dans le camp.

Les gros équipages de l'aîle gauche d'infanterie & de l'aîle droite de cavalerie suivirent la quatriéme colonne.

Tous les menus bagages suivirent les deux colonnes d'infanterie. Outre les vieilles gardes qui devoient faire l'arriere-garde des colonnes des bagages & de l'infanterie, on commanda encore cinq cens chevaux & cent Dragons pour faire l'arriere-garde de l'armée.

On mit plusieurs partis d'infanterie dans les bois qui étoient sur la droite de la marche. On commanda aussi trois partis de cavalerie de 50 Maîtres chacun pour se tenir sur la droite de l'armée & veiller sur ce qui pourroit venir du côté d'Oudenarde.

L'armée campa sur deux lignes, la droite vers la Hamaïde, la gauche à Lessines entre le ruisseau d'Acren & celui qui passe au moulin de Drimpont.

Les ennemis qui passerent ce même jour la Dendre entre Ath & Lexen, appuyerent leur droite à la cense de Dendre, & leur gauche à Ligne, ayant un petit ruisseau à la tête de leur droite, celui de Ligne à leur gauche, & Ath derriere eux.

Comme le Prince d'Orange avoit paru desirer une action, & qu'il s'étoit vanté de faire quelqu'entreprise d'éclat pendant cette campagne, on crut que les deux armées ne s'éloigneroient pas sans combattre. Dans cette idée M. de Luxembourg renvoya la nuit du 13 au 14 ses gros équipages au-delà de l'Escaut ; mais le Prince d'Orange n'avoit d'autre vûe que celle d'obliger l'armée du Roi de s'éloigner de la Dendre & de repasser l'Escaut.

M. de Luxembourg étoit persuadé que s'il quittoit Lessines pendant que les Alliés étoient près d'Ath, la campagne finiroit sans événement, parce que les armées ne pourroient plus s'approcher l'une de l'autre ; il résolut de rester dans la position où il étoit jusqu'à ce qu'ils prissent leur parti, & envoya ordre en même tems de former l'inondation de Tournai, afin d'empêcher les partis ennemis de pénétrer au-delà de l'Escaut.

Le Prince d'Orange voulant décider l'armée du Roi à quitter Lessines, fit marcher la sienne la nuit du 16 au 17 pour aller à Leuse où elle eut sa gauche ; sa droite fut appuyée au ruisseau & au pont de la Catoire. Il partit le lendemain pour retourner en Angleterre, regardant la campagne comme finie, & laissant la conduite de son armée à M. de Valdeck.

M. de Luxembourg voyant le parti que les ennemis avoient pris de marcher à Leuse, se proposa d'entreprendre sur eux ; il avoit eu la précaution, dès le lendemain qu'il étoit arrivé à Lessines, de faire ouvrir des routes pour faciliter sa marche ; le 17 sur les huit heures du matin, il fit décamper son armée pour aller à Renay.

Marche de Les-
sines à Renay.
Pl. XXV.

La marche se fit sur cinq colonnes.

L'aîle droite de cavalerie, qui faisoit la gauche dans ce camp, eut la colonne de la droite ; elle passa le ruisseau d'Acren à Ogy & aux ponts qui en étoient le plus près, pour aller au moulin du Sablon ; de là elle suivit le grand chemin de Renay, & quand elle fut près de ce village, elle le laissa à droite pour se rendre à la droite du camp où fut son poste.

La seconde colonne fut pour l'artillerie, les bagages de l'aîle gauche de cavalerie qui étoit campée près de la Hamaïde & de la droite d'infanterie qui la joignoit : cette colonne, qui en avoit une d'infanterie à sa gauche, laissa Wodeq à droite, traversa le village d'Ellezelles & suivit un chemin qui mene à la Chapelle de la Trinité ; elle passa au pied de cette Chapelle pour descendre à Renay, & se trouva dans le camp.

La troisième colonne fut pour l'aîle gauche d'infanterie, laquelle défila par sa droite & côtoya toujours l'artillerie ; elle laissa la hauteur de Treastat à sa gauche, & continua sa marche par des ouvertures qu'elle trouva faites pour aller à la Chapelle de la Trinité ; laissant ensuite la colonne de l'artillerie & cette Chapelle à sa droite, elle descendit à Renay où fut le camp.

La quatriéme colonne fut pour l'aîle gauche de cavalerie qui avoit la droite dans le camp ; cette colonne laissa le village de la Hamaïde à sa gauche & passa au moulin, d'où elle alla droit à Treastat ; elle continua sa marche par des ouvertures qu'elle trouva faites, & laissant Hubermont à gauche & une colonne d'infanterie à droite, elle descendit dans la plaine du camp.

La cinquiéme & derniere colonne fut pour l'aîle droite d'infanterie ;

cette colonne paſſa dans la Hamaïde, laiſſa le moulin à droite, alla à
Ronſart, à Hubermont & à la Chapelle de Croix-à-Pile, d'où elle ſe
rendit au camp.

Les gros bagages des troupes qui faiſoient la gauche dans ce camp,
tant cavalerie qu'infanterie, paſſerent aux ponts d'Ogy & de Wodeq,
& prirent la queue de la cavalerie qui paſſa au moulin du Sablon.

Les menus bagages des troupes qui étoient campées à la droite, prirent la queue de la quatriéme colonne, & ceux des troupes de la gauche prirent celle de la troiſiéme.

Outre les vieilles gardes on commanda cinq cens chevaux, deux
cens Dragons & ſix cens hommes de pied pour faire l'arriere garde de
l'armée.

On envoya des pelotons d'infanterie ſur la droite & ſur la gauche
de la marche, leſquels ne rentrerent au camp que lorſque les bagages
y furent arrivés.

L'armée campa ſur deux lignes, la droite à Waudripont & la gauche
à Beauveaux ; Renay où étoit le quartier général, derriere le centre.

Le 18 l'armée marcha à Herines.

La marche ſe fit ſur cinq colonnes.   Marche de Re-
On ſonna le boute-ſelle & on battit la générale à la pointe du jour, nay à Herines.
à cheval & l'aſſemblée une demi-heure après.   PL. XXVI.

L'aîle gauche de cavalerie fit la colonne de la droite, laquelle laiſſant Renay à gauche, alla prendre le chemin de la rue de Berne, d'où
laiſſant Quaermont & Berchem à droite, elle vint paſſer au pont à
Ronne, & de là au pont à Laye où fut la gauche du camp.

La ſeconde colonne fut pour tous les gros bagages du quartier général, ceux de l'aîle gauche de cavalerie & de toute l'infanterie, leſquels traverſerent le ruiſſeau de Renay par les paſſages qui étoient à la
queue de leur camp ; cette colonne ayant paſſé le ruiſſeau alla à Ruſche-
nies qu'elle laiſſa à gauche, enſuite à Amougies où elle traverſa la Ronne, de là elle continua ſa marche par un chemin qui étoit dans les
prairies & vint dans la plaine d'Eſcanaffe ; laiſſant enſuite le grand chemin d'Anſeroel à Eſcanaffe à ſa gauche, elle vint paſſer la Laye à un
pont que l'on avoit fait deux cens pas au-deſſus du pont à Laye, d'où
elle entra dans le camp.

La troiſiéme colonne fut pour toute l'infanterie, laquelle laiſſant le
chemin de Renay à Waudripont à gauche, vint paſſer au pont de la
cenſe de la Court pour aller à l'Egliſe d'Anſureuil ou Anſeroel, de là elle
ſuivit le chemin qui va de ce village au moulin d'Eſcanaffe ; après quoi
pliant tout court à gauche, elle vint au pont que l'on avoit fait ſur la
Laye, à deux cens pas au-deſſus de celui où paſſoit la colonne qui étoit
à ſa droite, & de là elle entra dans le camp.

La quatriéme colonne fut pour l'artillerie & les bagages de l'aîle
droite de cavalerie ; elle alla paſſer à Waudripont, à Anſureuil, le laiſ-

sant à droite, à la cense aux Vieilles-Mottes, à Celle où elle traversa la Laye & suivit le chemin qui va à Pottes pour se rendre dans la plaine du camp.

La cinquième & dernière colonne fut pour l'aîle droite de cavalerie, laquelle vint passer au pont à Frahaut, entre Dergniau & Aineres, pour aller à Arques & à Ogimont, de là elle continua sa marche par Velaines & se rendit à l'Abbaye du Saussoy près de Tournai où fut son camp. M. de Villars s'y avança en même tems avec six escadrons.

On envoya trois partis d'infanterie dans les bois qui étoient sur la droite de la marche pour veiller sur ce qui viendroit d'Oudenarde, & on mit 150 hommes le long des bois qui étoient entre la colonne de la droite & celle des bagages.

L'aîle gauche de cavalerie qui passoit auprès de Quaermont, détacha 400 chevaux pour couvrir la marche des bagages du côté d'Oudenarde, & ils ne rentrerent dans le camp que lorsque tous les équipages eurent passé la Ronne; l'armée campa sur deux lignes, la droite près d'Herines, & la gauche au pont à Laye.

Aussi-tôt que l'aîle droite & les troupes de M. de Villars furent arrivées à l'Abbaye du Saussoy, M. de Luxembourg détacha M. de Marsilly, Enseigne des Gardes du Corps, avec 400 chevaux, dont une partie étoit de la Maison du Roi, & l'autre de cavalerie légere, afin de sçavoir des nouvelles des ennemis; & comme il apprit dans la nuit qu'ils devoient décamper le lendemain matin, il se mit aussi-tôt en marche avec ces mêmes troupes qui étoient au nombre de 70 escadrons, croyant bien qu'il pourroit joindre leur arriere-garde; il prit le chemin de Tournai à Mons qu'il suivit jusques à Braffe, & pour lors le laissant à droite, il alla passer auprès de Ville-au-Puis, qu'il laissa à gauche & Tourpe à droite, pour entrer dans la plaine que les ennemis occupoient entre le ruisseau de Leuse & celui de la Catoire. M. de Villars, qui avoit été détaché à l'entrée de la nuit pour joindre M. de Marsilly, manda à M. de Luxembourg qu'il voyoit plusieurs troupes des ennemis en bataille près de lui, & que leur armée achevoit de passer le ruisseau de Blicquy. M. de Luxembourg lui envoya dire de ne rien engager qu'il ne fût arrivé : aussi-tôt qu'il l'eut joint, il vit une ligne de quatorze à quinze escadrons qui formoient leur arriere-garde; ces troupes étant de beaucoup supérieures au corps de M. de Villars, il fit avancer en toute diligence la Maison du Roi, qu'il mit en bataille sur une seule ligne, ayant sa droite à Tourpe & sa gauche près de Leuse : sur sa droite il plaça les Régimens

gimens de Dragons du Roi & de Teſſé, auſquels il fit mettre pied à terre pour prendre poſte dans des haies qu'ils avoient devant eux; il mit à la gauche de la Maiſon du Roi trois eſcadrons de Merinville, afin de remplir tout le terrein dans lequel il alloit combattre : le détachement de M. de Marſilly étoit un peu en avant du centre de la ligne, pour commencer le combat.

La cavalerie ennemie étoit ainſi poſtée ; elle avoit ſa droite au-deſſous de Capelle à Watine, & ſa gauche à la Chapelle d'Auvé. Les ennemis qui avoient pris d'abord les troupes de M. de Villars & de M. de Marſilly pour celles que commandoit M. de Bezons ſous Mons, furent bien étonnés lorſqu'en les examinant de plus près & les voyant groſſir, ils reconnurent que c'étoit la Maiſon du Roi ; ils firent auſſi-tôt repaſſer toute la cavalerie de leur aîle gauche, premiere & ſeconde ligne, en deçà des défilés de Blicquy & de la Catoire. A meſure qu'ils arriverent, ils ſe mirent en bataille & formerent cinq lignes derriere cette arriere-garde ; ils firent auſſi avancer dans des haies qui étoient ſur leur gauche cinq bataillons, leſquels ſe trouverent oppoſés aux deux Régimens de Dragons du Roi & de Teſſé qui fermoient la droite de la Maiſon du Roi.

M. de Luxembourg voyant que plus il différeroit d'attaquer, plus il auroit de troupes à combattre, fit ébranler les Gardes du Roi pour charger les ennemis, ſans attendre que ſa ſeconde ligne fût formée ; ceux-ci les attendirent fierement à cauſe d'une petite ravine qu'ils avoient devant eux ; ils firent leur décharge ſur la Maiſon du Roi dans le moment qu'elle ſe préſentoit pour la paſſer ; mais elle franchit promptement cet obſtacle, & marchant à eux l'épée à la main, elle rompit leur premiere ligne & pouſſa ſucceſſivement devant elle tout ce qui oſa lui réſiſter. Ce fut dans cette mêlée que l'on connut tout ce que valoit la Maiſon du Roi : pluſieurs de ſes eſcadrons furent obligés de ſe partager en trois pour en charger trois des ennemis qui les attaquoient de front, & qui ſe jettoient dans les intervalles pour les prendre en flanc. Cette premiere ligne victorieuſe gagna de cette maniere juſqu'à la cinquiéme ligne des ennemis qu'elle renverſa ; mais comme toutes ces charges avoient mis preſqu'autant de déſordre dans les troupes du Roi que dans celles des ennemis, M. de Luxembourg voulut qu'avant de pouſſer plus loin, les ſiennes ſe remiſſent en

Combat de Leuſe.
PL. XXVII. & XXVIII.

M m

ordre. La Gendarmerie & la Brigade de Quadt étant arrivées pendant qu'on étoit aux mains, on les fit avancer par les
intervalles de la Maiſon du Roi pour achever la défaite des ennemis : ceux-ci avoient encore une ſixiéme ligne en bataille, à
laquelle s'étoient joints beaucoup de fuyards ; mais aux appro-
ches de la Gendarmerie ils ſe retirerent fort précipitamment du
côté des défilés de la Catoire & d'Andricourt, protégés par le
feu de cinq bataillons qu'ils avoient poſtés dans les haies qui
étoient à leur gauche.

M. de Luxembourg modera l'ardeur de ſes troupes pour ne
pas tomber ſous le feu de leur infanterie qu'on voyoit revenir
ſur ſes pas, & qui commençoit déja à border le ruiſſeau de
Blicquy ; il reſta plus d'une heure ſur le champ de bataille pour
y faire enlever les morts & les bleſſés ; & voyant les ennemis
entierement battus & repouſſés au-delà des défilés, il prit le parti
de ramener ſes troupes à Tournai ; il fit marcher d'abord la
Gendarmerie, qui faiſant demi-tour à droite repaſſa dans les
intervalles de la Maiſon du Roi ; quand elle fut à trois cens pas
au-delà, elle fit front aux ennemis, & la Maiſon du Roi fit le
même mouvement ; les deux lignes ayant marché de cette maniere pendant une demi-lieue, toutes les troupes ſe mirent en
colonnes & retournerent à la Saulſoye. On perdit dans cette
action M. d'Auger, Lieutenant Général très-eſtimé ; il fut tué
en menant à la charge la gauche de la Maiſon du Roi ; M. de
Neuchelle, qui commandoit les Gardes du Roi, fut tué en
paſſant le ravin que les ennemis avoient devant eux.

La perte des troupes du Roi fut d'environ quatre cens hommes tués ou bleſſés. Celle des ennemis fut d'environ quatorze
cens hommes qu'ils laiſſerent ſur la place ; ils en eurent près de
quinze cens bleſſés, & on fit ſur eux quatre cens priſonniers,
dont étoit M. le Comte de Lippe, M. le Baron de Skelin,
deux Colonels, deux Brigadiers & grand nombre d'Officiers ;
on leur prit trente-ſix étendards & deux paires de timbales.

Le lendemain de cette action il s'en paſſa une beaucoup
moins conſidérable dans le pays de Luxembourg, & dont
l'avantage fut auſſi pour les troupes du Roi.

Les Généraux Fleming & Cerclas ayant été renforcés par le
Landgrave de Heſſe, vouloient s'emparer de la Roche ſur la
riviere d'Ourte, & pénétrer dans le pays qui étoit ſous la domination du Roi, afin d'y lever des contributions. Après avoir

paſſé la Meuſe à Namur, ils s'avancerent à Marche en Famine, & en partirent le 20 pour paſſer la riviere d'Ourte & aller à Hotton. M. de Boufflers, qui étoit campé à Rochefort & qui les obſervoit de près, détacha M. de Saint-Fremont avec ſix cens chevaux pour les inquiéter au paſſage de cette riviere, & s'avança peu de tems après avec vingt eſcadrons pour le ſoute-nir. M. de Saint-Fremont ſaiſit pluſieurs occaſions de les char-ger dans leur marche qui ſe faiſoit ſur deux colonnes, & ren-verſa à différentes repriſes quelques eſcadrons qui lui furent oppoſés. M. de Boufflers arriva lorſque les ennemis revenoient ſur leurs pas pour ſecourir leur arriere-garde, ils s'arrêterent devant lui pour ſe mettre en bataille, & n'oſerent continuer leur marche pour paſſer la riviere. M. de Boufflers qui ne vou-loit pas engager un combat avec des forces inégales, ſe retira ſatisfait d'avoir décidé les ennemis à abandonner leur projet : il continua à les harceler juſqu'à ce qu'ils priſſent le parti d'aller repaſſer la Meuſe à Huy.

Quelques jours avant le combat de Leuſe, on avoit fait un dé-tachement de neuf eſcadrons & de ſix bataillons pour aller join-dre M. de Boufflers. Les ennemis détacherent auſſi peu de jours après ſix mille hommes pour aller à Namur & à Charleroi, & M. de Roſen fut envoyé à Mons avec quelque cavalerie pour aſſurer davantage cette partie.

M. de Luxembourg auroit fait marcher ſon armée à Leuſe, s'il n'avoit voulu épargner de la fatigue à ſes troupes, & mé-nager le pays qui ſervoit à former les magaſins de Condé & de Tournai. Le Roi ayant auſſi des deſſeins ſur Nieuport, il étoit néceſſaire d'entrer de bonne heure dans les quartiers de canton-nemens que l'armée devoit occuper, afin d'avoir le tems de fortifier Furnes, Dixmude & Courtrai, auſquels on avoit travaillé trop tard l'année précédente ; ce fut par cette raiſon que M. de Luxembourg voulut paſſer l'Eſcaut le 24 pour aller camper à Hauterive.

La marche ſe fit ſur quatre colonnes, la droite fit la gauche dans le camp.

On ſonna le boute-ſelle & on battit la générale à la pointe du jour, à cheval & l'aſſemblée à huit heures.

Le campement & l'eſcorte pour le fourrage s'aſſemblerent à la tête du Meſtre de Camp.

Tous les bagages ſe mirent en marche à la pointe du jour ; ceux de

Marche d'Heri-nes à Hauteri-ve.
Pl. XXIX.

l'aîle droite de cavalerie s'assemblerent au moulin à vent d'Herines,
ceux de l'infanterie à la tête de Navarre & de Champagne, & ceux de
l'aîle gauche à la tête du Meſtre de Camp.

Lorſque les troupes du campement & celles qui étoient commandées pour l'eſcorte du fourrage eurent paſſé l'Eſcaut, les bagages de
l'aîle gauche firent la colonne de la droite, & paſſerent au pont fait à
l'embouchure de la Laye, d'où marchant le long de la prairie, ils prirent le chemin d'Hauterive, & ſuivirent celui qui va à Avelghem où fut
leur camp.

La ſeconde colonne fut pour les équipages de l'aîle gauche d'infanterie, laquelle paſſa au pont fait au-deſſous de Pottes, d'où elle alla à
Boſſu ; elle traverſa enſuite ce village pour aller au moulin à vent
d'Hauterive où fut ſon camp.

La troiſiéme colonne fut pour les bagages de l'aîle droite d'infanterie, laquelle paſſa au pont fait au-deſſous de Pottes & le plus près de
ce village, d'où elle alla droit au château de Boſſu ; elle laiſſa le village à gauche pour aller au moulin à vent où fut ſon camp.

La quatriéme colonne fut pour les bagages du quartier général &
de l'aîle droite de cavalerie qui étoit venue le 21 joindre l'armée ; cette
colonne paſſa au pont fait près d'Epierres, de là elle alla à Helchin &
enſuite à Boſſu où fut ſon camp.

Les troupes ſuivirent le chemin que leurs bagages avoient tenu ;
l'armée campa ſur deux lignes, la droite appuyée au ruiſſeau qui paſſe
entre Varmarde & Avelghem, la gauche allant vers Helchin ; le quartier général fut à Hauterive.

Les ennemis après le combat de Leuſe étoient allés à Cambron & enſuite à Grandmont, d'où ils comptoient s'avancer à
Deinſe pour gagner Furnes & Dixmude ; mais M. de Luxembourg fit marcher ſon armée le 27 pour aller à Saint-Eloy-Vive,
où il étoit à portée de les prévenir.

Marche d'Hau-
terive à Saint-
Eloy-Vive.
PL. XXX.

La marche ſe fit ſur quatre colonnes. On ſonna le boute-ſelle & on
battit la générale une heure avant le jour, à cheval & l'aſſemblée à la
petite pointe du jour. Le campement s'aſſembla à la générale au moulin
à vent d'Avelghem, devant la Brigade de Montfort.

On commanda ſix cens chevaux & deux cens Dragons pour couvrir
la marche du côté d'Oudenarde. On commanda l'eſcorte de cavalerie
& d'infanterie pour le fourrage qui devoit ſe faire en arrivant ; elle ſe
trouva à la même heure & au même rendez-vous que le campement,
elle fut de trois cens chevaux & ſix cens hommes de pied.

L'aîle gauche de cavalerie qui faiſoit la droite dans ce camp, fit la
colonne de la droite, le Meſtre de Camp en eut la tête ; elle alla
paſſer à Warmarde & de là à Caſtre, laiſſant l'Egliſe à droite ; elle alla
enſuite à Anſeghem, à Worteghem, & de là à Cruyshouten qu'elle
laiſſa

laiſſa auſſi à droite pour ſe rendre entre Macklen & Olſene où fut ſon
camp ; les Dragons du Roi marcherent à la tête de cette colonne, ceux
de la Reine après la Brigade de Montfort, & ceux de Grandmont
firent l'arriere-garde. Il fut défendu à aucun bagage de ſuivre la marche de ces troupes.

La ſeconde colonne fut pour l'infanterie, Champagne en eut la
tête & fut ſuivi du reſte de la premiere ligne, ainſi qu'elle étoit campée, & de la ſeconde ligne dans le même ordre que la premiere ;
cette colonne alla du moulin à vent d'Avelghem à celui de Tighem, & de là
au cabaret des trois Rois ; elle paſſa enſuite auprès de Potteghem
qu'elle laiſſa à gauche pour aller à Zulte où fut ſon camp.

La troiſiéme colonne fut pour l'artillerie, le quartier général, les
bagages de l'aîle gauche, qui faiſoit la droite dans le camp, & ceux de
l'infanterie, leſquels s'aſſemblerent au centre de la premiere ligne,
pour de là prendre la queue de l'artillerie qui paſſoit à Heſtrud, à
Otteghem, à Niewenhof & à Wareghem où elle traverſa le ruiſſeau
de Saint-Eloy-Vive pour aller à Capelle-Tendal où fut ſon camp.

La quatriéme & derniere colonne fut pour l'aîle droite, qui faiſoit
la gauche dans le camp : elle fut ſuivie de ſes bagages, leſquels s'aſſemblerent à la tête du village de Boſſu, & ſuivirent pour leur marche le
même ordre que leurs troupes tenoient ; la Maiſon du Roi eut la tête
de cette colonne, laquelle alla paſſer à Moenen, & enſuite à Derlick,
laiſſant Zuevelghem à gauche ; de là elle alla à Saint-Eloy-Vive, où elle
paſſa le ruiſſeau pour entrer dans le camp.

On commanda ſix cens hommes de pied pour l'eſcorte des bagages ;
dont quatre cens eurent leur rendez-vous au centre de la premiere ligne, & les deux cens autres à la tête du village de Boſſu ; les vieilles
gardes firent l'arriere-garde des trois colonnes de la gauche.

L'aîle gauche fourragea en arrivant les villages de Mackelen, Pette-
ghem, le fauxbourg de Deinſe, Aſten & Maelſtapel ; l'infanterie fourragea le village d'Olſene, l'aîle droite fourragea Wareghem, Potteghem, Niewenhof & Deſſelghem.

On envoya deux partis d'infanterie & trois de cavalerie ſur la droite
de la marche. On envoya un détachement pour faire lever les ponts
de Deinſe, & empêcher que perſonne n'y entrât.

L'armée campa ſur deux lignes entre Harlebeck & Deinſe, la droite
appuyée au village de Saint-Eloy-Vive, & la gauche à Mackelen, la
Lys derriere le camp.

Le 4 Octobre on fit faire pluſieurs ponts de bateaux ſur
la Lys ; huit bataillons allerent occuper Furnes & Dixmude,
& le 8 l'armée fut cantonnée entre la riviere & cette derniere place.

La marche pour aller dans les cantonnemens ſe fit ſur trois colonnes.
Celle de la droite paſſa à un pont fait à Olſene ; elle fut formée des

Marche de
Saint-Eloy-Vi-
ve aux quartiers
de cantonne-
ment.
PL. XXXI.

Nn

quartiers de Sarne, Hoochlede, Beveren, Inghelmunfter & Wacken.

Chaque quartier s'affembla en particulier, tant cavalerie qu'infanterie, pour ne former qu'un corps.

Les quartiers de Sarne, Hoochlede & Beveren fe rendirent au pont
une heure avant le jour, & défilerent ainfi qu'on vient de le dire.
Celui d'Inghelmunfter fe rendit au pont à deux heures de jour, &
celui de Wacken fit l'arriere-garde de cette colonne, & attendit que
tous les bagages fuffent paffés pour faire lever le pont, après quoi il
fournit une efcorte pour conduire les pontons au lieu où il leur fut
ordonné de fe rendre. Cette colonne ayant paffé la Lys à Olfene, alla à
Marckeghem, à Meulebeck, à Beveren, à Hoochlede & à Sarne : chaque troupe arrivant à hauteur de fon quartier, quitta la colonne pour
s'y rendre ; chaque quartier fut fuivi de fes bagages, les faifant aller à la
queue de chaque efcadron & de chaque bataillon, & y mettant outre
cela des efcortes particulieres.

La feconde colonne paffa à un pont fait près de Zulte, elle fut
formée des quartiers de Staden, de Roosbecke, Châtellenie d'Ypres,
Pafchendale, Rombeecke, Ifenghien & de Saint-Baefs-Vive ; ceux de
Staden, de Roosbecke & de Pafchendale fe rendirent au pont une heure
avant le jour : ceux de Rombecke & d'Ifenghien à une heure de jour,
& celui de Saint-Baefs-Vive fit l'arriere-garde de cette colonne, & attendit que tous les bagages & les troupes fuffent paffés ; il fit enfuite
lever les ponts & donna une efcorte aux pontons pour les conduire au
lieu où il leur fut ordonné de fe rendre. Cette colonne ayant paffé au
pont près de Zulte, prit le chemin de Wacken, de là elle alla à Roosbecke & à Inghelmunfter, à Ifenghien & Kaëtem, à Rouffelaer, le laiffant à gauche, & à Staden. Les troupes étant à hauteur de leur quartier,
quitterent la colonne pour s'y rendre.

La troifiéme colonne paffa à un pont qu'on avoit fait entre Zulte
& Capelle-Tendal ; elle fut formée des quartiers de Morfelede, de Oft-
Nieukerke, Rouffelaer, Rombeecke, Rollegbem, Lendelé, Oyeghem & Vilsbecke. Les troupes du quartier de Morfelede & de Nieukerke fe trouverent à la petite pointe du jour au pont, celles de Rouffelaer & de Rombeecke à une heure de jour, celles de Rollegbem & de
Lendelé à deux heures de jour, & celles d'Oyeghem & Vilsbecke firent
l'arriere-garde de cette colonne, & attendirent que toutes les troupes &
les bagages fuffent paffés pour faire lever les ponts & conduire les
pontons au lieu où il étoit ordonné. Cette colonne ayant paffé la Lys,
alla à Saint-Baefs-Vive, à Lendelé, à Rombeecke, à Rouffelaer & à
Nieukerke.

Lorfque les troupes fe trouverent à hauteur de leur quartier, elles
quitterent la colonne pour s'y rendre. Chaque quartier tant de cavalerie que d'infanterie, ne forma qu'un corps & marcha ayant fes bagages dans les intervalles des bataillons & des efcadrons.

ETAT DES QUARTIERS DE CANTONNEMENT.

PREMIERE LIGNE.

Villages,	Noms des Régimens.		
WACKEN.	Locmaria.	3	6 Efcadrons.
	Fiennes.	3	
	Stoppa l'aîné.		3 Bataillons.
ROOSBECKE.	Quadt.	3	5 Efcadrons.
	Chartres.	2	
	La Reine.		2 Bataillons.
INGHELMUNSTER.	Commiffaire Général.	3	
	Saint-Simon.	3	9 Efcadrons.
	Imecourt.	3	
	Stoppa le jeune.	3	5 Bataillons.
	Fufiliers.	2	
ISENGHIEN.	Le Roi.		3 Bataillons.
ROUSSELAER.	Gardes Françoifes.	4	6 Bataillons.
	Gardes Suiffes.	2	
	Grenadiers à cheval.		1 Efcadron.
	Maîtres avec un Lieutenant-Colonel.		100.
OOST-NIEUKERKE.	Dragons de la Reine.		3 Efcadrons.
	Bombardiers.		1 Bataillon.
BEVEREN.	Dragons du Roi.		3 Efcadrons.
	Les Vaiffeaux.		2 Bataillons.
HOOCHLEDE.	Cravates.	3	6 Efcadrons.
	Montrevel.	3	
	Navarre.		2 Bataillons.
STADEN.	Romainville.	3	6 Efcadrons.
	Bezons.	3	
	Vaubecourt.	1	
	Humieres.	1	3 Bataillons.
	Ponthieu.	1	
SARNE.	Royal Piémont.	3	6 Efcadrons.
	Pracontal.	3	
	Le Maine.	1	2 Bataillons.
	Poitou.	1	

SECONDE LIGNE.

Villages.	Noms des Régimens.		
SAINT-BAEFS-VIVE.	{ Rohan.	2 }	5 Efcadrons.
	{ Raffent.	3 }	
VILSBECKE.	Coiflin.		3 Efcadrons.
OYEGHEM.	{ Noailles. . . .	3 }	6 Efcadrons.
	{ Biffy.	3 }	
LENDELÉ.	{ Du Rofel. . . .	3 }	5 Efcadrons.
	{ Aubuffon. . . .	2 }	
ROLLEGHEM.	{ Maignac. . . .	3 }	5 Efcadrons.
	{ Condé.	2 }	
ROMBEECKE.	{ Royal Rouffillon. . .	3 }	8 Efcadrons.
	{ Royal Etranger. . . .	3 }	
	{ Praflin.	2 }	
MORSELEDE.	{ Meftre de Camp Général.	3 }	8 Efcadrons.
	{ Le Maine. . . .	2 }	
	{ Rottembourg. . .	3 }	
PASCHENDALE.	{ Bourgogne. . . .	3 }	5 Efcadrons.
	{ Furftemberg. . . .	2 }	
ROOSBEEKE.	{ Courtebonne. . .	3 }	5 Efcadrons.
	{ Efclainvilliers. . .	2 }	
CLERKEN.	Langallerie. . . .		3 Efcadrons.
WOMER.	Gendarmerie. . .		8 Efcadrons.
MERKEM.	{ Maifon du Roi. . . .		4 Efcadrons.
	{ Noailles.	2 }	
	{ Luxembourg. . . .	2 }	
LANGEMARCK.	{ Duras.	2 }	6 Efcadrons.
	{ Lorges.	2 }	
	{ Gendarmes. . . .	1 }	
	{ Chevaux Legers. . .	1 }	
DIXMUDE ET ESENE.	{ Dragons de Gramont. .	}	3 Efcadrons.
	{ Champagne.	1 }	
	{ Royal Italien. . . .	1 }	3 Bataillons.
	{ Le premier Bataillon de Porlier.	1 }	

COURTRAI.

Villages,	Noms des Régimens.		

COURTRAI.
{ Guiche. 1
Vermandois. 1
Greder Suisse. . . . 3   } 6 Bataillons.
Le troisiéme de Porlier. . 1 }

AUX LIGNES D'ESPIERRE.
{ Dragons de Teffé. . . 3 Escadrons.
Orleans. 1
Greder Allemand. . . 2 } 3 Bataillons.

D'OTTIGNIES.
{ Nivernois. 1
Périgueux. . . . . 1 } 2 Bataillons.

Il y eut dans chacun des quartiers qui étoient en premiere ligne, une charrette chargée d'outils, lesquels ne devoient être distribués qu'en cas d'affaire. Les Majors d'infanterie eurent soin d'envoyer dès la veille chercher cette charrette au parc de l'artillerie, & d'y mettre la garde nécessaire afin d'en répondre.

Les troupes qui étoient dans les quartiers de Wacken, Vilsbecke, Roosbecke, Saint-Baefs-Vive & Oyeghem, prenoient le pain aux caissons qui étoient à Oyeghem, & alloient à la viande au même endroit.

Celles qui étoient à Inghelmunster, Lendelé & Rolleghem, alloient au pain & à la viande à Lendelé, où il y avoit une partie des caissons & une boucherie.

Celles d'Isenghien, Rousselaer, Morselede, Oft-Nieukerke, Beveren & Hoochlede, prenoient le pain & la viande à Rousselaer.

Celles de Staden, Roosbeeke, Paschendale & Sarne, prenoient le pain & la viande à Staden.

Celles de Langemarck, Merkem & Womer, prenoient le pain & la viande à Merkem.

Ordre que les troupes qui étoient cantonnées en seconde ligne devoient observer pour doubler sur les quartiers de celles qui étoient en premiere, en cas d'alarme, & les précautions que chaque quartier devoit prendre pour sa sureté.

Les troupes qui étoient à Vilsbecke avoient ordre de doubler sur le quartier de Saint-Baefs-Vive.

Celles d'Oyeghem sur celui de Roosbecke.

Celles de Rolleghem & de Lendelé sur Isenghien.

Celles de Rombeecke & de Morselede sur Rousselaer.

Celles de Roosbeeke & Paschendale sur Nieukerke, & étant arrivées à Nieukerke, elles devoient se tenir prêtes pour marcher au premier ordre à Rousselaer avec le quartier de Nieukerke.

Oo

Celles de Langemark fur Hoochlede.

Merkem fur Staden.

Klerken & Womer fur Sarne.

Les troupes qui devoient doubler avoient ordre de fe mettre en marche auffi-tôt qu'on tireroit du canon au quartier de Rouffelaer.

Outre cela, lorfqu'on tireroit du canon à Inghelmunfter, les quartiers de Vilsbecke, Oyeghem, Lendelé & Rolleghem devoient y marcher fur le champ.

Il fut ordonné que dans chaque quartier on mettroit au haut du clocher deux fentinelles de jour & de nuit pour veiller à la fureté du quartier, & découvrir de jour ceux qui en pourroient approcher ; & en cas que ces fentinelles vinffent à appercevoir des troupes, elles devoient d'abord faire avertir le Commandant du quartier pour examiner ce que ce pouvoit être ; & fi c'étoit un corps confidérable que l'on connût être véritablement des ennemis, il devoit envoyer avertir les quartiers voifins & principalement ceux qui devoient doubler fur le fien.

Il étoit auffi ordonné dès qu'on découvriroit quelques troupes, d'en donner avis pendant le jour par une fumée qu'on devoit faire au haut du clocher, & la nuit par des feux ; & les clochers de l'un à l'autre appercevant le fignal, devoient le répéter, afin que tous les quartiers fe tinffent fur leurs gardes, & que ceux qui devoient doubler fuffent prêts à marcher en attendant le fignal du canon de Rouffelaer.

Il fut ordonné aux quartiers qui étoient en premiere ligne, de tenir toutes les nuits des petits partis d'infanterie devant eux, & de les faire aller depuis le quartier qui étoit à leur droite jufqu'à celui qui étoit à leur gauche ; on fit rompre fur la Mandelle les ponts qui étoient trop loin des quartiers pour être gardés, on en fit autant fur le ruiffeau qui eft à la tête de Sarne.

On fit reconnoître les gués de la Mandelle afin de les rompre, & on recommanda aux petits partis qui fortoient de nuit, de battre plus exactement ces endroits-là.

M. de Locmaria eut ordre d'examiner fi l'Eglife ou le château de Wacken pouvoient fe garder, afin d'y laiffer un pofte ; & dans ce cas il devoit y mettre dix hommes dans le clocher, & faire tenir deux cavaliers auprès de l'Eglife pour aller avertir le quartier de Saint-Baefs-Vive auffi-tôt que les fentinelles découvriroient des troupes des ennemis ; outre cela il avoit ordre de faire une redoute derriere le pont de Wacken pour y mettre trente hommes.

Le quartier de Saint-Baefs-Vive faifoit aller fes petits partis depuis la Lys jufqu'à Roosbecke, au-delà de la Mandelle ; Roosbecke, depuis Wacken jufqu'à Inghelmunfter ; Inghelmunfter, depuis Roosbeeke jufqu'à Ifenghien ; Ifenghien avoit un pofte d'infanterie aux clochers de Kactem & d'Emelghem, & faifoit aller fes petits partis depuis Inghelmunfter jufqu'à Rouffelaer ; Rouffelaer, depuis Ifenghien jufqu'à Beveren ; Beveren, depuis Rouffelaer jufqu'à Hoochlede ; Hoochlede, depuis Beveren jufqu'à Staden.

Staden avoit un poste à Wolmerbeecke, un autre à Ter-Heeft, & envoyoit ses petits partis depuis Hoochlede jusqu'à Sarne.

Sarne avoit des postes d'infanterie dans les clochers ou châteaux qui font sur le ruisseau & à la tête de ce quartier ; il avoit un poste à l'Eglise d'Effenne, & faisoit aller ses petits partis depuis Effenne jusqu'à Staden en deçà de son ruisseau.

Il fut recommandé de bien instruire ces partis de ce qu'ils avoient à faire, & de les envoyer à la guerre toutes les nuits à différentes heures ; ils avoient un mot qui leur étoit commun, lequel se portoit avec l'ordre que l'on envoyoit du quartier général, afin qu'ils pussent se reconnoître lorsqu'ils se rencontreroient.

Il fut ordonné que dans chaque quartier il y auroit des Officiers par bataillons & par escadrons qui veilleroient à la sureté du cantonnement, & qu'on feroit des patrouilles pour prendre garde au feu. Outre cela, les Commandans des quartiers avoient ordre de mettre des gardes, tant de cavalerie que d'infanterie, suivant qu'ils jugeroient à propos pour leur sureté.

Il fut défendu à tous soldats, cavaliers & dragons, sous peine de la vie, de prendre aucuns bestiaux, ni meubles, ni de rançonner les paysans.

Il fut pareillement défendu de prendre leurs bleds, mais seulement le foin, la paille, l'avoine, & cela suivant le réglement que les Commissaires des quartiers en avoient fait.

Il fut recommandé aux Commandans des quartiers d'envoyer de tems en tems des Officiers & des Cavaliers dans les censes dépendantes de leurs quartiers, pour voir si on ne les pilloit point, & si on n'y faisoit pas du desordre, & empêcher que les troupes des autres quartiers ne vinssent y rien prendre.

On fit garder le pont d'Harlebeck pour la sureté des cantonnemens par la garnison de Courtrai ; & depuis cette place jusqu'à Wacken, on fit assembler sur la rive gauche de la Lys toutes les barques qui étoient sur cette riviere. Les quartiers qui en étoient les plus près eurent soin de les faire garder.

Les ennemis envoyerent le 3 Octobre des troupes à Gand, à Bruges & à Oudenarde, & peu de jours après que l'armée du Roi fut cantonnée, ils se séparerent pour aller dans leurs quartiers d'hiver.

L'armée du Roi commença aussi le 20 d'Octobre à prendre les siens, & M. de Boufflers eut le commandement général de la frontiere ; il mit des troupes à Thuin, à Walcourt & à Beaumont, afin d'assurer le Hainault contre les courses de la garnison de Charleroi ; entre la Lys & l'Escaut, il fit occuper en avant des lignes les châteaux d'Helchin, de Moenen & de Zuevelghem, afin d'empêcher les garnisons d'Oudenarde & de Gand de s'en approcher sans qu'on en fût promptement averti.

Les ennemis tinrent pendant l'hiver des troupes à Deinse ; celles du Roi occuperent Courtrai, Dixmude & Furnes.

On mit aussi un poste à la vieille Abbaye des Dunes près de la mer, & on prit le parti de garder le canal de Loo au lieu des lignes d'Honscote. M. de la Mothe commandoit depuis la Lys jusqu'à la mer, ayant sous ses ordres depuis Commines jusqu'au Fort de la Knocke, M. de Chevilly, Lieutenant de Roi d'Ypres ; & depuis le Fort de la Knocke jusqu'à la mer, M. d'Avejan. M. de Villars étoit chargé de la garde de l'Escaut & des lignes depuis Espierres jusqu'à la Lys ; M. de Ximenès étoit chargé de celles de la Trouille, & de veiller à la sureté du Hainault : M. de Guiscard commandoit sur la Meuse. On ne fit cependant cet hiver aucune expédition, & les troupes resterent de part & d'autre tranquilles dans leurs garnisons.

On voit dans cette Médaille, ... Hercule debout. Il s'appuye d'une main sur sa massue, et tient de .... l'autre une Couronne murale et .... un Bouclier aux Armes de la Ville de .... Mons. La Légende, TOTA EUROPA SPECTANTE ET ADVERSANTE, et l'Exergue, MONTES HANNONIÆ ...... EXPUGNATE. M. DC. XCI. signifie, la Ville de Mons en Hainaut prise aux yeux de l'Europe liguée contre la France. 1691.

HISTOIRE

CARTE de l'Investissement de Mons par l'Armée du Roy et des lignes de circonvallation faites pour le Siége de cette Place en 1691. Dreßée sur différentes Cartes Topographiques, par le Chevalier de Beaurain, Géographe ordinaire du Roy.

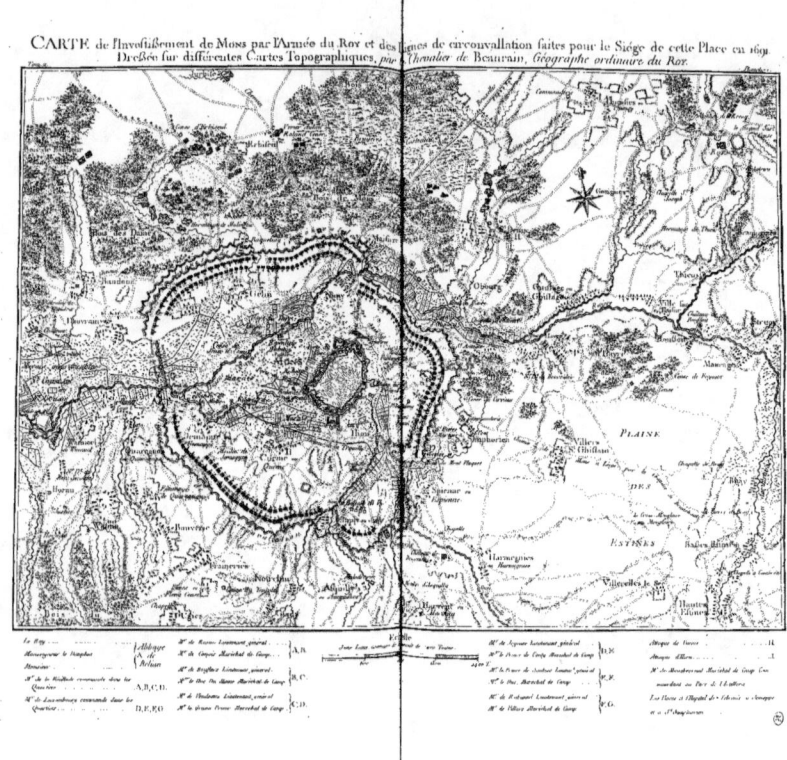

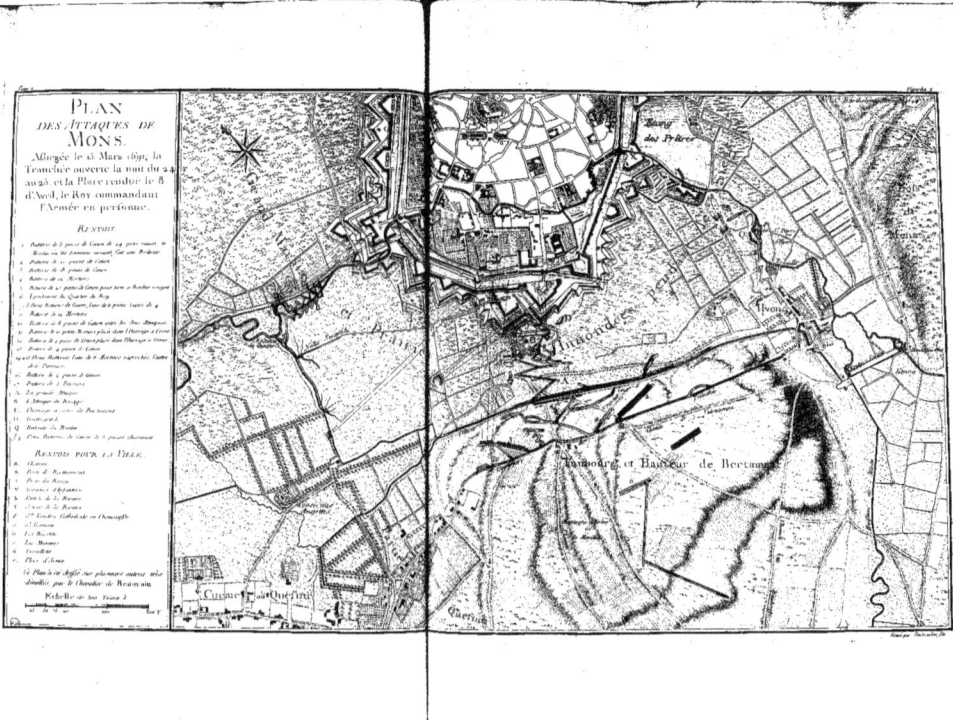

PLAN
DES ATTAQUES DE
MONS.

Assiegée le 15 Mars 1691, la
Tranchée ouverte la nuit du 24
au 25, et la Place rendue le 8
d'Avril, le Roy commandant
l'Armée en personne.

RENVOY.

1 Batterie de 4 pieces de Canon de 24 pour raser le
    Moulin ou les Jansenes mesme, Coté aux Brebieux
2 Batterie de 20 pieces de Canon
3 Batterie de 8 pieces de Canon
4 Batterie de 10 Mortiers
5 Batterie de 10 pieces de Canon pour tirer a Ricochet a couvert
6 Logement du Quartier du Roy
7 Deux Batteries de Canon, l'une de 6 pieces l'autre de 4
8 Reduit à la Montaye
9 Batterie de 6 pieces de Canon entre les deux Attaques
10 Batterie de 10 pieces Mortiers placé dans l'Ouvrage a Corne
11 Batterie de 4 pieces de Canon placé dans l'Ouvrage a Corne
12 Batterie de 4 pieces de Canon
13,14 Deux Batteries l'une de 6 Mortiers capreches, l'autre
      de 6 Canons
15 Batterie de 5 pieces de Canon
16 Batterie de 5 Batteaux
17 La grande Digue
18 L'Abbaye de Nologe
19 Ouvrage a corne du Rouveroux
20 Contre gard
21 Redoute du Moulin
22,23 Deux Batteries de Canon de 6 pieces chacunne

RENVOY POUR LA VILLE.

a Citerne
b Porte de Nimberant
c Porte de Mons
d Arsenac d'Infanterie
e Porte de la Maune
f Porte de la Maune
g S.te Landra, Cathedrale en Chenoisple
h el Cenvon
i Les Recolets
k Les Minimes
l Cordeliers
m Place d'Armes

Ce Plan a été dressé sur plusieurs autres: très
détaillés, par le Chevalier de Beaurain.

Echelle de 600 Toises.

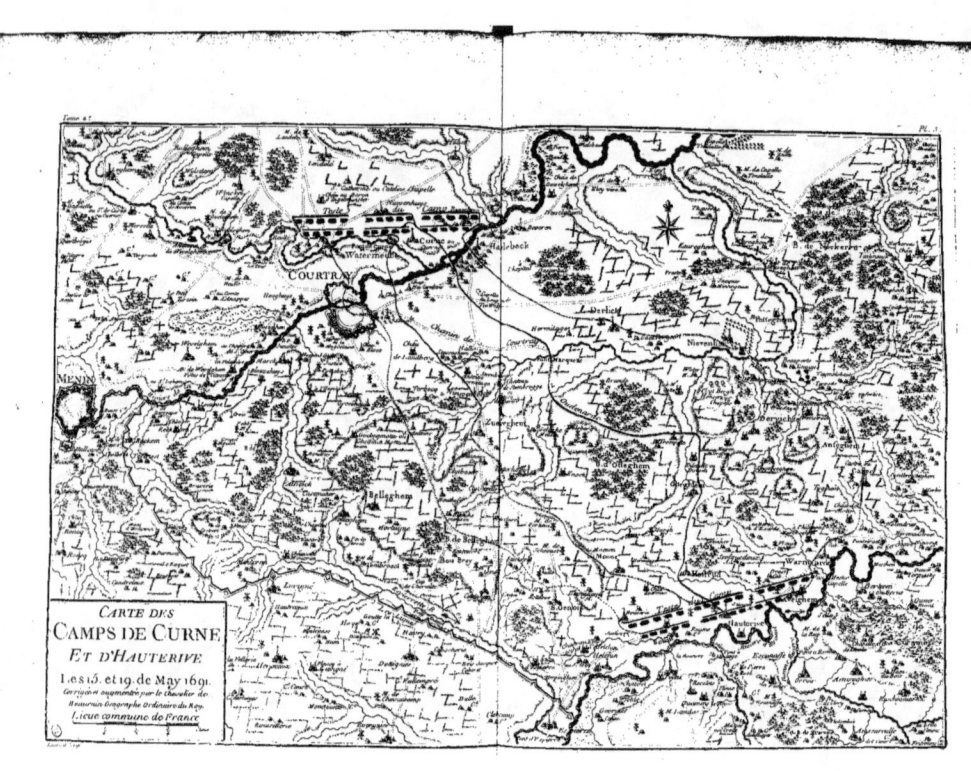

CARTE DES
CAMPS DE CURNE
ET D'HAUTERIVE
Les 13. et 19. de May 1691.

ORDRE DE BATAILLE de l'Armée du ROY en Flandres Commandée par M.º le M.ª¹ Duc de Luxembourg au Camp de Cume le 16 May 1691.

Premiere Ligne

Lieut.ᵗ gn.ªl M.ʳ de Joyeuse   Lieut.ᵗ general M.ʳ le Prince de Soubise   Lieut.ᵗ gn.ªl M.ʳ le Duc de Choiseul

M.ªl de Camp M.ʳ le grand Prieur   Mar.ªl de Camp M.ʳ de Moncheverreuil   M.ʳ de Camp M.ʳ de Vatteville

                          M.ʳ d'Artagnan M.ªl de Camp et Major   M.ʳ de Neuchelle M.ªl de Camp et Command.

                                 general   la Maison du Roy.

Seconde Ligne

Lieut.ᵗ gn.ªl M.ʳ le Duc de Vandôme   Lieutenant gn.ªl M.ʳ de Villadet   Lieutenant gn.ªl M.ʳ de Rozen

                                 M.ªl de Camp M.ʳ de Polastron   Marechal de Camp M.ʳ de Vivans

Artillerie de 60 Pieces

Fuziliers   Fuziliers

TOTAL.

Escadrons 101

Bataillons .... 39 } 140

Compris les de Fuziliers.

A Paris Chez le Chevalier de Beaurain Géographe ordinaire du Roy

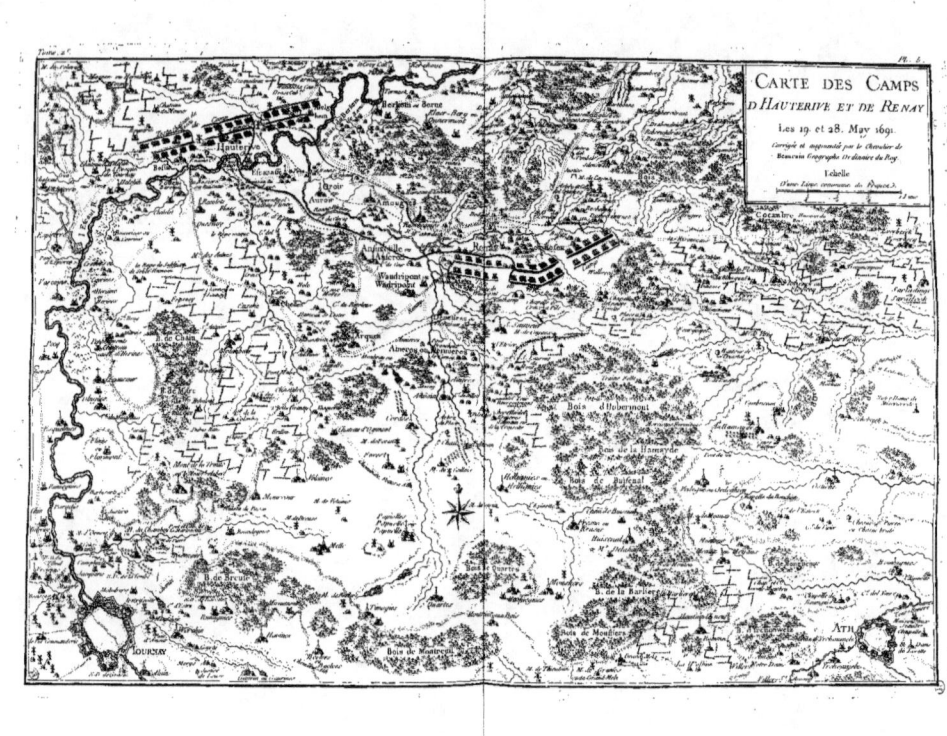

CARTE DES CAMPS
D'HAUTERIVE ET DE RENAY
Les 19. et 28. May 1691.

Corrigée et augmentée par le Chevalier de Beaurain Geographe Ordinaire du Roy.

Echelle

CARTE DES CAMPS
DE RENAY, ET
DE LESSINES
Les 23 et 26 May 1691.
Corrigée et augmentée par le Chevalier de
Beaurain Geographe Ordinaire du Roy
Echelle
d'une Lieüe commune de France.

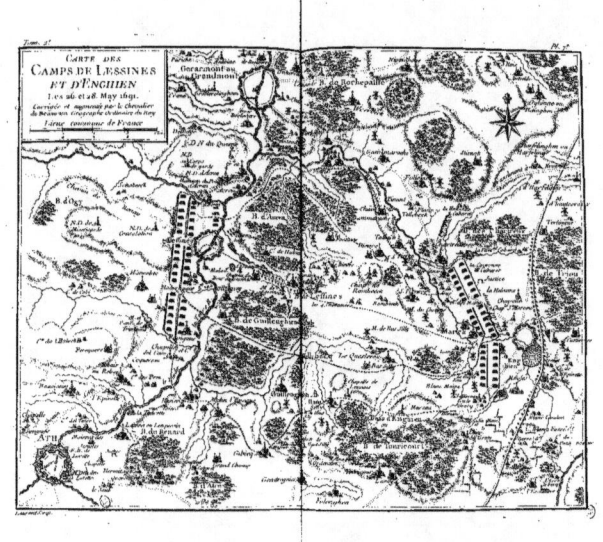

Pl. 5.

CARTE DES
CAMPS DE LESSINES
ET D'ENGHIEN
Les 26. et 28. May 1691.
Levée et augmentée par le Chevalier
de Beaurain Geographe Ordinaire du Roy
Lieüe commune de France

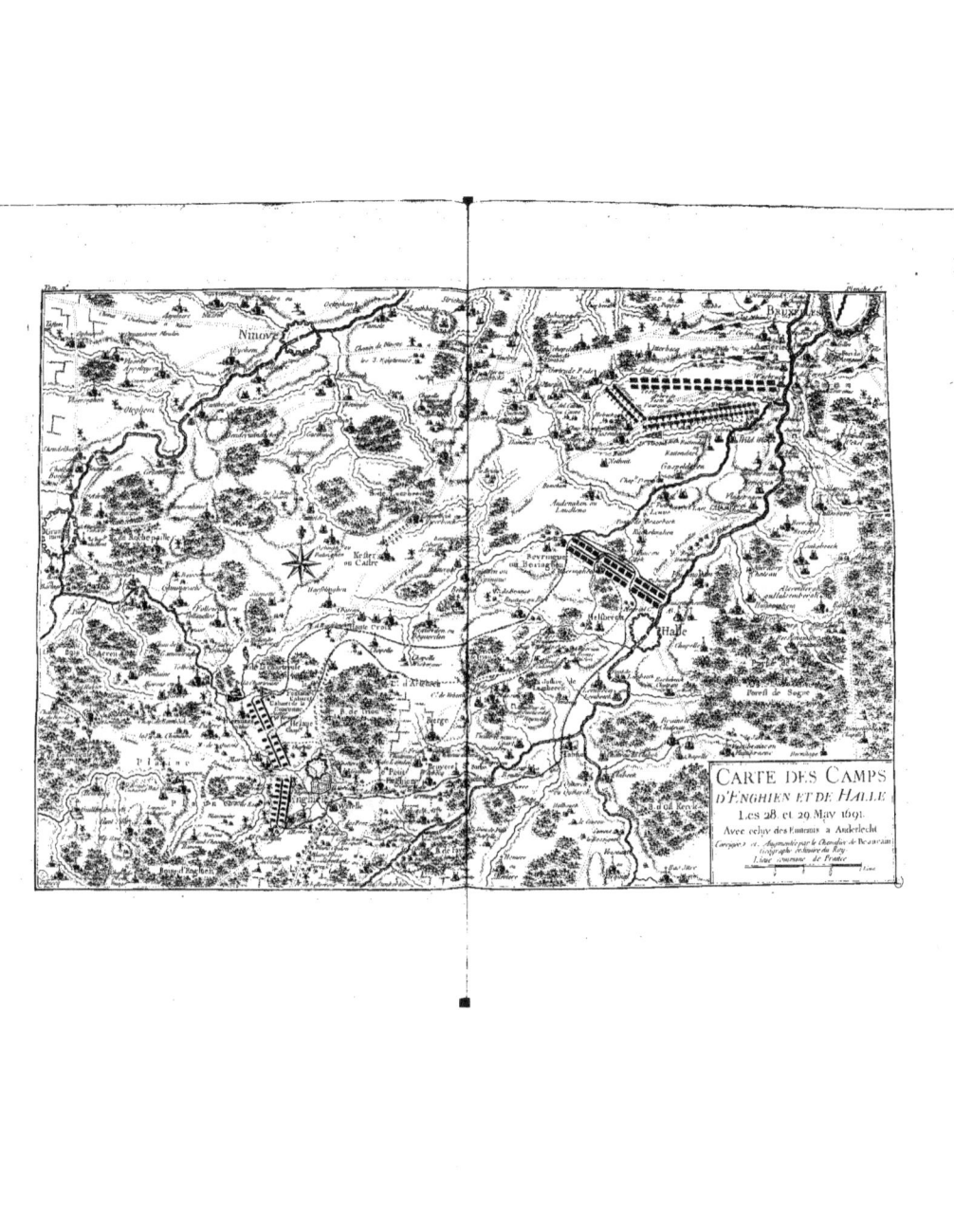

CARTE DES CAMPS
D'ENGHIEN ET DE HALLE
Les 28. et 29. May 1691.
Avec celuy des Ennemis a Anderlecht

CARTE DES CAMPS DE HALLE ET DE BRAINE LE COMTE
Avec la position du Champ de Bataille à S.ᵗ Reynelde les 29. May, & 5. Juin 1691. & celuy du Camp des Ennemys à Anderlecht, le 28. May.
Corrigée et Augmentée par le Chevalier de Beaurain Géographe ordinaire du Roy.

ORDRE DE BATAILLE de l'Armée du ROY en Flandres, commandée par M. le Maréchal
Duc de Luxembourg au Camp de Haisne-S.t Pierre, le 30. Juillet 1691.

M.r le Duc du Maine command.t la Cavalerie.   M.r le Duc de Choiseul Lieutenant général.

M.r de Joyeuse Lieutenant général.   M.r le Prince de Soubise Lieutenant général.   M.r de Vatteville Maréchal de Camp.

M.r le Grand Prieur Maréch.l de Camp.   M.rs d'Artagnan et Montrevoeuil Mar.chaux de Camp.   M.r de Neufchelle M.al de Camp et Command.t

la Maison du Roy

M.r de Vendôme Lieut.t gén.al   M.r de Rubantel Lieutenant, gén.al   M.r de Rozen Lieutenant, gén.al

M.r de Roquelaure M.al de Camp.   M.r de Polastron Maréch.l de Camp.   M.r de la Valette M.al de Camp.

Artillerie
24 piec.

Bombardiers

TOTAL.

Cavalerie .... 119 Escadrons.

Infanterie .... 49 Bataillons.

a Paris, chez le Chevalier de Beaurain Géographe ordinaire du Roy.

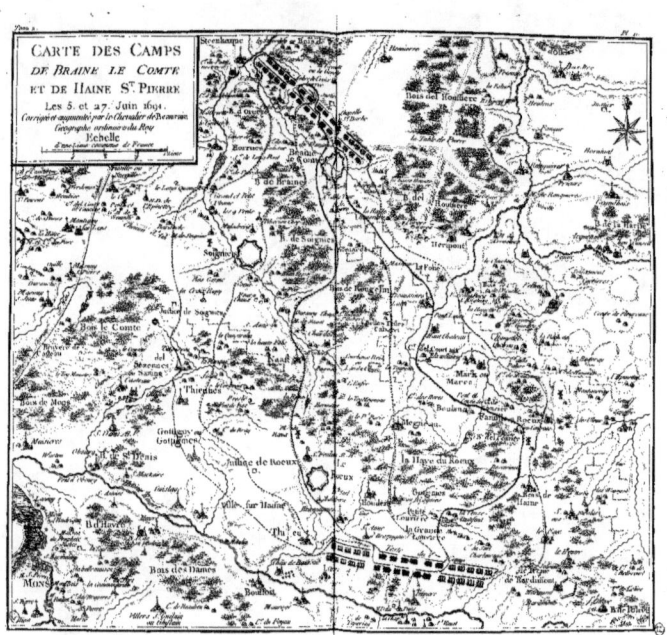

CARTE DES CAMPS
DE BRAINE LE COMTE
ET DE HAINE St. PIERRE
Les 5. et 17. Juin 1691.
Corrigée et augmentée par le Chevalier de Beaurain,
Géographe ordinaire du Roy
Echelle
2 mes Lieue communes de France

CARTE DES CAMPS
DE HAINE St PIERRE
ET DE SOIGNIES
Les 27 Juin & 7 Juillet 1691.

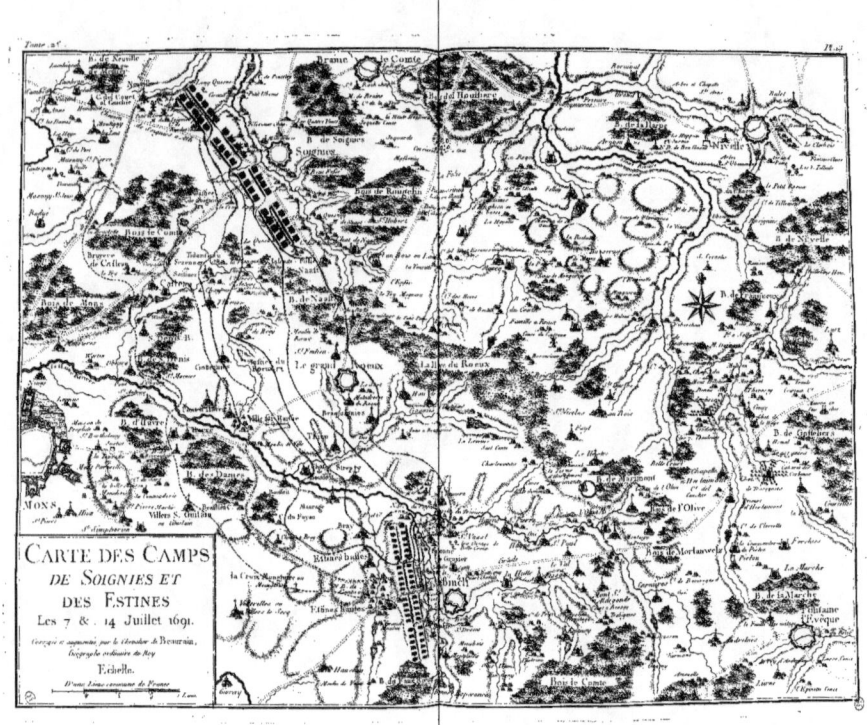

CARTE DES CAMPS
DE SOIGNIES ET
DES ESTINES
Les 7 & 14 Juillet 1691.

Corrigée et augmentée par le Chevalier de Beaurain,
Geographe ordinaire du Roy

Echelle.

D'une Lieue commune de France

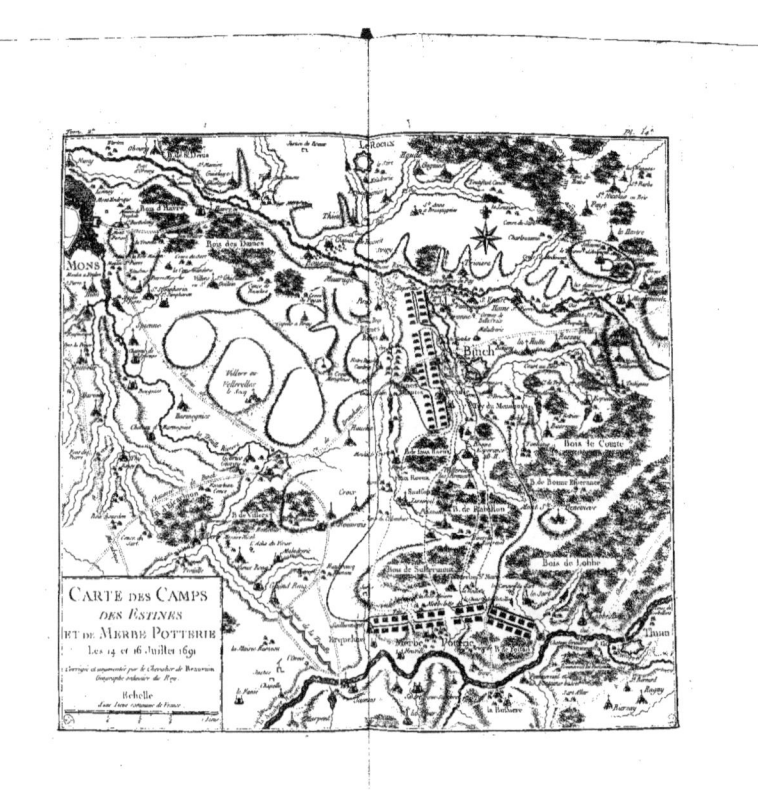

CARTE DES CAMPS
DES ESTINES
ET DE MERBE POTTERIE
Les 14 et 16 Juillet 1691

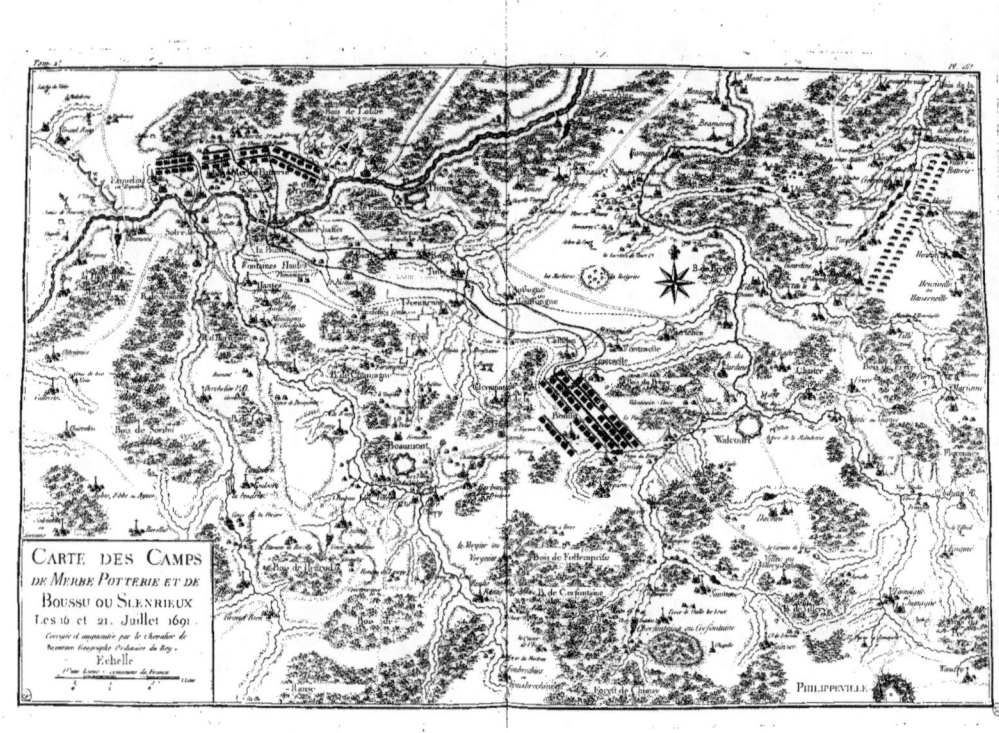

CARTE DES CAMPS
DE MERBE POTTERIE ET DE
BOUSSU OU SLENRIEUX
Les 16 et 21. Juillet 1691.

Levée et augmentée par le Chevalier de
Beaurain Géographe Ordinaire du Roy.

Echelle

PHILIPPEVILLE

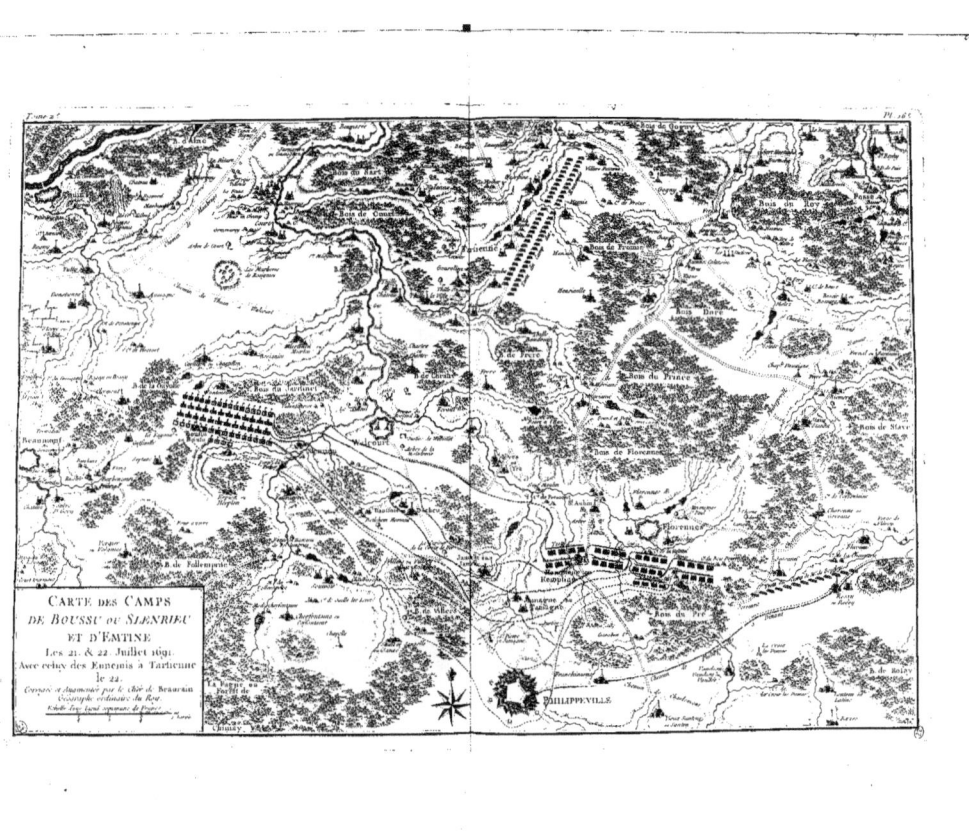

CARTE DES CAMPS
DE BOUSSU ou SLENRIEU
ET D'EMTINE
Les 21. & 22. Juillet 1691.
Avec celuy des Ennemis à Tartienne
le 22.
Corrigée et Augmentée par le Chr de Beaurain
Géographe ordinaire du Roi.
Echelle d'une Lieue commune de France.

PHILIPPEVILLE

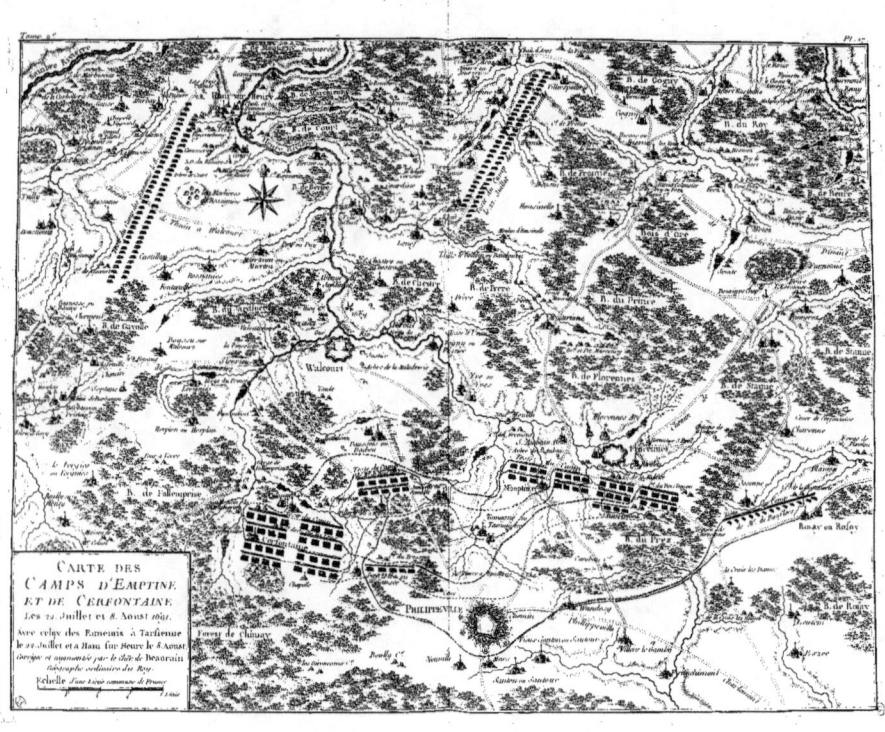

CARTE DES
CAMPS D'EMPTINE
ET DE CERFONTAINE
Les 12 Juillet et 8 Aoust 1692.

Avec celuy des Ennemis à Tavsienne
le 22 Juillet et a Han sur Heure le 6 Aoust
Dressée et augmentée par le Sieur de Beaurain
Geographe ordinaire du Roy.

Echelle d'une lieüe commune de France

ORDRE DE BATAILLE de l'Armée du ROY en Flandres Commandée par Mr le Marl Duc de Luxembourg
au Camp de Cerfontaine le 9e Aoust 1691.

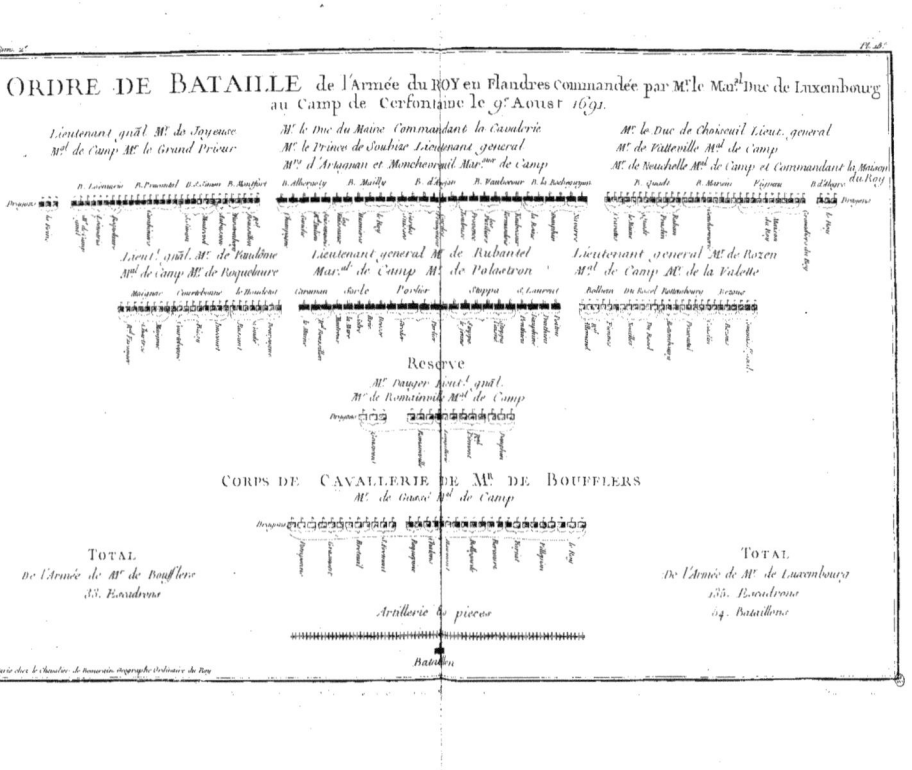

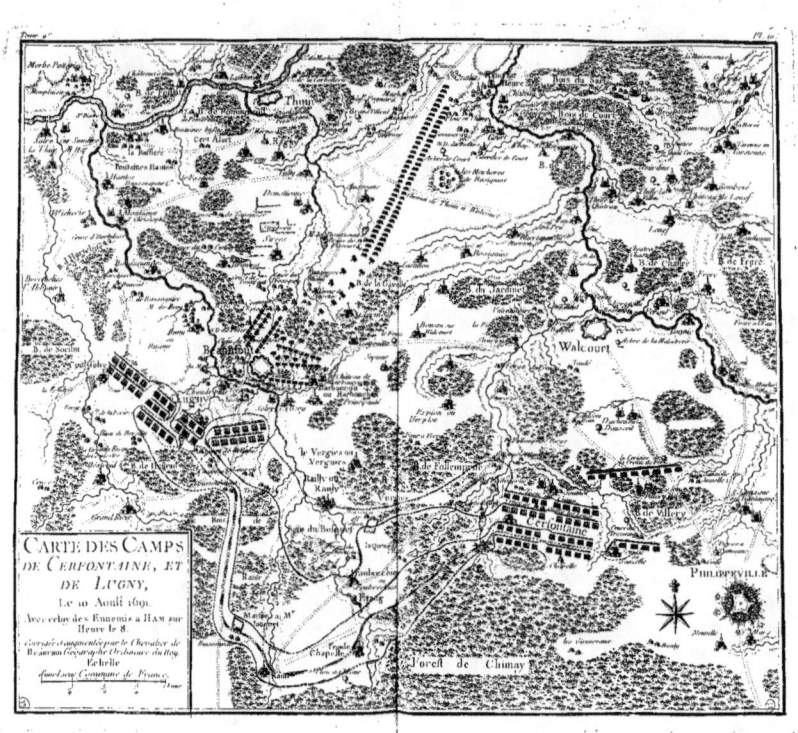

CARTE DES CAMPS
DE CERFONTAINE, ET
DE LUGNY,
Le 10 Aoust 1691.
Avec celuy des Ennemis a HAM sur
Heure le 8.
Corrigée et augmentée par le Chevalier de
Beaurain Geographe Ordinaire du Roy
Echelle
d'une Lieue Commune de France.

CARTE DES CAMPS
DE LUGNY ET DE STREES
Les 10. et 21. Aoust 1691.
Corrigée et augmentée par le. Chevalier de
Beaurain Geographe Ordinaire du Roy.
Echelle
d'une Lieue commune de France

Bois de Lobbe

la Sambre

B. de Pommereau

Alhuin

Marbay

Marbaix

Neufville

S. Pierre

Solre sur Sambre

Jeumont

la Thure

la Bussiere

Bierfay

Hantes

les Fontaines hautes

Cense Dansonqerne

B. de Jeumont

Vilherie

Montigni

Aussogne

B. de Hurtebise

Sivres

Clermont

B. de Gayolle

Bercheliés l'Abbaye

Beronmeries

B. de Commagne

B. de Laval

Bois de Soribus

Rivray

Beaumont

Condrie
ou Coudroy

Lugny

Solre
Gery

Ebbe ou Ayves

Hameau de Bersilly

Vergnies

B. de Hestrud

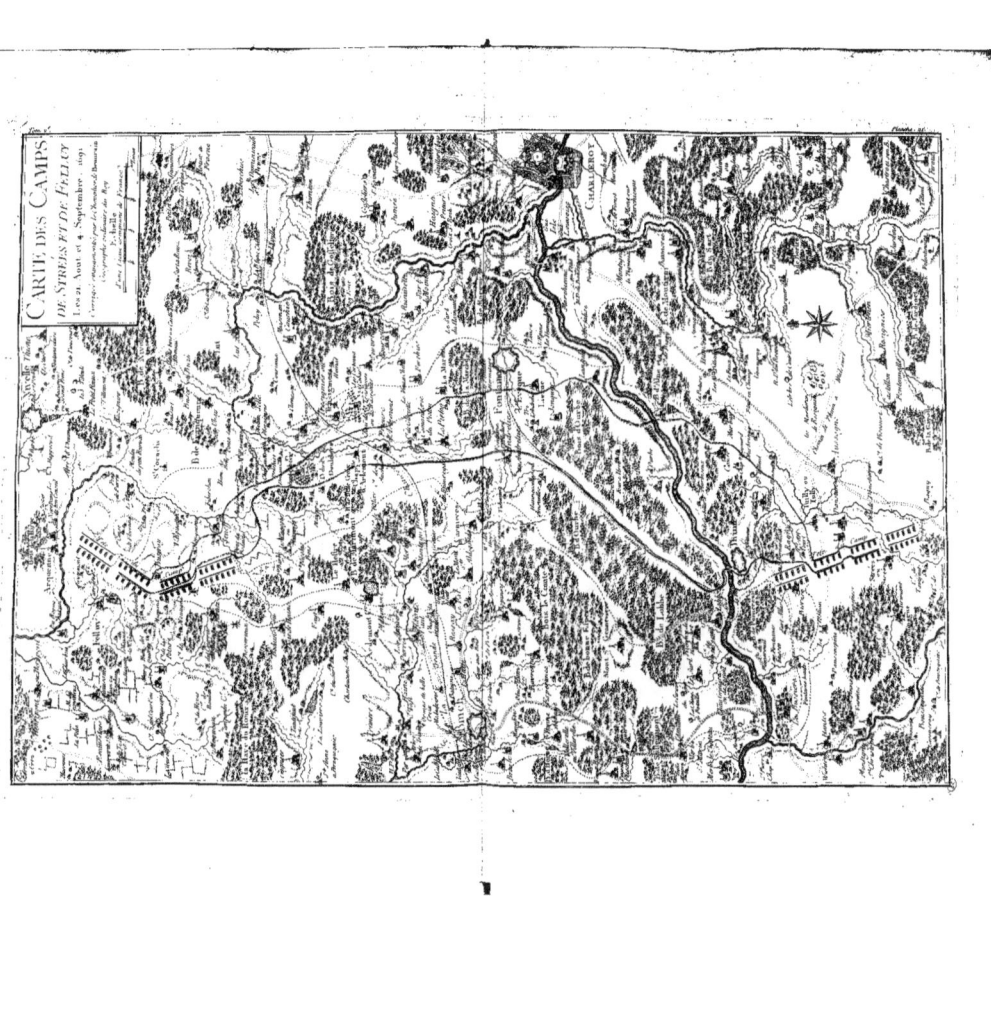

CARTE DES CAMPS
DE NIVELLES ET DE FALLUT
L. es 21. Aout et 4. Septembre 1693.

Pl. 227

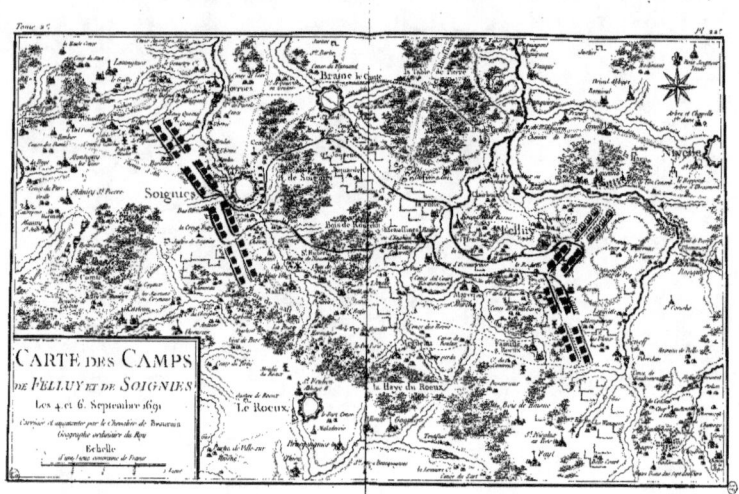

CARTE DES CAMPS
DE *FELLUY ET DE SOIGNIES*
Les 4. et 6. Septembre 1691.

Levée et augmentée par le Chevalier de Beaurain
Géographe ordinaire du Roi

Echelle
d'une lieue commune de France

CARTE DES CAMPS
DE SOIGNIES ET DE
GAMMARACHE
Les 6 & 8 Septembre 1691.
Avec celuy des Fourrures à Halle le 7
Corrigée et augmentée par le Chevalier de
Beaurain Geographe ord.re du Roy
Echelle.

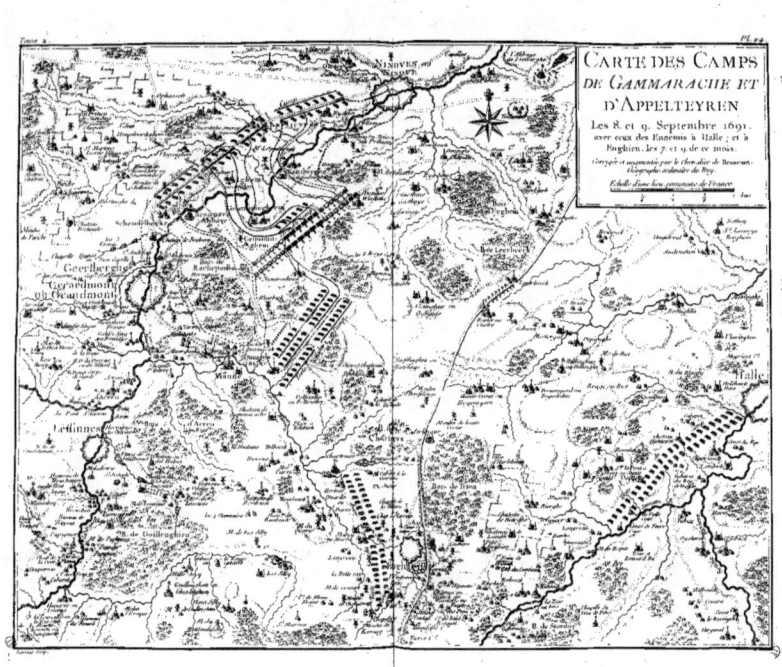

CARTE DES CAMPS DE GAMMARACHE ET D'APPELTEYREN

Les 8. et 9. Septembre 1691.
avec ceux des Ennemis à Halle ; et à
Enghien, les 7. et 9. de ce mois.

Corrigée et augmentée par le Chevalier de Beaurain
Géographe ordinaire du Roy.

Echelle d'une lieu commune de France

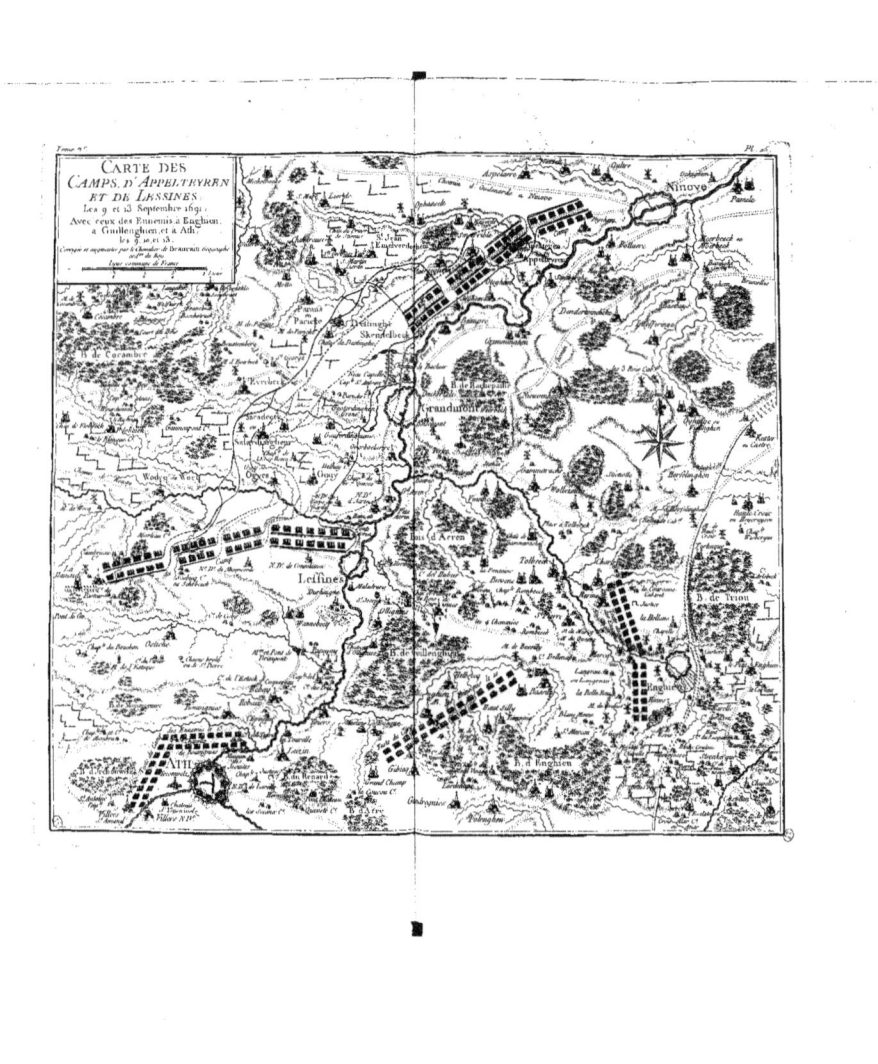

CARTE DES
CAMPS, D'APPELTEYREN
ET DE LESSINES.
Les 9 et 13 Septembre 1691.
Avec ceux des Ennemis à Enghien,
à Guillenghien et à Ath,
les 9, 10, et 13.
Corrigée et augmentée par le Chevalier de Beaurain Géographe
ord.re du Roi
Lieue commune de France

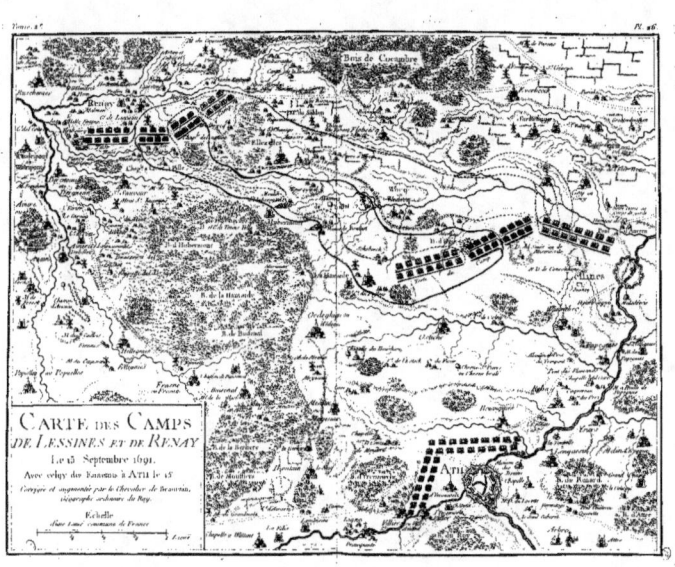

CARTE des CAMPS
DE LESSINES ET DE RENAY
Le 13 Septembre 1691.
Avec celuy des Ennemis à ATH le 18.
Corrigée et augmentée par le Chevalier de Beaurain,
Géographe ordinaire du Roy.

Echelle
Une lieüe commune de France.

CARTE DES CAMPS
DE *RENAY DE HERINE*
et de l'Aile droite de Cavalerie
à l'Abbaye du Saulfoy
Les 15. et 18. Septembre 1691.

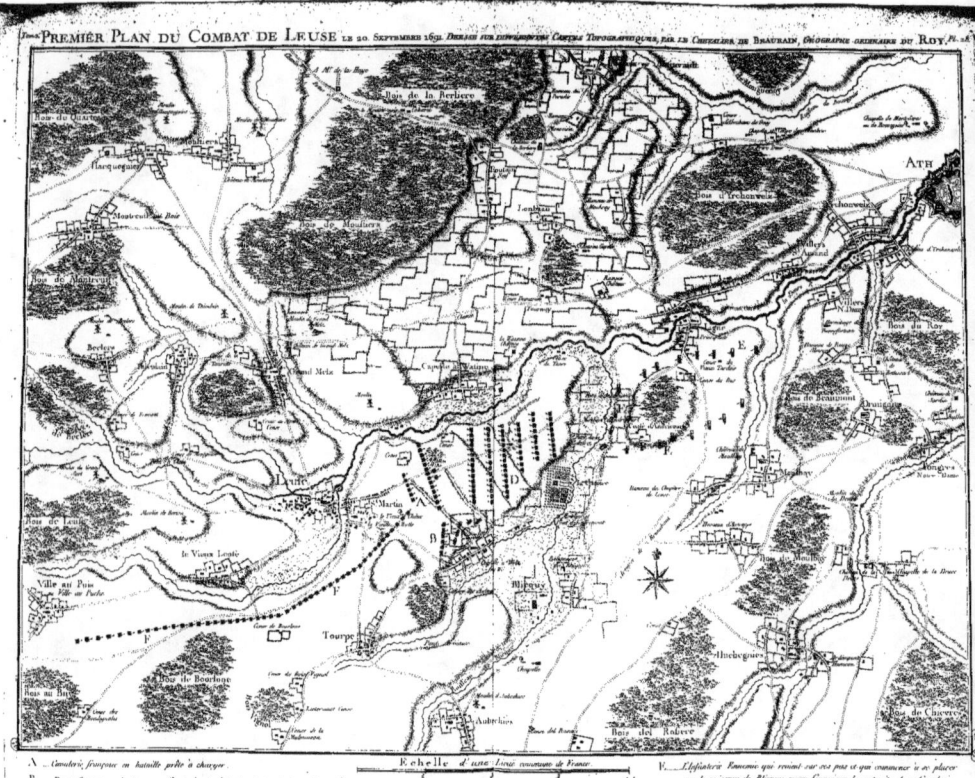

PREMIÉR PLAN DU COMBAT DE LEUSE LE 20. SEPTEMBRE 1691. DRESSÉ SUR DIFFERENTES CARTES TOPOGRAPHIQUES, PAR LE CHEVALIER DE BEAURAIN, GÉOGRAPHE ORDINAIRE DU ROY. Pl. 28.

Echelle d'une Lieüe commune de France

A ..... Cavalerie françoise en bataille prête à charger.

B ..... Deux Regimens de Perigone françois placée à la droite de la armeur du Roy, pour amuser l'Enfanterie ennemie qui étoit dans des hayes.

C ..... Cinq Bataillons que les Ennemis avoient portée dans des hayes pour favoriser leur retraite et pour éviter la Cavalerie françoise.

D ..... Cavalerie ennemie en bataille sur six lignes.

V ..... L'Enfanterie Ennemie qui venoit sur ses pas et qui commence à se placer sur le ruisseau de Blicquy, pour favoriser la retraite de sa Cavalerie.

E ..... Cavalerie françoise qui arrive en colonne pour se mettre en bataille derriere celle qui est déja formée.

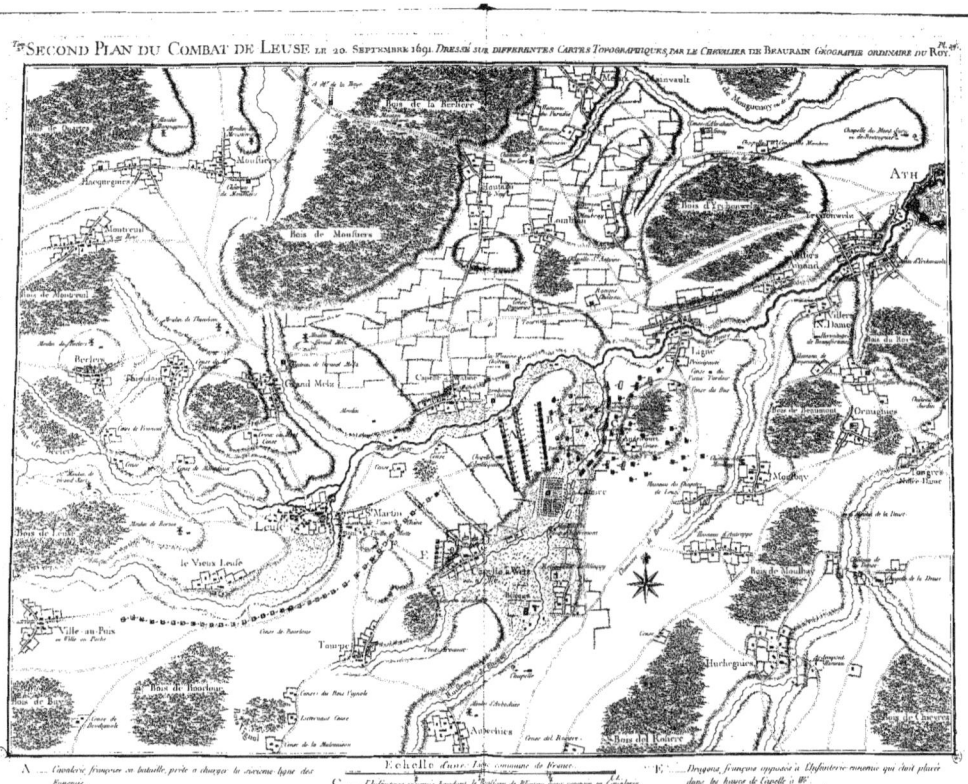

Pl. 46.

A .... Cavalerie françoise en bataille, preste à charger la seconde ligne des Ennemis.

B .... Cavalerie des Ennemis en deroute, leur seconde ligne ayant été rompüe par la Gendarmerie.

C .... L'Infanterie ennemie bordant le Ruisseau de Blaregny pour l'avoir connu en Cavalerie.

D .... Cinq Bataillons ennemis postés dans des hayes, lesquels se retirent au Pont de la Cosane, voyant la défaite de leur Cavalerie.

E .... Dragons françois opposés à l'Infanterie ennemie qui étoit placée dans les hayes de Capelle à W.

F .... Cavalerie françoise arrivant en colonne sur le champ de bataille.

Echelle d'une Lieüe commune de France.

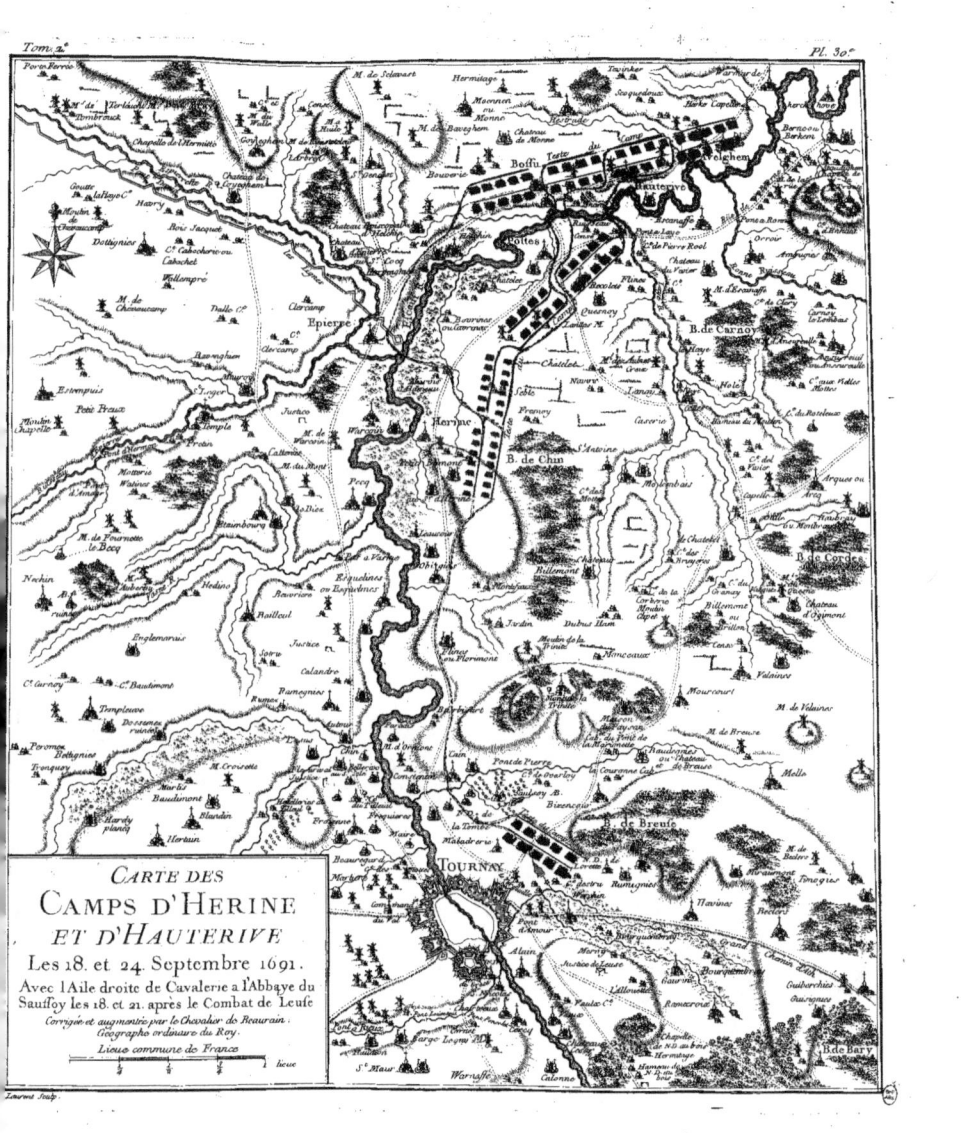

Tom. 2.   Pl. 30.

CARTE DES
CAMPS D'HERINE
ET D'HAUTERIVE
Les 18. et 24. Septembre 1691.
Avec l'Aile droite de Cavalerie a l'Abbaye du
Sauſſoy les 18. et 21. après le Combat de Leuſe
Corrigée et augmentée par le Chevalier de Beaurain.
Geographe ordinaire du Roy.
Lieue commune de France

Laurent Sculp.

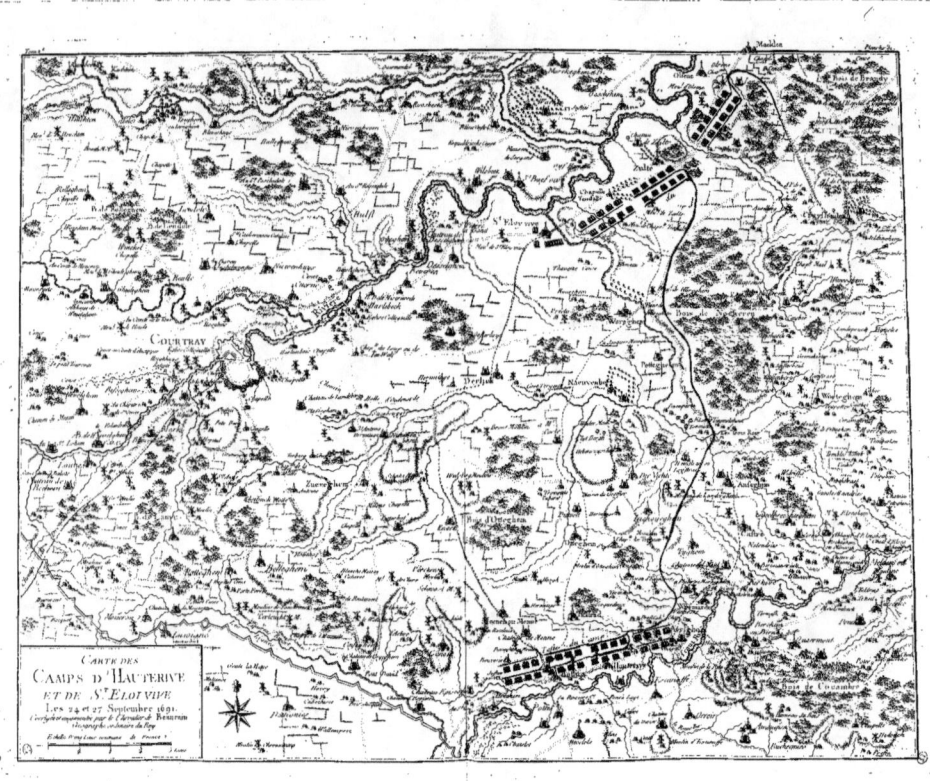

CARTE DES
CAMPS D'HAUTERIVE
ET DE St. ELOI VIVE
Les 24 et 27 Septembre 1691.

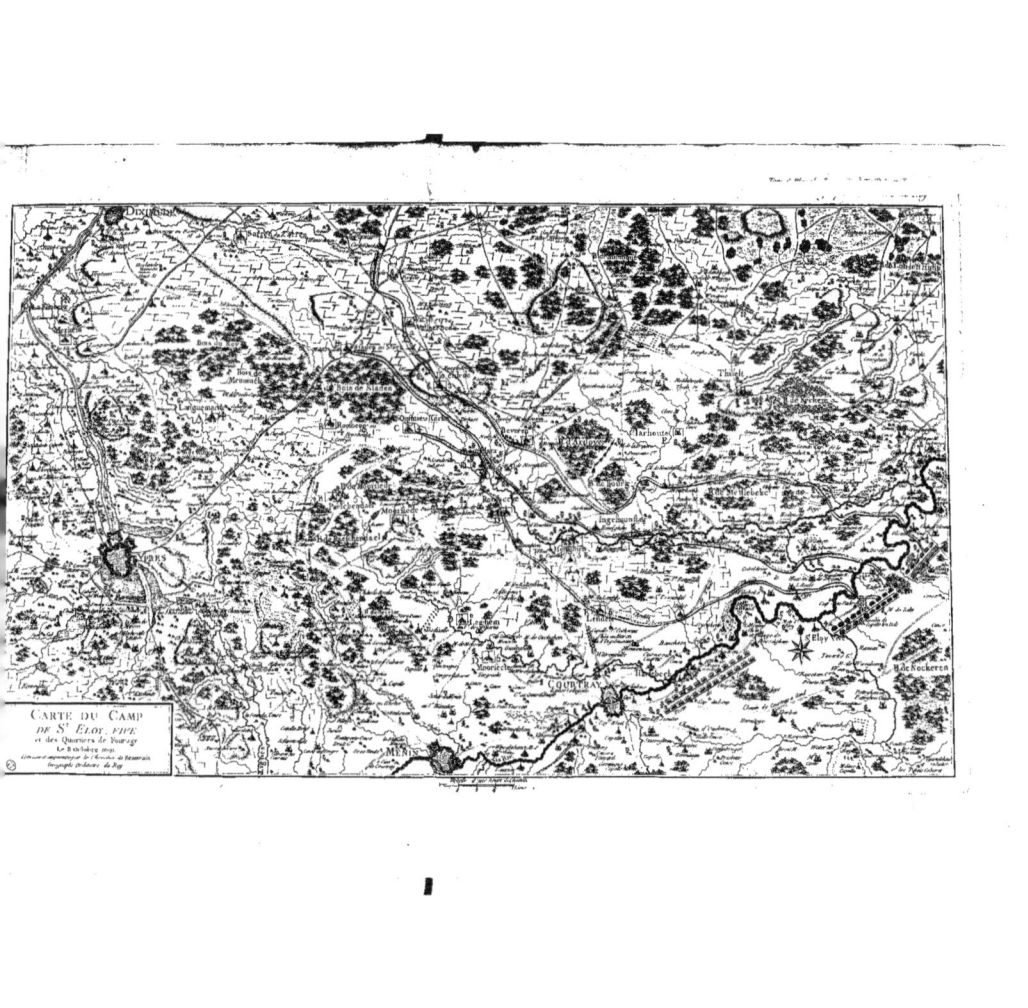

CARTE DU CAMP
DE St. ELOY, ETC
et des Quartiers de Fourage
Le 8 Octobre 1691.

www.ingramcontent.com/pod-product-compliance
Lightning Source LLC
Chambersburg PA
CBHW070332030726
47505CB00004B/1176